羅孚友朋書札

羅海雷、高林 編

下冊

【目錄】（下冊）

己輯

庚輯

辛輯

癸輯

家書摘錄

附錄

己輯

王匡致羅孚信（二通）
田蔚致羅孚信（二通）
梁上苑致羅孚信（一通）
孔筱致羅孚信（一通）
羅孚致陸某信（一通）
金堯如致黃克夫曾敏之羅孚信（一通）
羅孚致金堯如信（一通）
唐澤霖致羅孚信（一通）
歐外鷗致羅孚信（二通）
羅孚致譚澤芬信（一通）
陳文統致羅孚信（五通）
羅孚致陳文統信（一通）
羅孚致金堯如信（一通）
羅孚致曾敏之信（四通）

曾敏之致羅孚信（二通）
羅孚致陳如雪信（一通）
陳凡致吳秀聖信（一通）
王津致周健強信（一通）
黃克夫致羅孚信（一通）
梁良伊致羅孚信（二通）
潘際坰致羅孚信（一通）
保宗慶致羅孚信（一通）
羅孚致馮偉才信（五通）
顏純鈎致羅孚信（一通）
李成俊致羅孚信（四通）
李鵬翥致羅孚信（一通）
李鵬翥致羅海雷信（一通）

王匡致羅孚信（二通）

第一通

承勳兄：

大作看了，勁字要比畫字好，而且含有一點辯證意味。

你提到龔詩事，開始我還不大明白，後來想起，大概是指文革初期，有關我對秦牧所說的話，此事我早已忘卻了。說實在的，這事我當時一點也不介意。試想，你同我談了一晚，他們來勢洶洶，不作點表態，行嗎？除了包庇之罪，還有被扣的可能；而且，那晚所談，還有許多話你都沒有提及！

你的不安，反而引起我的不安，因為我早該同你聊聊，告訴你我當時的想法。

引的「萬籟無言帝子靈」，帝子似像「帝座」之誤。

手邊沒書，只憑記憶。匆此。

祝好！

弟匡

一月十八日

第二通

羅兄：

前幾天同你談到「七十」之事，不知你同李君[60]談過未？深以為念。如認為尚有彎兒可轉，就轉過來

60 李君，指李怡，《七十年代》主編。

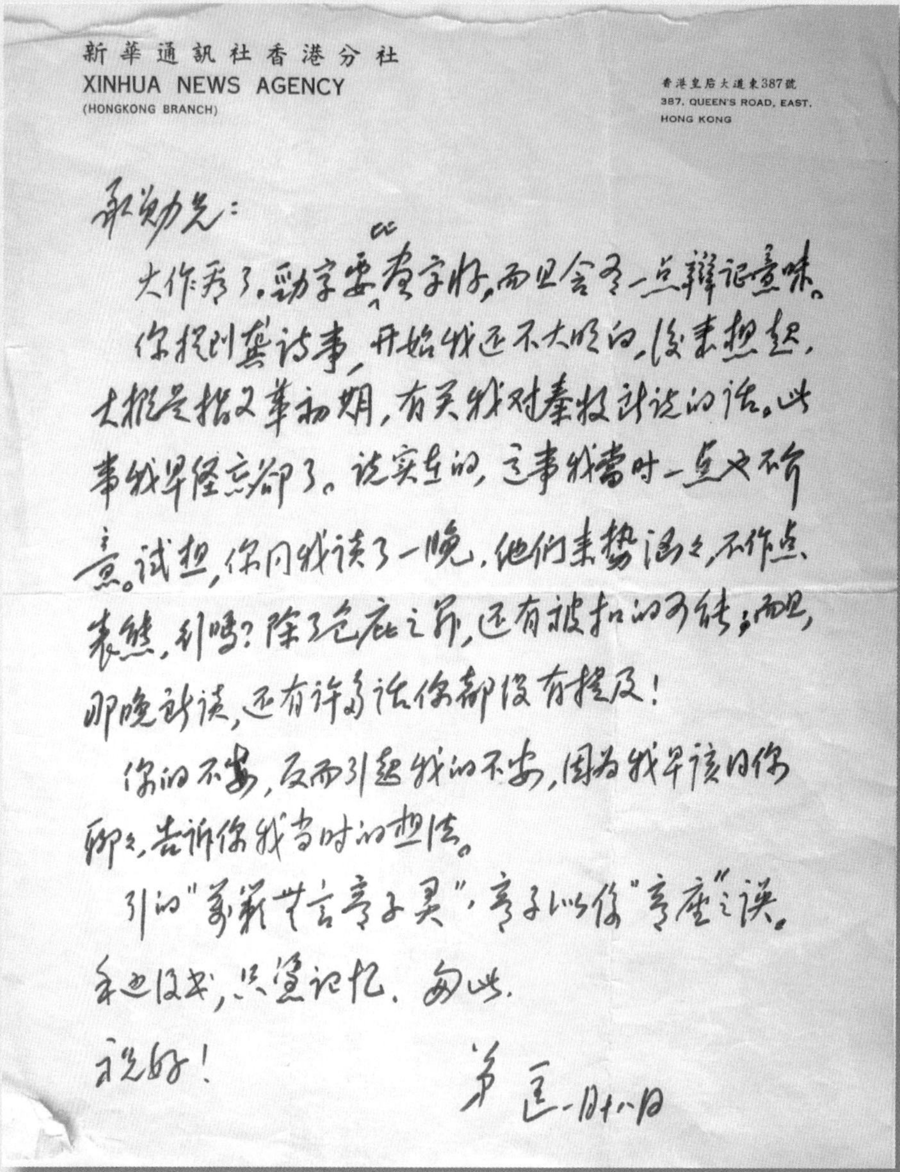
新華通訊社香港分社
XINHUA NEWS AGENCY
(HONGKONG BRANCH)

香港皇后大道東387號
387, QUEEN'S ROAD, EAST,
HONG KONG

承勋兄：

大作看了。劲字要查字好，而且含有一点辩证意味。

你提到旧诗事，开始我还不大明白，后来想起，大概是指文革初期，有关我对秦牧讲话的话。此事我早经忘却了。说实在的，这事我当时一点也不介意。试想，你同我谈了一晚，他们来势汹汹，不作点表态，行吗？除了这些之外，还有被扣的可能；而且，那晚谈话，还有许多话你都没有提及！

你的不安，反而引起我的不安，因为我早该同你聊聊，告诉你我当时的想法。

引的"萬籟無言亭子靈"，亭子以作"亭虚"之误。手边没书，只凭记忆。匆此。

祝好！

弟 匡 一月十八日

王匡致羅孚信第一通

便了，否則，也只好另做打算，但無論如何，不能強加於人。請速把詳情告我。以便隨時答覆北京。

我因心肌勞損，需略作「調整」，有事可寫信來，至遲隔日可到。

匆此　禮

尚

田蔚致羅孚信（二通）

第一通

承勳兄：

來函及贈書收到，謝謝。

這些電影界的評論人士，等日後有機會時可以認識一下。反正不急，待以時日。

書，我在寓所書架翻閱，見已有「台灣人」一本。可能是您給王匡的。這書，我閱後就為您轉贈洪遒或劉白羽。白羽兄曾要我弄點台灣著作，以及外國名著，如海明威作品等。我慢慢地給他們帶。

謝謝您啦。專此　謹致

撰安！

田蔚

五．二十一晨

第二通

承勳兄：

您好！來港後每次都在會議時，匆匆見到，不及好好地一敍。我到此一切生疏，有不少問題應及時請教，特別是有關文化和電影方面的。

我在廣東工作廿九年，在這之前卅年代，我同鋼鳴兄和洪遒兄都在一個圈子裏生活。當時我尚是一個小青年。我七五年術後，在廣州嶺頭療養，同鋼鳴兄又在一幢樓住。上海抗戰前的生活與戰鬥，特別是經過文化大革命，林賊四人幫一夥的浩劫，老戰友在一起，「傾偈」的事就特多。在 H. K.，我們還有待熟悉、學習。

我是《新晚報》的老讀者，在三份報中我最欣賞的還是晚報。日前李文健來（李是我們廣東台文藝部編輯）也談及老兄。更增添了我想專誠拜訪一敍的決心。不知您何時有空，時間以下午為好。三—六時，我到晚報來看您。

匆匆奉上。

祝撰安

盼覆

田蔚

十五・十六（一九七八年）

梁上苑致羅孚信（一通）

承勳兄：

閱報知悉你和一原兄等人來京參加全國文代會，惜無機會見面，有點遺憾。

我因腎盂癌於今年四月動手術切除，現仍在家休養，身體日漸康復，尚未上班。我的愛人要隔一段時期才去部裏，所以寄到部裏給我的信件，常常耽擱很長時期。這封劉季伯先生要我轉給你的信，今天才拿到，而我一時匆忙，把它拆開，歉甚。現將該信郵寄給你，請查閱。

季伯先生之子香成，今年初見過一面，至今我都沒有去找他，未知是否仍在北京？

「新晚」銷數上去多少，念念，有暇請來信告知。我的住址是：（略）

耑此，順頌

編安！

梁上苑

一九七九．十一．二十四

孔筱致羅孚信（一通）

承勳兄：

書和賀年卡均已收到。

非常感謝。

收到後就想寫信，但不詳地址，故請夢國返港時帶去。

多年不見了，時在念中。希望有見到你的機會。

春節將至，祝闔府春節頤樂，身體健康！

仲康[61]

孔筱

九七、一、廿二日

61 仲康，即姚仲康，孔筱丈夫。

羅孚致陸某信（一通）

陸兄[62]：

回來翻出一九七五年七月寫的《新晚報》版面工作規劃，其中有這麼一段：「《新晚報》處於兩個正面報紙（大、文）和兩個側面報紙（商、晶）之間，版面應近於側面而遠於正面。宣傳調子應大幅降低，但不似側面報紙採取中間面貌。」（原件第一頁第「二」部份）

這是當年經過社委討論，連同《大公報》得規劃一起上交了的。可從檔案裏查閱。

儘管如此，他們既有意見，也反映了對此未作深入討論，以致未留印象。也反映他們對我的工作和作風某些方面的不滿，仍應自我檢查，並在社委會議上作自我批評，爭取改善關係，統一思想。

敬禮！

羅上

七、十五、

送祁社長、宇兄閱。純　七．十五

宇七．十六：對自己的工作和作風作嚴格的要求，以起帶頭作用，這很好。

祁烽[63]七．十六：承勳這樣做很好。

62 陸兄，姓名不詳。

63 祁烽，一九五七年至一九八五年任新華社香港分社副社長。

金堯如致黃克夫曾敏之羅孚信（一通）

克夫、敏之二兄並留陳承勳兄：

我八日返鄉居度假，春節後數日返。

勳兄到時，請賜電，並請告以何日離穗，俾爭取來穗一晤。

最近中國科學院近代史所副所長李新老來穗組織編寫民國史，住黨校，因而幸會。一見如故，長談數夜。李新老以其去年清明節後有感之作「金縷曲」見示，弟亦心潮起伏，乃夜吟一首為和。玆錄奉，此則僅向知己求正，不足為外人道也。李新老頗愛賞之，亦足喜矣。

堯如

二月六日

金縷曲　奉和李新同志

小序

總理逝世忽已週年。遙聞北京數百萬群眾連日赴天安門追祭。悲歡交織，比去年清明時節尤為壯觀。今夜捧讀李新同志之金縷曲，知其為去年清明節後所作，僅深感其旨。回首一年，北望雲天，情難自已。時過子夜，何能成寐。乃學嚶鳴，奉和求正。

此恨何時已？念千山鵑啼血淚，關河萬里。夢逐桃花春水遠，隱約仙源難覓。悵絕代佳人何去。愁煞落紅春欲暮，更那堪刬地驚風起。冰魂杳，淚如雨。

曾經滄海難忘水。看齊天驚濤駭浪，渺兮一己。信道沉浮終有序，忽忽週年兩遇。知也否此中消息。十載悲歡催一夢，聽雄雞唱破東窗紙。人未老，日新矣！

金縷曲　李新

一九七六年清明節後

此恨何時已？望峨眉雲山萬疊，故人千里。往日花開不知惜，今日落花難覓。嘆花落水流春去。世路哪能行兩遍，若能行攜手重行起。長夜聽，巴山雨。

曾經滄海難為水。數十年天涯行遍，幾人知己。誤了佳期空自悔，且盼夢中相遇。竟一夢也無消息。欲寄音書從何寄，但淚痕濕透千層紙。情未斷，人老矣！

（李新同志，中國科學院近代史所副所長，延安時為吳玉老之秘書，後為范文瀾主編《中國通史》之第一助手。）

羅孚致金堯如信（一通）

堯兄：

信悉。丁玲過港，我們也是偶然知道的，原說卅日來，後來提前廿七到，在美麗華住了一天，就搬去親戚家了。她表示想休息，不作公開活動，不希望見報。

元旦上午，才知道她願會幾位文藝界朋友，當晚我們在藝術中心請她夫婦吃飯，曾邀敏之兄參加，他因已有他約而未去，我是不參加報館聚餐才去的。

她走的上午，我去她住處坐了一會，以當送行。《明報》記者隨我去，說只想與一張照片，事先取得她同意，但去了之後，她卻談了一些。新晚當天未報道，也無記者去。大公沒有人去，新聞是我告訴他們的，電話中還說，最好通知文匯，顯然他們沒有這樣做。

經過如此，抱歉！

中大研討會事，學校早發通知，新聞最早見報是《文匯》（我在北京時已見到）。你報記者是去了的（頭尾兩日，中間未去）。而開幕之日，敏之兄也去了。

此事原由楊奇兄處經手，不知後來如何，卻轉到何敏君兄處了。費解。

**作家事，是我建議敏之兄，由於*報主辦，在你報舉行的。

握手！

承勳 上

一、五（一九八二年）

以後遵囑多通聲氣。

左起：羅孚、陳君葆、金堯如。
攝於 1960 年代。

1981 年，香港作家與丁玲夫婦、傅聰等在香港合照。前排左起：羅孚、陳明、丁玲、傅聰、劉以鬯。
後排左起：舒非、馮偉才、潘耀明、黃俊東、施叔青、黃繼持、葉維廉、舒巷城、小思。

唐澤霖致羅孚信（一通）

林安我兄：

好久好久沒有寫信了，近來頗懶，年禮亦太盛，一直不想寫，收到兩封來信，亦未予覆，實在抱歉！知道能在報端發表文章並寫書，我們都很高興。

《人民日報》三篇文章（包括昨日的）都看了，《讀書》第十二期載文已讀（文摘報曾有摘錄），香港《文匯報》一至五日轉載了讀者關於曹聚仁的文章，報剪奉。

「香港，香港……」輾轉於前日剛收到。聞海星已去上海，是託在港的黃慶雲轉來的。洪遒亦收到。我們倆讀了，都說只有老香港寫出這樣的文章。記得《人民日報》還是其他報紙說香港人稱大陸去的共產黨人為表叔，是褒詞，真是笑話。

關於你的傳說，我是從克夫處聽來的，當即告知洪遒，我們估計你不會出來工作。以後傳的更神了，在一個老作家處聽說，你要去香港定居，我估計你不會去。但是都不是有意造謠，而是對你的懷念和關懷。

《寬容》等二套書收到，謝謝。唯你答應我一本馮友蘭的三松堂一直未收到。

最近搜集了幾塊很好的黃蠟石，頗堪自娛，並照你意找畫家吳靜雲畫了一幅石頭，題詞是：「上補青天，下填滄海」，頗有意思。蘇州寒山寺老和尚性空寫了一幅「對石無言」，掛在廳裏，免去一些無聊人的囉唆。（字寫得並不好）

我老伴因慢性腎炎（接近尿毒症）已在家全休近一年，她陪伴我，我陪伴她，小軍去了深圳，小兒子不安心工作（學非所用）。我行動不便，老朋友三五人常來我家小敘，讀讀書，看看報，生活就是這樣子了。

我春節後（大約正月初十左右）搬家。是八辦的離休樓，在黃花崗，四房兩廳，頗寬大，環境亦幽靜，很適宜於我養病。你如能南來，可住到我家裏來。春節後就不要來信了，待搬走後再告知門牌號碼（現在尚不知道）。如有書給我，就待搬家後了，印刷品一個月才能寄到。

這個月十八日，如精神好，可能去看洪遒。

范用兄離休後，聽説還不很愉快。新上來的人，也不大理會他的意見，而他又喜歡去書店，有時打打包。你就近勸勸他，還是在家裏休息休息吧，何必呢？

祝

新年和春節愉快，閉門看書亦一樂事。

弟 澤霖

元月十三日

歐外鷗致羅孚信（二通）

第一通

承勳兄：

來示及附《星海》，昨日拜讀。閣下對弟的關懷以及給我的友情的溫暖，衷心銘感！真是衷心銘感銘感！

詩寫了不少，每日達四五題之多，已完全恢復三十年代又多又快的高速度。前次寄給你的當天，同時寄到港的已共有十多首。因為藍真兄來曾傳達王匡同志的囑咐，要我寄些作品出港與親友讀者相見。後來澤霖兄又告訴我說閣下也要求我效勞，所以便寄呈了那幾篇。手上還有一些短文（約三四千字）「論黃永玉」，遲日稍暇再抄奉。

自六六年二月後，我即被撤職、審查、批鬥、抄家、隔離、入獄（三個月，正式的現代化監獄），以後便回到原單位去那個你所見的「囚室」，跟家人斷絕。七三年終於被劃為「現行反革命」在單位裏監督勞動。去年七八年十二月卅一日廣東省委組織部才下達結論推翻原定案，恢復原職、原薪級、全部補發凍結工資。前後歷時凡十一年之久，幾乎超過了同輩朋友的記錄，關心我的人像您說的那樣「不明真相」，都感震驚。在那十年中，經常高血壓、冠心，醫藥都不曾中斷，最後兩年，我卻創造發明了一套「歐式室內健身操」，天天操它二三十分鐘，結果大見成效，不藥而癒。七七年八月以後直至如今都不用見醫生，甚麼毛病都沒有，可以稱得上「非常健康」、「非常健康」！我那套「歐式室內健身操」竟然普及到群眾中去，上年紀和年青的都向我請教，而且堅持操練亦取得效果。經過這十年多，許多老朋友回來探望，都說我夠頑強，如果是他們早已完蛋了。我說還是「四人幫」對我不薄嘛！

這十年風雨，的確是料想不到的！最初我以為頂多丟了官罷了，那會想到竟然如此這般呢。我們年青時代也鬧過革命，參加政治活動，從來沒有想到把自己隊伍裏的人也作為敵人辦的。當然，這就太天真了！

您要發一個文藝簡訊，我完全同意，我在港呆過、工作過、生活過的時間相當長，親友讀者都不少，時至今日水落石出、黑白分明，此身還在，而且健在，亦足以告慰海外知我者矣。（簡訊刊出請寄一份看看）

一切謝謝您的關注！有便回穗請先見示，俾得趨候。

祝好

弟 歐外

一九七九年五月十九日

第二通

承勳兄：

寄上「切勿誤會」一首，此詩是針對里根之流戈德華特（見八月廿四今日《人民日報》所載）的謬論立刻揮毫而就的，時效很強，希望能擠擠隊，搶先一下附排，不要壓得太久。好麼？當然過時一些亦無妨，它並無具體的人和具體事，但不夠熱辣耳。

今後我恢復上下兩個「鷗」字的名號，稿件一律用「鷗外鷗」。

耑此

祝好

歐外

八月廿四日下午

我投卡特一票　　鷗外鷗

克里姆林宮歡迎里根
美國人民
就繼續支持卡特吧
遲疑不決的人搖擺不定的人
總比走向極端走得太偏的人
更靈活機動

我們這個世界
是和是戰還未有定向
有人昏昏
有人蠢蠢（欲動也！）
要一個隨機應變的人掌舵
見機而行
看風使舵
知道甚麼時候硬
甚麼時候軟
比較上算

遠在中國千里迢迢
我還是投卡特一票
支持他連任下屆總統

一九八十（〇）年六月十日中午

羅孚致譚澤芬信（一通）

澤芬大姐：

家禎兄不幸病逝，使人哀痛！他比我年輕，卻先我而行，更可痛惜！望你節哀，善自珍惜！

我買了一幅輓聯，寄記哀思和敬意。本想通知海星，託人代買，送往靈堂，後來一想，以我目前處境，還是不如少一事為好。現在寫在這裏，表我寸心。

同嗟黑白誤生平，舊業已隨潮水去；

最美丹青娛晚景，畫名倘共越山高。

這裏有我的牢騷。我們幾十年做了不少顛倒黑白的宣傳，可嘆！祝全家安好！

承勳 上

七月七日

陳文統致羅孚信（五通）

第一通

承勳兄：

你說的那首詩是章士釗贈陳寅恪的（共兩首，「嶺南非復趙家莊」是第一首）。我曾寫過一篇《章士釗

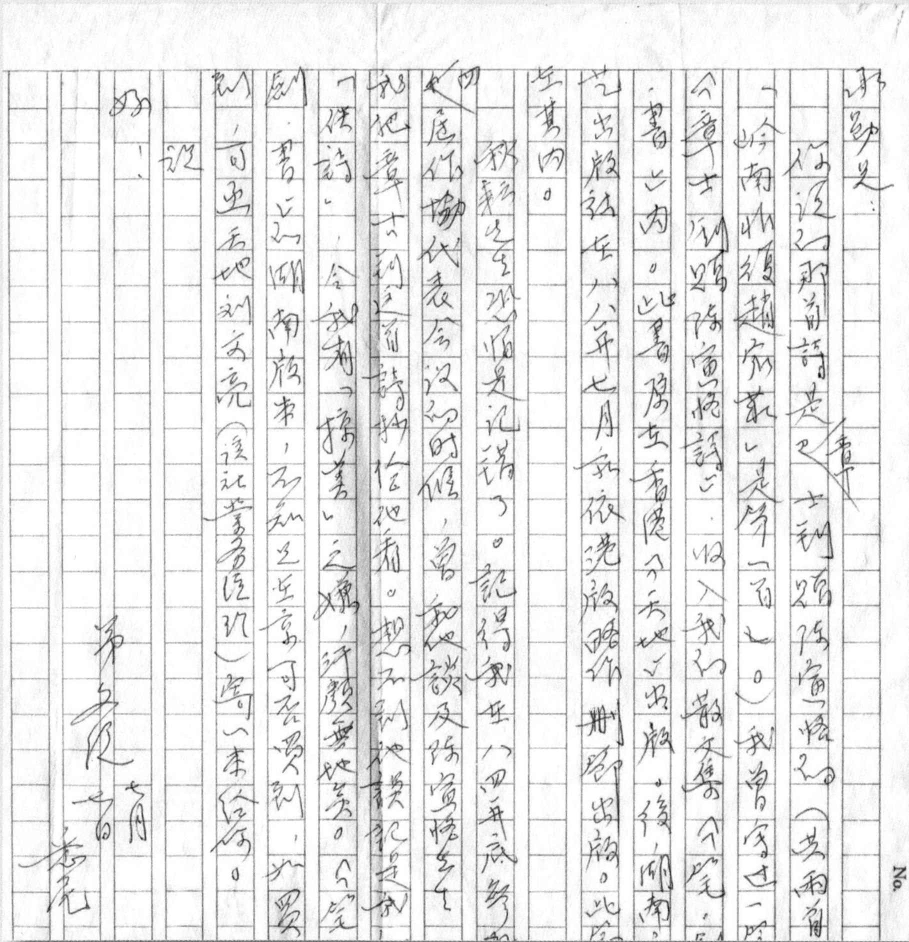

承勳兄：
你說的那首詩是章士釗贈陳寅恪的（共兩首
〈嶺南此復趙家乾〉是第一首。）我曾寫過一篇
〈章士釗贈陳寅恪詩〉，收入我的散文集《今晚……
書》內。此書原在香港天地出版。後湖南
人民出版社在八六年七月亦依港版略作刪節出版。此篇
在其內。
我記性差，恐怕是記錯了。記得我在八四年底參加
廣州作協代表會議的時候，曾和他談及陳寅恪其
我把章士釗這首詩抄給他看。想不到他誤記是我
〈佚詩〉。令我有〈掠美〉之嫌，汗顏無地矣。今晚
劇書》湖南版本，不知北京可否買到，如買
到，可函天地劉文亮（該社業務經理）寄一本給你。
說
好！
弟文統
七月七日

陳文統致羅孚信第一通（局部）

贈陳寅恪詩》，收入我的散文集《筆．劍．書》內，此書原在香港「天地」出版。後湖南文藝出版社在八八年七月亦依港版略作刪節出版。此篇在其內。

秋耘先生恐怕是記錯了。記得我在八四年底參加四屆作協代表會議的時候，曾和他談及陳寅恪先生，我把章士釗這首詩抄給他看。想不到他誤記是我的「佚詩」，令我有「掠美」之嫌，汗顏無地矣！《筆．劍．書》的湖南版本，不知兄在京可否買到，如買不到，可函天地劉文亮（良）（該社業務經理）寄一本給你。

祝

好！

弟　文統

七月七日（一九九〇年）　悉尼

第二通

承勳兄：

大約去年十月收到你的那封信（也是我在雪梨收到的你的最後一封），內容是談及同鄉（廣西）某君準備寫一些有關梁羽生的東西，和希望得到我的一部簽名小說的。因為當時我馬上就要到美國去（我次子在美結婚），手頭也沒有修訂本，所以沒有立即覆信。我是計劃好今年年底回港的，因此也就計劃回港再寄。從美國回到雪梨，可能年老記憶衰退，找不到你那封信，內容大致記得，某君名字卻忘記了。請你將《七劍下天山》（已有簽名）代我補題上款送給他。另《梁羽生的武俠文學》一書（台灣版，其中有台灣著名評論家陳曉林、李永明等人寫的文章頗有水平，整部書是以老兄「柳蘇」領銜的）也請你在過目後轉送給他。（你若需要，我再找一本給你）。《梁羽生的武俠小說在印尼》及尤金訪問我的文章（新加坡《聯合早報》及台北《中央日報》先後刊載），作為有關梁羽生資料的一種，也許對某君有點用處。（我的小說印尼文譯本最多）。

我將在香港住兩三個月。

祝好！

弟 文統

（一九九一年一月 香港）

第三通

承勳兄：

讀兄近作，既喜亦傷。喜者於才情之處，功力亦日漸深厚，「庾信文章老更成」，可賀也。然兄之遭遇、心境，卻不能不令弟有所感傷也。古人云：「文窮而後工」，信焉。「窮」指厄運也。詩四首均為可得之作，弟略有意見（關於技術方面的）者只第三首的最後一句「好大何妨誇十億，奈何空手更腹空」。「奈何空手更腹空」平仄不大協調（腹字按格律似應以平聲字為宜）。改為「空腹更囊空」如何？

表格已填好。拙作（武俠小說部份）出版（原刊何處、日期等等）亦已從「天地」取得一份，附上（資料搜集者為楊莉君，她是受天地委託辦此事的。該年表係按「來源地」（1、《新晚》；2、《大公》；3、《商報》；4、其他）分類的。先後次序雖未編好，但根據該表詳列之日期，亦不難編定矣（書局出版的先後與報紙刊出的前後大致相同）。

另，表格所列的問題，於台灣版的《梁羽生的武俠文學》中已有答案，不易寫了。《梁羽生武俠小說在印尼》一文，弟似亦寄給兄了。桂林圖書館亦藏有一份。弟在澳洲的生活情況，有新加坡女作家尤金寫的一篇文字，據知國內報刊亦已有轉載。弟記不清上次是否已有寄兄一份，如未，請來信，即奉上。澳洲生活，最宜養老，不宜進取。然弟亦早已甘於平淡了。此次回港，恰值《商報》、《新晚》已發、未發之地震之際，人事變化之奇、之謬頗有令弟得之「見所未見，聞所未聞」之感。張初兄已去職，澤隆兄亦將退休了。

1950 年代在香港《大公報》工作的
羅孚與梁羽生（左）。

又，有關弟之武俠小説資料，在國內以桂林圖書館收藏得較多（大半為弟供給的），出版者既為灕江，當有近水樓台之便也。

明日回話，就此擱筆吧。

祝好

弟 文統

（一九九一年五、六月，悉尼）

此次回港，承羅忼烈教授賜以《鷓鴣天》一詞，錄此與兄同賞：

劍氣騰霄犯斗牛，冰川雪海任遨遊。賞音在處皆青眼，橐筆逃名已白頭。

紅線怯，隱娘愁。武林新傳有春秋。如何劍卻雕龍手，遠覓南瞻走部洲。

第四通

承勳兄，秀聖姐：

一寸春心紅到死？四廂花影怒如潮！

開國之初，柳亞子集龔句為春聯，云：「一寸春心紅到死，四廂花影怒如潮」。上聯為「交心」語，下聯則以喻當時的潮流、環境也。柳看來大概也是個理想主義者，他卒於一九五八年，不及見後來許多知識分子似應此聯讖了。今為此聯加上標點符號，而「怒如潮」者則又是另外的大環境了。兄以為然否？

文統 萃如[64]

九三年十二月五日

64 萃如，指林萃如，陳文統夫人。

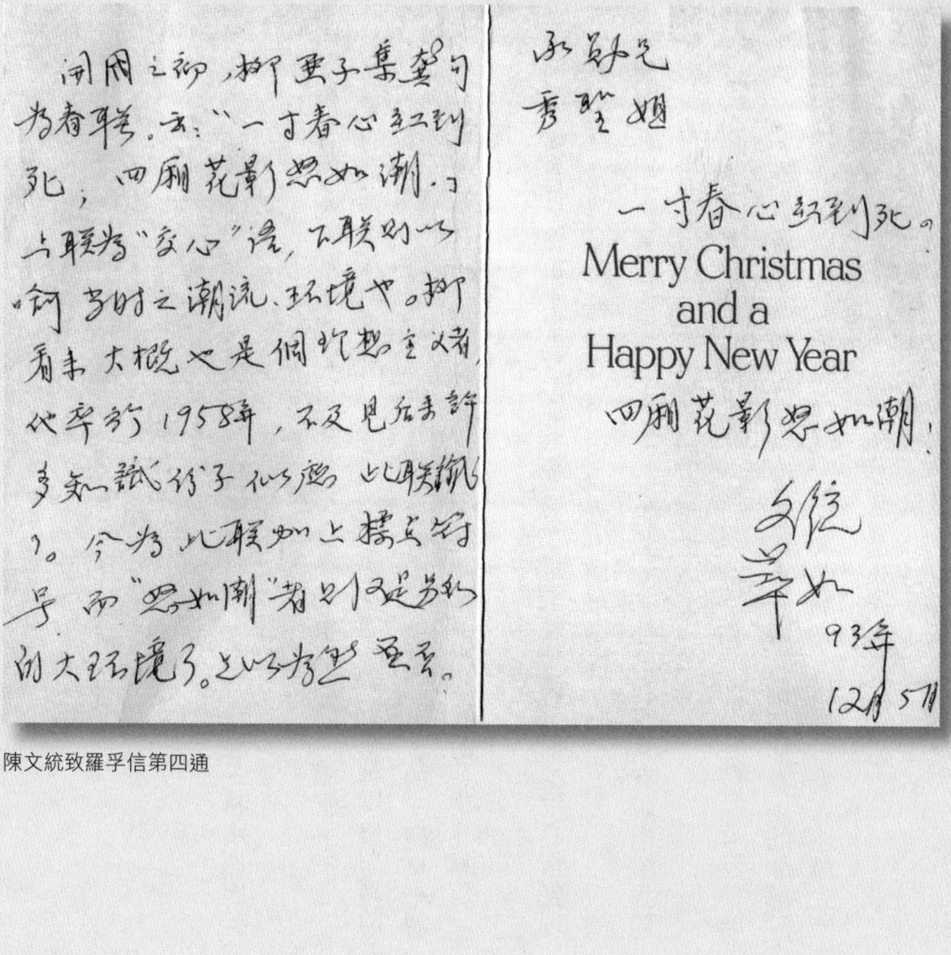
閒閒之節，柳亞子集龔句為春聯。云："一寸春心紅到死，四廂花影怒如潮。"上聯為"交心"語，下聯則以喻當時之潮流、環境也。柳看來大概也是個理想主義者，他卒於1958年，不及見后來許多知識分子似應此聯讖了。今為此聯加上標點符號，而"怒如潮"者則又是當時的大環境了。足以為然否？

承勳兄
秀聖姐

一寸春心紅到死。
Merry Christmas
and a
Happy New Year
四廂花影怒如潮！

文統
華如
93年
12月5日

陳文統致羅孚信第四通

第五通

承勳兄：

久未通訊，接大札，如晤遠人，十分高興。

《龍虎鬥京華》和《武林三絕》之所以沒有在海峽兩岸出版，是有一點「特別原因」的。現將我考慮的寫出來，也想聽聽你的意見。

（一）《龍虎鬥京華》是我第一部小說，現在看來，實在是不成熟的。儘管「主題」和寫法可能有點突破前人的地方，但受前人的影響也太深，特別是白羽。技擊方面，許多處是以白羽寫的《十二金錢鏢》為藍本，自加變化，致詒識者之譏，人物情節，也有部份是脫胎於他這部名著的。嚴格來說，在我寫這部小說時，個人風格還未建立，觀點見仁見智，亦有可議之處。台灣準備出版我的全集，只這一部[65]

的立場作個判斷，值不值得冒這個「險」？

（二）《武林三絕》是我自己覺得水平較差的一部，在報紙連載後，根本沒心情整理，所以現在即使在香港也未出版的。如要出版，我還要回香港剪報、時間恐怕最短也得在明年了。

我和香港「天地圖書公司」訂有合同，九七年以前出版的，他們和我共有版權，我這一半版權已交給天地的劉文良作全權代表。若要出版的話，請和劉文良接頭。

我在澳洲，生活頗平靜，倒沒有痛苦得想自殺之感。令我痛苦得想自殺的是另一件事。國內出版我的書，武俠小說不談了，文史方面的書，其錯字之多，真是慘不忍睹。例如你看到的那部《古今名聯賞析》，就有把穆木天錯成「穆木只」、把饒公（宗頤）的詞「愛入迷離去」錯成「愛人迷離去」之類的笑話（最慘

65 原信缺第二頁，此處不連續。

的是錯得似通非通）。我本來以為「湖南文藝出版社」在出版古籍方面是國內水平較高的一間，那知錯字比「作家出版社」那個版本還多，幾乎平均每頁有一個錯字。

或許敝帚自珍，我這一生如果說是對中國文化還有點貢獻的話，那應是「聯話」這類文字（武俠小說是還有爭議的）。「聯話」這類書，過去的代表作是梁章鉅的《楹聯叢話》，那是偏於掌故方面的，並沒有從文史的角度分析對聯本身。不過那是他那一時代的代表作，不必苛求。我的聯話，基本是從文史角度加以賞析的，尤其在「今人」作品方面，收集得較為豐富，而在「賞析」方面，也頗盡心力。自信是可以超越梁著的水平的。

我在《大公報》寫的《聯趣》專欄，歷時三年多（一九八三年三月十五—一九八六年六月三十），湖南文藝出版社出版的大概只有四分之一多點。全部剪報我已託唐駕時轉給上海古籍出版社（他們答應給我出全集，責任編輯是李學曾之妹李學穎）。據知全部剪報他們已收到，但未有進一步消息。

拜託你一件事，如方便的話，請你代為查詢，他們是不是仍想出版，如果是，我可以把湖南那個版本的錯字表寄給他們參考。「清樣」寄給我，我也可以在最短的時間內校好給他們。我知道出版這類書是賺不了錢的，所以我已主動提出我不受稿酬，捐給他們出版社，或作為此書工作人員的額外勞動酬金。

以太平天國為題材的歷史小說，以目前的狀況（健康和心情兩方面，當然也還有資料搜集方面）而言，恐怕是心有餘而力不足了，想寫也不知如何才能動筆了。多年來多蒙你的鼓勵，謹此致謝。

並祝

康樂

雪梨

二十六・三

2004 年，羅孚與梁羽生（左）攝於澳洲。

羅孚致陳文統信（一通）

文統：

我昨天即從文匯看到陳凡逝世消息。從外邊晚飯歸來，看到你的傳真好聯，我也正在構思輓聯，得聯如下：

亦狷亦狂　名重藝林稱健者
友直友諒　星沉報海痛斯人

「狂」和「直」我是有所指的。他雖對我*，我亦能諒之，正似其「狂」的不正常也。有直對亦狷，平仄不調，但不易改動，只好任（亦亦難對友）。

打算隱名送去，否則《大公》現當權者不會通過掛出，因此請暫勿對第三者談及，你知為限。

承勳

十、三、晚十一時前（一九九七年）

你的大文沒有需要再查對之處，謝謝了！

羅孚致金堯如信（一通）

堯兄：

陳凡出殯是六日，不是五日，初以為可能來不及，現在看來還趕得上。

我的輓聯是：

亦狷亦狂，名重藝林稱健者；
友直友諒，星沉報海痛斯人。

陳文統也有一聯：

三劍樓足證平生，亦狂亦俠真名士；
卅年事何堪回首，能哭能歌邁俗流。

兩陳一查的《三劍樓隨筆》出版於四十年前，亦狂亦俠，能哭能歌是陳凡贈陳文統的詩句。

承勳
九七．十．四下午

2000 年，羅孚夫婦與金堯如夫婦（右一、二）於美國合影。

羅孚致曾敏之信（四通）

第一通

敏之：

看昨天《文匯報》，知陳凡去世了，他晚年雖對我十分不友好，但我認為那是他精神不正常的結果，即所謂「狂」，是能夠「諒」解，不記在心中的。對他的老去，也自傷感，作了一幅輓聯：

亦狷亦狂，名重藝林稱健者；
友直友諒，星沉報海痛斯人。

請你替我找人寫了，代為送去治喪委員會。我想，如果署上我的名字，他們未必肯掛出，打算隱名，只落上一個「半世紀老友」的款，以爭取能在靈堂懸掛，你看如何？我意只在表達多年相交的傷感，並不要出名，如果覺得事屬可行，就不必透露是我送的。當然，如雪應該讓她知道，但請她也不要為他人道。本來，就算用真名，這也沒有傷到了哪一方面，應該不要小器對待。但我想《大公》今天的當權者不會這樣有度量吧。所需一切費用，請向蜜蜜收取。為感！本來是「亦俠亦狂」，我寧用「狷」；「狂」指他精神不正常；「直」是他的過激言行；「諒」是我能諒解。

文統有傳真，告我他的一聯：

三劍樓足證平生，亦狂亦俠真名士；
卅年事何堪回首，能哭能歌邁俗流。

「亦狂亦俠」、「能哭能歌」一聯，是凡兄贈文統句。《三劍樓隨筆》出版於一九七五，如今剛好四十年。

聽說今聖嘆最近也已去世，你有所聞否？報上有消息否？

久未寫信，近況為何？

胡從經編的《歷史的跫音——歷代的詩人詠香港》，捧「周詩人」及「董（建華）夫人」，注意到了沒有？有何花邊新聞，文壇趣事，便中盼寫告一二，以破客中沉寂。

際坰十一月始作一年一度之訪港。

匆祝

近安！

承勳

九七．十．三晚三點

閱報知為六日，老金電告誤為五日事，一切應來得及。

第二通

敏之：

今晨才知陳凡的喪禮在五日舉行，實即我們這裏的今天晚上，不知輓聯來得及做否？請盡量替我趕一趕，如能用上羅承勳、吳秀聖二人同署名更好。後來再想了一下，由於聯語只是頌揚，沒有刺傷任何一方，他們應無拒絕之理，只要家屬願接納，不反對，就應該可以通過的吧。你能否向如雪說一下？昨晚去了，也請代送一花圈，署名我和秀聖，加上海星、蜜蜜吧。他們和方白熟。這裏附有一給如雪的唁函，有勞面交；並告她，為趕時間，只有傳真了，不恭之處，請她諒解，祝好！

承勳

四日午一時

閱報知為六日，老金電告誤為五日事，一切應來得及。

第三通

敏之：

來美快兩月了，行李雖未全到，到的也未全打開，但人總算安定下來了。住的比香港好多了，前後花園，十分享受。屋子也寬敞，只住兩人。買東西方便極了，兩分鐘就是超級市場，要甚麼有甚麼，還有小吃、快餐，上酒家也不過五分鐘長度而已。報紙、電視也有助於了解港情，只是霧裏看花，終隔一層了。

黃茅[66]去世，又弱一個，作聯替他辦喪了吧？《新晚》之死，要影響一些人的工作，曾錚錚是不是轉去《大公》？還有那個胡少璋，《大公》未必收容吧，我在《信報》看到他寫的一小塊幾百字，說我對張浚生，不是「研討」，而是「討伐」，又是抓住「清影詩人」，死死糾纏，這樣的東西一點也替張幫不了忙，可笑！

臨行匆匆，許多事還未辦。到了舊金山才想起，啓平太太孫探微同住灣區，有機會我當去看她。但那些

66 黃茅，即黃蒙田，香港畫家，作家。原名黃草予，曾與羅孚共同創辦《海光文藝》。

1970 年代末，羅孚與曾敏之（右一）、端木蕻良（右二）合影。

書還在馮仲良處，我曾託過天地，不得要領；找過利通，碰了壁。利通沈本瑛說，他們只代理港、台版書，大陸的統歸三聯，他們不便插手。我本想去找三聯，一蹉跎，又延誤了。請你問問德潤，他原先設想要交多少錢給探微，七折八扣下來，兩百本不到的書，數字不會太大，我可以先墊幾千港幣，去看她時送她，先了這一宗事。你看如何？書的事，你能和三聯趙某打交道否？他們已拿去幾十本，所剩不過一百多，請他們一起拿去如何？賣多少算多少。

和香港聯繫，電話、傳真都方便，傳真尤妥捷，一按鈕就傳了，不比電話囉唆。有何新聞，可以傳示一二？

我的《燕山夜話》已出，已要蜜蜜送你，收到否？

祝好！

承勳

九七・八・三晚十一時三十分

第四通

敏之：

你說《快報》上有篇文章，不懂裝懂，諷刺梁羽生輓聯不通，十分可笑，將為文教訓它一下，不知此文已發表否？如已發表，盼傳真一讀為快！

其實梁羽生聯中「亦狂、亦俠，能哭能歌」，不全是梁羽生的，也有凡兄的份。原是一首七律，題在梁著《草莽龍蛇傳》扉頁上，詩云「一去蕭蕭數十州，相逢非復少年頭。亦狂亦俠真名士，能哭能歌邁俗流。當日龍蛇歸草莽，此時琴劍付高樓。自憐多少傷心事，不為紅顏為寇仇」。亦狂亦俠，能哭能歌是梁羽生的句子，真名士、邁俗流是凡兄續上的。最後兩句也出凡兄之手。

梁羽生把《快報》文章傳給我看，又把這首詩的全文抄來，我建議他自己寫一篇，談談這段他人不知的掌故，給《大公園》發表。

《快報》的荒唐文章不知出自何人手筆？

還有，杜運燮兄《七九老人慶九七回歸》的詩。你找得到的話，也請傳我一閱。還有，記得你寫過一二十首有關香港回歸的詩，是吧。我為《明報月刊》寫了一篇《歷代詩人詠香港》的書評，指出它有應收的詩而未收，特別是一些新體詩。想看看這些，在文章中補談一下。謝謝！

劉登翰的《香港文學史》寫得還可以吧？是作聯出的？

祝好！

承勳

九七・十・十八深夜二時三十分

一直傳不過去，此刻二十日傍晚再傳。何以不開機，長開並不費電。

曾敏之致羅孚信（二通）

第一通

承勳：

收到傳真，至為快慰。得知可以安居樂業，享受晚年的人生。深深為你和秀聖衷心高興。

《新晚報》停刊，你寫的送終文章多篇均已拜讀，時勢使然，難以挽救新晚之命了。老金也寫了文章，斷言領導決策停刊之錯，這是借題發揮，也借此以見其當年如何如何的地位，令人為之啞然，一笑而已。其實，處此資訊一日千里，傳媒競爭激烈的形勢下，晚報不論在哪一方面都難於爭勝的了，早停晚停，勢在必然，如果能夠把經濟力量、人力集中把日報辦好倒不失為上策，四望看看，今天的人才，還能寄予甚麼希望呢？他們是為了「做官」而已。

……

黃茅走了，老朋友日漸凋零，傷感也無用，他不是作聯會員，我已了解是否需要我們協助，看情況再說。

關於啓平的書，我建議你的數千之奉送給探微[67]，說是售出的書價，請她收下。先了她心中一段記掛，然後我在此與三聯商量，把馮仲良處存書全部交到三聯，能賣多少，賣到甚麼時候，聽其自然好了。總之，再問德潤也不必，只要把事作初步了結，就可令探微放心，你也對得起啓平，盡了心了。

再說新晚的新聞，周、張、秦（秦文俊）調回去，張可能回杭州浙大。《鏡報》曾刊出十五大傳聞和推測的中央名單，列有張名，是否確實，有待下文。如到浙江大學教書，當然也可列名中委，但據「南書房行走」提到所記，未透露張的去向，只說周因病在北京動手術，已出院，不日回港向姜恩柱辦交接，屆時一迎一送將舉行盛大酒會。許家屯則從今天（八．三）起應蘋果之邀，撰寫「談古論今」專欄。今天已刊出了「開場白」，歷敘他過去弄文的經歷，看來他寫的東西有文采，會吸引讀者的。

另告秀聖，楊範如已從成都回港，面我報到，仍可約周嫂又⁑開牌局。不過她最近要去北京、中東，為生意而忙。陳凡一度病危入院搶救，目前仍未穩定，是肺炎引發的，人老了，難以抵抗病侵，因此要特別重視鍛鍊。你們應在花園作晨練，持之以恆才行。我仍晨運，到海濱公園慢跑一千米，一切正常。九月上旬，會與作聯七人組團去台灣訪問一週，由尹雪曼的「中國作家藝術家聯盟」邀請。過去未涉足寶島，能一

67 探微，指朱啓平夫人孫探微。

償夙願，是一快事。

蜜蜜未交《燕山詩話》來。

祝　康安

敏之

九七．八．三夜八時

第二通

承勳：

我去廣州，四日中午才回港，看到了你先後傳來的信、輓聯、唁慰信。我當即買布由我書寫了你的輓聯，當於下午四時送到香港殯儀館。如雪、方白等全在座。我向如雪轉達了你的意見，並將唁信交他。她與方白都表示應把你的輓聯掛出來，旋即高掛於靈堂左上，十分顯著。署名是「半世紀老友」。

我應如雪之約，也為靈堂擬了一副對聯，由李俠文書寫，他認為寫得不錯，輓聯如下：

馳騁輿壇秉筆不私豪氣軼才垂永念

存身天地行藏有則詩心文德兩無慚

橫額是「世（士）林共仰」

這次凡兄之喪，由《大公報》治喪處協助辦理，竟不考慮成立治喪委員會實不應該。以凡兄六十年新聞、文化界的名氣及友朋之眾，不以治喪會出面，是對不起凡兄的。因我不在港，無人提出，《大公報》的新人，只由一位總務經理去辦這件事，就只能如此了，可嘆！

也為你和秀聖加上方白、蜜蜜送了花圈。不必記掛。六日早上七時半出殯，儀式如何，尚不得知。只知道我參加扶靈。《大公報》兩人，南書房行走也參加，他與凡兄早於上海時代相識。靈堂送花圈的人不少，**的靈堂兩邊牆壁擺滿了花圈。

我寫十首絕句詩趕作紀念文，在《大公報》發表，記敘與凡兄數十年的交往經歷，待傳真給你們看。

你說的今聖嘆為何人？我無所知。胡從經的吹捧文看到了，這正是香港一些文人的「傑作」。今後南書房行走不會再掛在口邊了，當今換了姜，他又開始吹他會見姜了。餘另告。祝

儷安

敏之

九七・十・五夜九時

羅孚致陳如雪信（一通）

如雪大姐：

驚聞凡兄辭世，不勝悲痛！承勳與他相交，逾五十年，秀聖相識亦半世紀，情如手足，敬其才識，雖偶有不洽，亦能相諒。晚年諸事與時代悲劇有關，非個人問題，不足縈恆，更無損友誼，兄今長逝，至盼節哀！哲人風範，將垂久遠！

承勳、秀聖 同上

九七・十・四

陳凡致吳秀聖信（一通）

秀聖大姊：

有位骨科專家——錢學文醫生，亦即黃賓虹在神州國光社時得至好黃居素老先生得女婿，他在去年十月起到今天早晨止，已向我提出過六次要求，那要求就是，他現在願意出價港幣五萬元，求你將老羅所收藏的那幅畫得亂糟糟的黃賓虹所畫「橫批」讓給他。他認為這幅畫雖然是在黃賓虹患白內障那兩年所塗抹出來的作品，在藝術上而言，並非精心之作。但它保存了那段時期的黃賓虹的特別的面目，可向黃賓虹的愛好者及研究者提供有價值的參考。「假如落到外國的手裏去，那將是國家的損失，也是我們這班黃賓虹愛好者和宣傳者（包括老羅在內）的恥辱」（這是錢醫生的原話）。

他雖然在這半年不到的時間裏，已催迫我六次之多，但因為我估計你在這半年內的心情也未必好，故一直加以推搪，只以「將來有機會一定替你去商量一下」作答。

今天早晨他打電話給我時還說，他如果得到你的同意，等該畫到了手，除拍一張彩色紀念照留作紀念之外，原畫則託我轉交給北京故宮博物院收藏，使他得到更周全的保護。（他知道我最近要去北京）

錢醫生是個直性子和急性子的人，他的提議，我認為是誠懇的。我覺得我有將這件事情向你提出來彼此商量的義務，故現在送給你這一封信。

如果你同意的話，我叫他在復活節過後，銀行重新開門營業時，即寄一張五萬元的現金支票給我，再由我當面交給你。你也將黃賓虹那幅「橫批」當面交給我。這樣就「銀貨兩訖」了。

此事請你考慮一下，然後寫幾行字到報館，並在信封上寫上「親啓」兩字。此事不宜在電話中談，只好寫信了。專此　候覆。並祝全家好！

陳凡 手上

四月一日午後

王津致周健強信（一通）

健強：

羅先生出了事，四月下旬他去廣州，五月一日奉召去北京，此後，就失去音訊。最近上面才對我們這些僱員說，羅不回來了，是「政治問題」。既然說是「政治問題」，並且似乎已經關押起來，就沒有人敢追問究竟。香港的環境複雜，誰都怕受牽連。

你的稿費，向來每半個月結算一次，交羅先生代管，不單是你的，還有國內其他由他聯繫的作者，都由他代支港幣。他這次出事，發生你這樣問題的，有好幾位。

稿費的問題不大。問題大的是你那些來稿剩件，還有其他國內作者的稿件，因為都是寄給他個人收的，這幾個月，他那個小房間中堆積如山，開頭沒有人去動。後來事情漸見端倪，他的兒子羅海星來搬了幾天，把書、畫、文件、稿子搬了好幾籮回去，報社的頭發覺，加以制止，是不是領導上又派人清理了，我們這些無拳無勇的小僱員，為五斗米戰戰兢兢的小市民、庸俗的人，甚至不敢也不願去過問。——另一個遺失的可能性是，很大部份稿件都由羅交給副刊編輯馮偉才處理，馮是羅一手栽培的文藝青年，羅出事後，他已辭職。香港是個自由都會，到哪裏去找他？（羅出事後，他那些親信，一種如曾德成，如迅速向領導表忠，述說羅的不是，為自己升官。二例如馮偉才，乾脆離開了報社。）

你送我的掛曆，寄給我的信，還有你給邵慎之先生的信，我都看了。我遲遲不覆，是因為羅的問題是十分敏感的問題，國內外都有不小**影響。我因說了不該說的話，害了自己也連累了你。我想，經歷了這麼多的政治風浪，你一定會了解並諒解的。

《新晚報》的事，現在由李、曾二位負責。曾就是曾德成。他現在成為我的上級，抓實權的。我終於下定決心，給你寫這封信，是因為曾德成下個星期要去北京，採訪戴卓爾夫人訪華的消息，你的事，我向他彙報並請求他（一）向財務課清查你的稿費賬項，能給你帶去的都帶去；（二）運用他的權力，看看能不能幫你找回部份未發表的稿件；（三）到北京後去看望你。

他到北京後，很可能住在王府井華僑大廈，他如果不去找你，你去找他好了。只要注意，英國女首相抵京的消息，就可以知道曾德成何時到北京。

我給你寫這封信，完全是以私人朋友的身份，不代表報社。在北京的時候，交了你這位朋友，我喜歡你豪爽的男子般的性格，我是珍重這份友誼的。

你去找曾德成或曾德成找你，他現在的地位已經改變，在這裏和我們已經是公事公辦的關係，他和你大概也是這種公事公辦，我想，提醒你這一點，對於你和他辦交涉，應該有參考價值的。

你看，我囉里囉唆地說了一大篇，就此打住吧。羅的事，您在北京也聽說過了嗎？都說了些甚麼？我給你來這封信，你就不必向曾提起了。

握手！

問候你的家人

王津

一九八二年九月十一日

黃克夫致羅孚信（一通）

承勳兄：

蜜蜜轉來的書和信收到了，當遵照轉給各人，梁占元我熟識，但林老不知是何人？占元住錦繡花園，《文匯報》餐聚見到，新加坡葉世英來曾約於陸羽茶敍見面，李社長週六敦煌茶敍面交，今次是王文湘做東。陳凡逝世，報社連個治喪委員會也不成立，由總務課（現稱行政經理部）當一般事務辦理，我和敏之、張文達三人扶靈是應陳如雪的要求。「士林共仰」是敏之從廣州傳回的小字，如雪請俠老寫的大字。敏之擬的輓聯分貼靈堂兩側，「半世紀老友」的輓聯高掛靈堂右牆與梁羽生的輓聯高掛左牆相對稱。人多讚賞。你的金童[68]讀的悼詞，不知出自何人手筆？我和敏之也認為太不像樣。我寫了篇《悼念陳凡》，用電傳給曾德成總編輯，附言請審閱處理。稿在喪禮前三天傳去，我還電話問劉培亨收到否？清楚嗎？我以為會如當年我寫悼念張篷舟放在二版作開欄處理。被壓了幾天，見到馬文通，他告訴我「還要遲些再見報」，說曾總把稿轉到大公園了。現複印寄上，請指教。陳凡原是廣西學生軍很活躍的人物，學生軍領導人靳為霖曾以陳凡為發展入黨對象，未完成手續，學生軍解散，靳通過內部關係介紹陳凡到桂參加「國際新聞社」工作，在長江、秋江手下。後被排擠離開「國新社」，到「廣西銀行」編「銀行通信」，桂林《大公報》籌備時為王文彬發現拉進《大公報》。解放後學生軍中地下黨員多擔任自治區黨政領導幹部，最高如廣西自治區黨委書記、自治區主席韋克傑等。而靳為霖則甚不得意，聽說在北京。七月在報社同事聚餐時，我和陳凡談了二十分鐘，他還問起靳為霖。當年靳為霖是學生軍政治指導員。陳如雪原是梧州高中學生參加學生軍的，與陳凡同是學生軍二團成員。兩人在學生軍談戀愛。學生軍解散，同時到桂林，陳如雪有堂叔陳雪濤是《廣西日報》總經理，介紹如雪入《廣西日報》，桂林第一個女記者。後如雪考入農民銀行，離開《廣西日報》。蘇媞接上，是第二個女記者。蘇媞之後是吳紫風。楊曼秋在吳紫風離開後入《廣西日報》的。陳凡在「國新社」受排擠，可能與談戀愛事牽連。陳凡在文革時受祁某唆擺利用，行為失檢，我是體諒他的，他是左毒的受害者。退休後，他貫徹「封筆、絕交、息逝」，隱居大圍。我和陳文統兩次去家訪他，他多只聽不說。我雖然不贊同他晚年的表現，但我還是很了解他的抑鬱，很同情他的遭遇。唐振常伉儷又來了香港，可住到十二月底，今晚我和敏之兩家請他伉儷新光樓頭一敍，可惜你遠隔太平洋，未克參加，依我之見，你回來香港不會

68 金童，指曾德成。

有甚麼不安全的。卜少夫北京之行不是也見了好多老作家嗎？囉唆了。

祝　全家幸福！

弟　克夫

一九九七年十一月廿五日

梁良伊致羅孚信（二通）

第一通

承勳兄：

千言萬語，不知從何說起，最重要的是現在你身體健康，可以寫文章和編書，又能到外省旅行，令人感到寬慰。

聶公詩的注釋一再去追，足足兩個月才到手。原因是林女士是大忙人；據她說在香港時又曾被人騙過，不容易相信人。這次幸為有熱心朋友從中幫忙，說動了她，總算有了結果。

學逵自從去年七月在浴室跌倒，半年間先後暈倒進過五次醫院，每次醫生都給他檢查肝、肺、腎、腦、心臟、血糖、小便等，認為沒大問題，暈倒是輕微中風。今年他情況比較穩定，高血壓受到控制，輕微糖尿病不必吃藥，只照糖尿餐進食，血管有點硬化，每天服兩種藥，小心照顧，暫無大礙。不過一年來他老了許多，我們都勸他做做運動，他不喜歡動，每天早上陪他去附近小公園散散步，有時去看畫展，算是有點活動。

退休對於我有好大解脱——別後我家三人所受壓力一直很重。我離開感到難得的輕鬆。這幾年我堅持早上跑步精神還不錯，讀了一些書，補了一些課，不再那麼糊裏糊塗。本想重新開始，苦幹一番，怎料命運弄人，我變成了「煮飯婆」和「特護」。但望情況好一點，我一定不放棄努力，人，總不能眼光光的等死，應該活得有點意思，這意念我是始終不變的。你關心我們，我衷心銘感，期待有一天能夠再見。

趕着影印付郵，下次談。

祝全家好！

梁依

一九九〇．七．二十九

第二通

承勳兄：

這一個多月來，我的腦子是渾渾噩噩的，有時是全然的麻木，感到從未有過的遲鈍。盡量打起精神辦完喪禮之後，甚麼也不想做，也不想見人。只想獨個兒給哀傷的心找個安靜的避難所。然而，感情大起大落，約束是多麼困難啊！

對於老年的到來，我本來並無害怕。直到七月廿四日，就是寫信那天，我仍然是樂觀的。那天下午，我和學逵有過較長時間的閒談，想不到那竟是最後一次長談了。我鼓勵他做運動，把身體調理好來，將來一起去歐洲和女兒住幾個月，看看博物館、美術館，開闊眼界；又一塊上北京去看望你（我們説過幾次都去不成，主要是他身體上衰弱，已不宜遠行），去上海看一個分別四十多年近年才聯繫上的老同學申潤園

（她的堂兄申樹滋是桂林當年有名的「羅亭」，桂林法院院長之子，好像也是桂林高中畢業生，你也許聽說過？），去我們想去而未能去的地方。他說他身體還不錯，我說從前是不錯，這幾年差了，但高血壓等已受到控制，可以積極的把身體鍛鍊好來，他微笑默許。兩人在平靜中都抱着希望。跟着他問了一些最關切的親友的近況，談了近期世界和香港的一些有爭議的情況……。之後，我去寫信，他在廳中換掛畫。近幾個月，他隔一兩天就換一次掛畫，或展現他心愛的藏畫，多少因為寂寞和眷戀吧。

七月廿五日，他仍去晨運。中午又赴一班老同事之約往茶樓飲茶，上下兩次樓梯都沒事。廿六日上午因約好了牙醫給他換牙托，他吃過早餐在客廳休息，我進廚房去一會，出來看他一隻手垂下，知道他又暈去，馬上打九九九送院，但這次醫生們用盡辦法都不能將他弄醒，廿八日淩晨兩點多鐘便與世長辭了。保不住他，我這才感到生命的軟弱與無奈。老病和死亡只隔着雞蛋殼般脆薄的一層而已……

解剖後才知道他致命的病是顱底近椎端的動脈瘤。教人遺憾去年五次暈倒入院都做過腦掃描，可能瘤位過低而未發現，只推測為所謂小中風，不幸已無可挽回了！

你寫的輓聯雖然趕不上在靈堂懸掛，但趕在火化之前收到，我已在學逵靈前念給他聽了。他是不願離別的，相隔九年不能再見你一面，在泉下他也一樣神傷吧！

讀了你情誼深長的悼詩，我想起許多往事。贛州出事細節學逵曾經談過，那是蔣經國手下特務搜查他的住處，在箱中搜到俄文讀物和馬克思著作（學生軍結束後，他到桂林俄文專科學校，後來考入《大公報》），認為有共諜嫌疑，將他「請去」扣留了兩天，問來問去找不出破綻。但學逵當時是新人，不知報館的態度如何，頗擔心難以脫身。後來他堅決要求通知《大公報》，幸而胡老闆肯負責表態，他才獲釋。前幾年上海有個作者李白江，寫了一篇文章《懷念高學逵》，寄給《新晚報》人物志版，談到高在贛州的情況，極盡吹捧之能事，又說後來得知高將束裝西返，他與高相約乘車去大庾嶺鎢礦里參觀，午飯後，他送高上了往曲江的汽車，才握手辭別的。這篇文章我們沒登，影印留底將原稿退了回去。學逵說當時此人同行，估計是奉命押解他出境的特務，現在竟攀認老友，其狡詐作態令人慨嘆。

我還想起重慶較場口事件，那天你和我、宗朝三人結伴去聽演講，我們站在會場左邊，預計可能有事發生，你囑咐我，萬一有事，要見機行事。後來開會了，國民黨特務果然大打出手，群眾被特務追打，四處奔跑，人潮洶湧，像決堤的河水衝來，我們三人原來站在一起的，一下子就給衝散了。我跑出較場口，在米亭子一帶找了很久，不見你們，我便搭車回李子壩，去宿舍知道你們已經回來，我才放心。但這時卻有電話來，說學逵在採訪時被打傷，我立即又搭車進城，去民生路營業部看他，跟着又許多人來慰問，送來水果和鮮花。新華社和《新華日報》派人來慰問，當晚學逵參加重慶各報記者控訴會，簽名並指斥特務的暴行。第二天，新華社還發了一則有關的消息。去年方蒙來港搜集材料，學逵跟他談起這事，他說了一句：「當年共產黨的統戰工作，做得很到家。」

俱往矣！我不會作詩，抒發不了心中的感情。想到浪費了生命，除了痛心，也只是無奈。感謝你的慰勉，可是我這時能做甚麼呢？而今後我又能做甚麼呢？晚上不能睡，白天也沒法子靜下來好好地思考，更談不上有一定的計劃。但有生之命，仍是值得珍惜的，也許需要慢慢地適應。

我擔心一回又一回的神傷會影響你的心境，甚至健康。以後夢想些高興的事吧！希望環境寬鬆，值得高興的事情漸漸地多起來。你的筆不用是浪費，希望你珍惜筆墨，卻寫下些傳世之作。而首先是要注意健康，少飲酒，做定期的全身檢查。暫到此。

祝

安康！

良伊

九〇、九、九。

潘際坰致羅孚信（一通）

承勳兄：

溥儀照片十張，隨函航奉，是二月二十五日訪問時在京拍攝的，算是「近」影了。溥夫婦合影有困難，前已函告。這些照片背景均甚簡樸，*請酌量加工（例如，可選幾張用其頭部或半身，放大做特寫處理，未知以為如何？）當日天陰，室內光線尤暗，加以敝攝記技術不佳，只能如此應命。臨時向苗子借用的相機，亦極古老可憂。

各照片簡單說明如左，供老編參考。

1～3 在北京全國「政協」小會議室（即在此訪問）。

4～5 在小會議室外。

6～7 在院中，背景的小樓，溥儀一九六二年結婚前，曾住過。在他的辦公室對面。

8～9 溥儀在「文史資料研究委員會」辦公室。

10 溥儀溥傑兄弟在辦公室門前合影。

當天，溥儀未換新裝，照相時頻顯以手掩其小棉襖，怕露出來，尊處剪輯盼注意及之。（如4，5）

訪問稿近五千字，當天寫成，昨親送辛老處，估計日內可退還，收到即寄。

附底片。

溥儀還談了一些有關李玉琴和溥傑妻女的事，不便寫，容面談「內幕」。

匆祝

文安

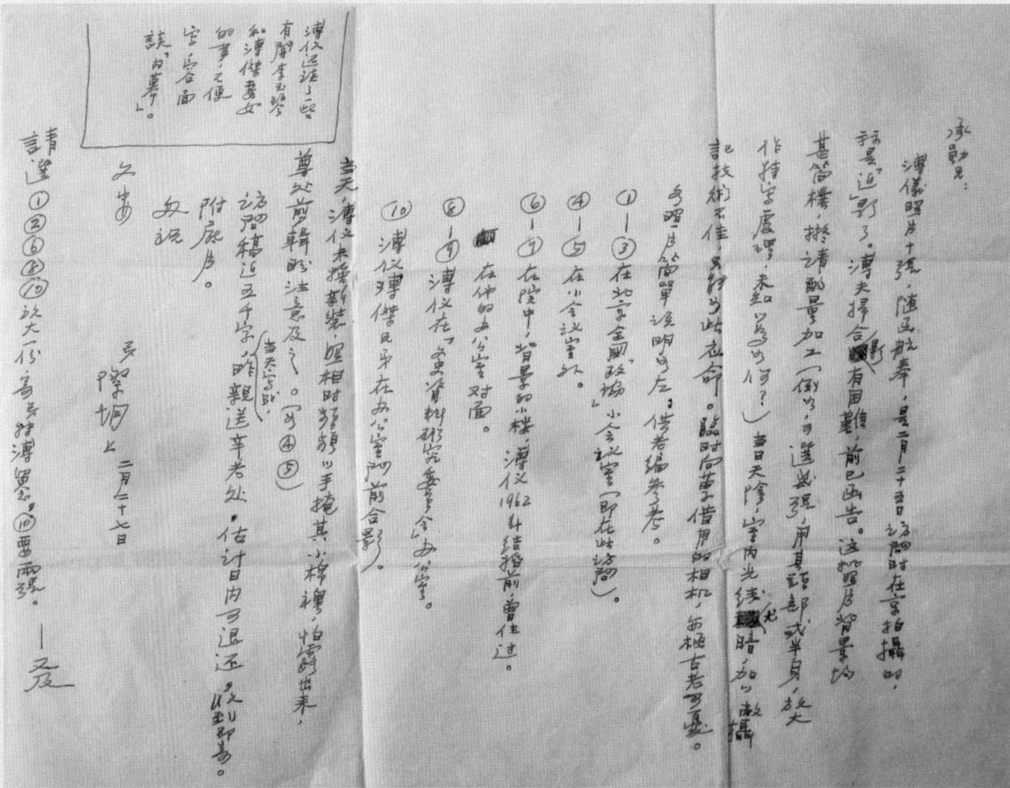
承勛兄：
溥儀照片十張，隨函航奉，是二月二十五日訪問時在家拍攝的，話是這樣的。溥夫婦合影有困難，前已函告。這些照片背景均甚簡樸，擬請酌量加工（例如，可選幾張，用其頭部或半身，放大作特寫處理，未知以為如何？）當日天陰，室內光線尤暗，加以攝記技術不佳，只好如此應命。臨時向華子借用的相机，而極古老可嘆。
各照片簡單說明如左，供君編參考。
①—③在北京全國政協「小会议室」（即在此訪問）。
④—⑤在小会议室外。
⑥—⑦在院中，背景的小樓，溥仪1962年結婚前，曾住过。在仲的办公室对面。
⑧—⑨溥仪在「文史資料研究委員会」办公室。
⑩溥仪溥傑兄弟在办公室門前合影。
當天，溥仪未換新裝，照相时特頻以手掩其小棉襖，怕露出来，尊处剪輯時注意及之。（如④⑤）
訪問稿近五千字，昨（當天下午）親送辛老处，估計日内可退还，後到即寄。
附底片。
匆安
安祝
弟 際坰 上 二月二十七日

溥仪还谈了一些有關李玉琴和溥傑妻女的事，不便公開，留面談「内幕」。

請選①②⑥⑧⑩放大一份，寄弟轉溥儀，⑩要兩張。——又及

潘際坰致羅孚信

1960 年代攝於北京。左起：羅孚、溥儀、潘際坰。

弟　際坰上

二月二十七日（一九五六年）

請選1、2、6、8、10放大一份，寄弟轉溥儀留念。10要兩張。——又及

保宗慶致羅孚信（一通）

承勳兄嫂：

蒙寄贈名貴羊毛衣二件給我夫婦，感愧之至。萬里送羊毛，溫暖在心間，可見情誼深厚，多謝你兩位聖誕老人。

前奉手書，迄未作覆，十分抱歉。不過在《明報》上天天看到你的專欄。《明報》能夠暢銷，主要是副刊，每篇文章可讀性甚高。你最近寫「快報」一文，提到《新晚報》同事，相信是李其燊。順便得多謝你在北美之遊系列文章中提及我，「身價」因而提高。這裏的《世界日報》一向都採用香港《聯合報》副刊，因此也有一批固定讀者，今後可能就有影響。《世界日報》有一批台灣讀者，究竟不如香港來的人多，因此，這裏是《星島》和《明報》分庭抗禮，兩報銷量大概萬多份（自己吹噓三、四萬份），不過兩報都不重視中國文化，和大多數港報一樣走八卦路線，捧歌星。《明報》稍微好些，本地副刊總算有點本地作家，星島索性連副刊都不要了。香港報紙展開價格戰，相信對專欄作家也會有影響，但是這種局面總不會維持太久。

加拿大的香港移民越來越多，雖然有人來了之後「呻笨」，有人回流，也有人既來之則安之，抱着退休心理來的人則無所謂了。我在此將近二十年，也算是在平淡中過舒暢的生活，由於胸無大志，所以與世無爭，無須患得患失。人貴自知，失敗的經驗也告訴自己，必須知足常樂。來加拿大後，工作之餘，就培養嗜好，因此工餘常去學攝影、打網球、學唱歌，當然寫作也是提高思想認識的最好媒介。培養正當嗜好可能對健康也有裨益。

人老了，血管容易硬化，我也有過這毛病。因此血壓高，膽固醇高，血糖高都隨之而來，並引起心臟病。我除了吃血壓丸、減膽固醇藥和舒張血管藥（阿司匹林）外，每年都去檢查心臟一次。醫生的忠告是，多做運動。你長期伏案工作，應每日作一小時左右運動，這才可以舒緩心臟的壓力。你旅遊返港患上輕微中風，也是一個警告，不可過累。中風就是血管破裂，所以現在的醫生都主張中年人服用阿司匹林，以舒張血管。

在多倫多與你們相聚，方才知道原來有這麼多秘史，也慶幸當年是槽人一名，否則更為煩惱。早知道廖某不是好東西，不過以為這是中共的一貫作風，不以為意。只是感到個人沒有出路，混噩度日，不如出去見見世面。金堯如先生兩月前來此演講，與舊報人敍舊，也談及黨內矛盾和一些醜陋內幕，都使人感嘆不已。我們只不過是浪費了青春，而你付出的代價卻是無可報償的，如果說是大時代的犧牲者是不公道的，而事實只是中共黨爭私鬥中的犧牲者。

原擬今年返港探親之事未能成事，只好留待明年再算。暫寫到此。祝

新年快樂！

弟 保宗慶十二、廿三（二〇一二年）

羅孚致馮偉才信（五通）

第一通

偉才兄：

麻煩你買了書，還要再麻煩你買書。

據説台灣出版了一本《陶行知紀念文集》之類的書，這裏的陶行知研究會很想得到一本，請設法代買。

近看港報，還有小量今年一、二期合刊的《人民文學》賣（即出了麻煩那一期），有辦法買到一本嗎？

你認識金鐘（牧夫）其人嗎？他是否在過《百姓》或《九十年代》？是新移民吧。

《讀書人》是和張超群以及另一位的三人組合嗎？相當不錯，支持不易吧？

祝好！

知名

八七．七．三

偉才兄：陶行知紀念文集買到後，請電話通知我，我到你辦公處來取，我的電話是：七〇一五〇七。謝謝。

吳秀聖

八七．七．六

第二通

偉才兄：

信收到。

《香港文學》能用這個方式送桂林一份也好，那人其實是阮朗的親戚，他的親戚大可送他一份的，不過他既求之於我，也就送他一年吧。

《讀書人》不錯，此間三聯的友人也予好評，只是怕支持不易。祝它長命百歲！你有了自己的事業，值得祝賀！不過，需要作艱苦努力才行。

我自當寫點小文，表示支持。當在以後帶回或寄來（本港寄）。

陶行知的書不可能是紀念文集，只要是台灣出的有關他的書，就請代買一二吧。頂多只能有一二種，不會多的。《人民文學》沒有就算了，那篇問題文章我已在其他港刊上看到。

像《讀書人》這類雜誌，直接寄我住處也是可以收得到的。

祝好！

弟　知名上

八七．八．十

第三通

偉才兄：

上次給你的短文，有些小地方要改正。

《香港方物志》是一九八五年版的。《讀書隨筆》要一九八八年才能出書。如來得及，請改正。

如有新書，可交海星或我家其他人帶來。
有一本陳邇冬的《閒話三分》，希望能出港版，蜜蜜也許要託你幫忙此事。
匆匆，祝
新年好！春節好！

乎上
八七．十二．十九

第四通

偉才兄：
收到《讀書人》第八期，才知道來不及正誤，也只好算了。
友人託買孫隆基著《中國文化的深層結構》，要兩本。我似乎看過廣告，卻不記得是《九十年代》還是別的出版社出的。
前託購買的一些書刊，不知買到一些否？
最近有家人（包括蜜蜜）要來北京，有甚麼可交她帶來。
《讀書人》辦得有特色（如訪問記），只是不知道經濟上支持得下去嗎？
祝好！

乎
八八．一．八

《讀書人》第七期已遵囑給劉賓雁，另寄一本與我如何？

第五通

偉才兄：

我因需要一點對香港話劇運動的知識，因此想起曾約你為北京某辭書寫過一篇文章，不知你手頭有此材料否？如有，請複印一份，交蜜蜜轉我。如無，能否介紹一篇綜述性的文章，複印給我？謝謝！

九月將去廣州，轉往懷集探望海星，有便，不妨到廣州一晤。

匆祝

儷安！

孚上

九一．七．六

顏純鈎致羅孚信（一通）

羅老總：

我於十五日回港，已上班幾天。

傳來的資料收到了，我會另外給他們回覆，看起來版權方面問題不大，主要的篇幅問題，最後當然也要考慮市場。

我會請他們寄部份譯稿來看看。

香港文化界氣氛很差，報紙紛紛改版，文學園地退縮，現在寫了文章都不知道到哪裏去發表了。

回來後聽說海星已赴美國，且有一份職業，可喜可賀，請代問好！

匆祝

好！

顏純鈎

十月二十一日

李成俊致羅孚信（四通）

第一通

史公：

多年未晤，空勞懷想。月前藍公帶來大作「香港」，又在《光明日報》上讀到公出席「魯迅、周作人研討會」，欣悉故人無恙，至為快慰。囑鵬翥兄寄奉《澳門今古》，已由郵付，想可達。弟仍在原單位供職，今年出差較頻，二月應邀赴葡國；四月參加在北京舉行的中葡關於澳門問題聯合聲明簽署儀式；六月又應邀去美國十多天；八月到北戴河；十月再赴北京參加中新社理事會議，會後到西北主要是敦煌等地參觀。去月又到廣州參加「澳門產品展覽」。「人在『新年』，身不由己」。看來，被迫扮演了「華威先生」，備感汗顏，又愧對故人！弟已年逾花甲，幸而體力尚可支持。歲月匆匆，緬懷當年與公歡敍，不勝唏噓。冬寒，盼公多珍攝。任教年華似逝水，依舊豪情勝大江。「沙石無驚霍去病，江湖有幸柳迎春。」稍有介懷，他日赴京時，當專函奉約。特此仰謝，並頌

壽頤

李成俊

八七年十二月一日

第二通

羅孚兄

大札敬悉。去年收賀年咭，今年又接賀年信，故人無恙，還記得當年曾厚蒙「總統」賜封弟「電腦」雅

號，快慰奚似！

《冼玉清紀念文集》鵬翥兄已於日前寄來，他現在在穗參加「人大」，此屆有可能任常委，順告。弟另行郵寄本報出版書數本，乞指正。過往弟多次收到兄贈書，不敢云「投桃報李」，只能「聊表寸心」耳。年前，中大出版過一本《冼玉清文集》，頗有份量，惜裝幀稍差。去年撰《陳寅恪最後二十年》的陸鍵東，寫了一篇《一個女子與一個時代》，記述冼玉清一生，刊第七期《收穫》。這位出生於澳門的才女，與陳老一樣畢生維護學術尊嚴，備遭坎坷。想起王越教授讚她的詩句：「石砌芳蘭筆底生，畫魂玉潔亦冰清」，能不唏噓！

請代為向潘國麟伉儷致意！弟一生耿介，未嘗「得意」，至今，還是寫些「遵命文學」，愧對故人。潘兄談弟境況，乃屬誤傳。前年，弟曾在此間晤周蜜蜜小姐，席間引述《菜根譚》：「寵辱皆忘，眼看庭前花開花落；去留無意，心似天外雲捲雲舒」。事後想起此類口誤*，有蒼涼情緒，很不宜「傳染」與年青人，罪過，罪過！

元旦日，也是一位「同窗」蒞澳休假，甫踏上碼頭，即附耳對弟說：「當年所讀聖賢書，全都忘記了；幸而閣下所講的二級半故事，尚能銘記！」前塵舊影，相對捧腹。希望有朝一日再與兄同浮大白，「古今多少事，都付笑談中！」

春寒，盼多珍攝，書無盡言。敬祝

心耕筆織

新春大吉

秀聖大姐均此！

弟 李成俊

九八年一月八日

第三通

羅孚大兄：

去月下旬悉示並《香港人和事》拜領。

《人和事》十分精彩，尤其「舊信封藏逐客令」，拍案叫絕。跟學孔老總知人論世，入木三分，有益世道人心。此公在「文革」時，派頭「左」得出色；「文革」後，又來「全盤西化」，一大堆英文秘書隨侍具集團頭頭身畔，使人側目。當年弟曾應他之約，寫了一本「章太炎事跡」書稿，不料石沉大海。再三追問，他都「顧左右而言他」，最後竟說沒有見過此稿。友好傳言，此公先失約稿，習以為常，能不氣絕！「金應熙迷惘」一文很有內涵，戰時他在澳門《華僑報》寫過稿，不是辦報。五十年代曾派他到羅馬尼亞以英語講中共黨史，學貫中西。他與陳寅恪一段恩怨，《明報月刊》載過，為士林所不恥。金晚年若干舉措，與郭沫若、喬冠華有近似之處，可以說是「文革」之害，也可以說是阿爺的「鬥爭哲學」所致。

洗姑文集弟手頭已闕，係鵬翥老總答應有辦法找到，已囑其早日寄來。《潘漢年傳》未悉有過目否？此書甚好。潘是這一代知識分子悲劇。阿爺殘害忠良，弟以為下個世紀總會有人做「結論」。

尊況想好，至念。倘晤潘國麟兄，懇代問候。他如仍在港，歡迎蒞臨此間，同浮大白。

撰安

李成俊

九八．七．十九

第四通

羅服老總：久違了，弟是常常想念着。日前，海雷弟轉來大作，拜讀再三，如親謦欬，往事歷歷在目。

一位詩人說：「黃昏禮讚白晝，暮年禮讚人生！」兄遭橫逆，坦然面對，可讚可敬！

有一件事，弟一直耿耿於懷：有一年，港澳文化界人士聚會北京，晚上曾敏之兄提出翌日齊集探望閣下，弟立即報名，不料另一位友好私下通知弟不宜參加，弟以為又是「遵命文學」，被迫放棄。不料事後有人發現友好也參加，弟不知此公有何玄虛。而弟內心一直不安。想起「十年來深恩負盡，死生師友。」弟向閣下致歉之餘，愧疚殊深！

真是罪甚，罪甚！

盼多珍攝！專此布謝，敬頌

撰安

弟

李成俊 頓首

二〇一一年十月二十五日

李鵬翥致羅孚信（一通）

林安兄：

年初購得柳蘇《香港，香港……》，讀後自文風窺知為大作無疑。五月泰昌隨作家代表團來澳，復從其口中欣悉尊況，至以為慰。谷葦自滬來稿，報道徐鑄成從事新聞花甲大慶，錄出華章，沉鬱頓挫，經刊本報；頃接藍真兄來信，再談京華新作，凡此如睹故人，如親謦欬，足為知音快矣。

承索小書《澳門古今》，此書本為一九七七年末我兄所催生，惟人事滄桑，一九八三年編輯李銀珍女士要求專欄改寫澳門有何可玩可食之處，與原意大相徑庭，弟以為找個記者撰寫更佳，何須矻矻考據，遂無戀棧之心，去信婉辭所託，並將專欄結束。去年因澳門問題進行談判，書店提出印成單行本，以應需要。夏間匆匆修訂，大體不變，付梓後頗獲師友鼓勵，快將售罄，刻在修訂，準備再版。小書印成後應第一本呈教，奈何通訊無門，致勞下問，不勝惶愧。現另寄本一冊，敬希不吝賜正。春風得便，*佇候來教，請寄廣東珠海拱北五十四號信箱弟收即可。

長此，即頌

文禮

弟 鵬翥 八月十日

李鵬翥致羅海雷信（一通）

海雷先生：

承賜著作《羅孚》，拜領之後，快讀一通，至深感謝。令尊為愛國新聞工作，盡瘁心力，向為同儕所欽佩。年前本報成俊兄與弟曾邀令尊賢伉儷蒞澳暢敘。京華十年期間，令尊囑藍真翁命弟送拙作《澳門古今》督閱，惶愧之餘，曾署此書為令尊催生者，呈請雅正，書中後記亦有提及，此正前輩扶掖後學風範。雙親前乞叱名問候。專覆，即請

弟 鵬翥

二〇一一年十一月六日

庚輯

許覺民致羅孚信（一通）
許覺民致范用信（一通）
范用致羅孚信（一通）
羅孚致范用信（一通）
葉靈鳳致羅孚信（二通）
趙克臻致羅孚信（一通）
陳君葆致羅孚信（一通）
舒巷城致羅孚信（二通）
柳木下致羅孚信（四通）
蕭銅致羅孚信（一通）
張向天致羅孚信（一通）
鮑耀明致羅孚信（四通）
查良鏞致羅孚信（六通）
查良鏞致吳秀聖信（一通）
董橋致羅孚信（十八通）

盧瑋鑾致羅孚信（十一通）
牟潤孫致羅孚信（三通）
羅孚致倪匡信（二通）
葛原致羅孚信（二通）
羅孚致葛原信（十八通）
亦舒致羅孚信（二通）
馬國亮致羅孚信（二通）
蔣芸致羅孚信（四通）
羅忼烈致羅孚信（三通）
瘂弦致羅孚信（一通）
羅孚致張敏儀信（一通）
張敏儀致羅孚信（一通）
莫德光致羅孚信（一通）
姚拓致羅孚信（一通）
李中申致羅孚信（一通）

許覺民致羅孚信（一通）

史公大鑒：

來示並港澳文學條目稿均收讀，寫得極好。不想閣下對港澳作家之詳情歷歷如數家珍，至為感佩。條目稿已交該分支主編王瑤先生、朱寨先生，倘有更動，必將意見再就教於閣下。該稿日內先打印若干份，印就後即寄奉。所示「不必張揚此事」，當尊示辦理，即在分支主編方面，我也不張揚，只說託一熟悉港澳文學的友人所寫。將來印出，再酌情署一筆名處理，此點可請釋懷。

我今日因中國社科院開規劃會，住旅館數日，閣下致范公函剛看到，以致遲覆，尚希鑒宥。日後有機會，當隨范公去府趨謁。書不盡言，順問

春安

許覺民

一九八四．三．二十五

許覺民致范用信（一通）

范用同志：

大百科「港澳文學」條，承羅公慨諾撰寫，不勝感激。我們對港澳文學歷史和現狀卻一團漆黑，所以選何人（有影響的）均請作者酌定。

條目是概述條，史和現狀，以現狀（解放後）為主，隨附樣稿一份，僅供參考。該條目希不超過四千字（中條），三千字上下也可以。

望向羅公致意，以後有機會當去拜訪他。

祝好

許覺民

八四．二．二十一

范用致羅孚信（一通）

承勳兄：

覺老來信說接到了您的信，因不詳通信地址，囑我轉達，致意。

晚見福建海峽雜誌刊有一文介紹四十年來香港文學活動，寫的很差，可斟酌之處太多，特複印一份供您參考。

匆匆　順頌

近安

范用

三、二

1980 年代攝於北京。左起：吳祖光、王蒙、羅孚、范用。

羅孚致范用信（一通）

范兄：

聽周健強說，你曾有信寄我，但迄未收到；又聽她說，你寫信是希望我提幾個香港作家的名字，供百科全書編寫甚麼條目作參考。我寫了一批名字讓她轉交，想已收到。

事後想想，那些名字提得太多了，「百科」不需要那許多，其中不少也還不可能上「百科」，除非來日有佳作，那是後話了。因此，這裏再濃縮一下，取其「精華」（精華也是相對而言，就香港而言）。

老作家，還是李輝英一人。

已故作家，有些可加上老字，有些還不夠老（這是就我的眼光而言，在後生小子看來，當然都夠老了）。在葉靈鳳、曹聚仁、徐訏、徐速之外，我忘了老朋友、老同事唐人（即阮朗），真是疏忽可驚！對他的作品儘管仁智之見各殊，但《金陵春夢》總是影響很大的通俗文學作品。而唐人則是許多人所知道的名作家。我以為同是筆名，應以唐人為主，而阮朗為副，這也是為了《春夢》之故。此外，劉以鬯、舒巷城、何達、金依、西西、小思、戴天、亦舒、古蒼梧、蔣芸、林燕妮、黃俊東、董橋、胡菊人、黃思騁、林以亮、張君默、何紫、陳凡（即早年寫新體詩的周為）、黃蒙田、夏果、吳其敏都是需要列進去的。

我又忘了一個不可少的人，高旅。他是小說《杜秋娘》等的作者，你們三聯好像也要替他出一本集子，是吧？

彥火、李怡、雙翼……等人，你斟酌吧。

余光中、施叔青如不算台灣作家，當然就應列進。

葉維廉是澳門長大的，還有鄭樹森（比較文學、中大教授）也是香港長大的，兩人卻又常在美國。此人不必了，因來港講學，不久返美。

林年同又如何？

我認為不應排除武俠小說作者，而在一切作者中，金庸、梁羽生的影響屬於最大之列，如不說最大。還有倪匡的科幻小說（登在《明報》，筆名我忘了），讀者也多。

匆匆，再供參考。祝新春如意！

謝謝《文摘》、《讀書》之賜贈。

史林安　八四．二．十五

老作家

李輝英（近年舊病，不知近況如何？）

較知名或較有影響的作家

何達（詩、散文。）

劉以鬯（小說、散文。《快報》副刊編輯、《星島晚報》文藝週刊編輯。）

舒巷城（即秦西寧。詩、小說。）

戴天（詩、散文。）

金依（小說。《商報》副刊負責人。）

施叔青（小說。台灣來的女作家。）

余光中（詩。中文大學教授。台灣來的作家。）

林以亮（原名宋淇。翻譯、紅學。）

古蒼梧（詩。前《八方》負責人之一。）

亦舒（小說、散文。由港赴台又由台返港的女作家）

西西（小說、詩。《素葉文學》負責人之一。女作家。）

林燕妮（散文、小說。女作家。）

孫寶玲（雜文。女作家。）

蔣芸（散文、小說。《清秀》雜誌負責人。台灣來的女作家。）
黃蒙田（散文、美術評論。《美術家》雙月刊負責人。）
小思（即明川。散文。中文大學女講師。）
胡菊人（文藝評論。《百姓》半月刊負責人之一。）
黃維樑（文藝評論。中文大學講師。）
黃繼持（文藝評論。中文大學講師。）
董橋（文藝評論。《明報月刊》負責人。）
黃俊東（即克亮。書話。散文。）
夏果（詩。前《文藝世紀》負責人。）
張君默（散文、小說。）
蔡炎培（詩）
海辛（小說）
原甸（詩。新加坡來的作家。）
夏易（小說、散文。女作家。）
黃永剛（小說、散文。）
黃霑（雜文）
陸離（散文。女作家。）
何紫（兒童文學）
黃思騁（小說）
黃東瑞（小說。印尼歸僑，到了香港。）
黃河浪（詩）

白洛（小說）
彥火（散文）
曾敏之（散文、詩。《文匯報》文藝週刊負責人。）
雙翼（即吳羊壁。散文。《文匯報》副刊負責人。）
唐瓊（即潘際坰。散文。《大公報》副刊負責人。）
陳浩泉（詩、小說。）
吳其敏（散文。前《海洋文藝》負責人。）
梁羽生（文史短論、武俠小說。）
金庸（即查良鏞。政論、武俠小說。《明報》社長。）
羅忼烈（詞、古典文學研究。香港大學教授。）
饒宗頤（詩、古典文學研究。中文大學退休教授。）
陳凡（即周為。詩、散文、古典文學研究。）
倪匡（武俠小說、科幻小說。）

已故老作家

葉靈鳳
曹聚仁
徐訏
徐速（小說。前文藝刊物負責人。）

附注：武俠小說我認為應列入通俗文學。故金庸、梁羽生列名其上。他兩人對港台及海外影響都大。倪匡的科幻小說影響也大。

葉靈鳳致羅孚信（二通）

第一通

羅公座右：

昨日未寫稿，是為了整理材料。今奉上《索爾仁尼津喊冤的內幕》。此稿最原始材料，是《人民日報》六七年十月二十日《撕下蘇修「全民文化」的畫皮》，曾點名指罵他的這本小説。其他材料均是英美刊物。我運用得很仔細，希望不致「撞板」。將寫三續或四續。最近，「美新處」已將他的一本小説新譯本向借書者推薦，可見被認為是「反蘇」的好材料。專此。

弟　霜　上

第二通

羅公座右：

龍井新茶收到，多謝多謝，容圖另報。「講茶」仍想一喫。只是這「講」不是「講話」之講，而是「講解」之「講」，因有許多問題，實在不易摸着邊際，很想聽聽我公的「講解」而已。專此順候

近好

弟　霜　上

六．二十三

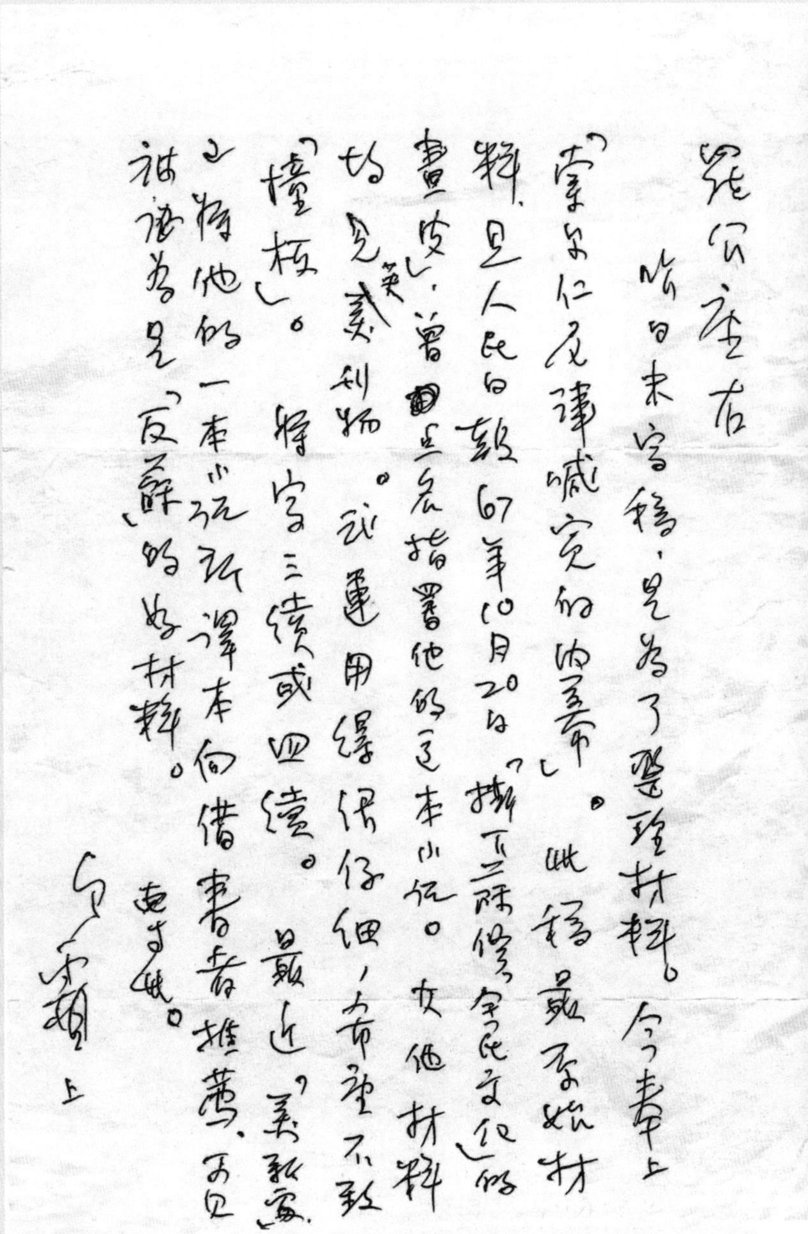

羅公座右

昨日未寄稿，是為了選擇材料。今奉上「索爾仁尼津研究的內幕」。此稿最宜於材料，是人民日報67年10月20日「撕下蘇修「全民文化」的畫皮」，曾點名指罵他的這本小說。其他材料均見英文刊物。我選用得很仔細，希望不致「撞板」。稿寄三續或四續。最近「美新處」將他的一本小說譯本向借書者推薦，可見被認為是「反蘇」的好材料。遲寄歉。

白霜 上

葉靈鳳致羅孚信第一通

1960 年代，羅孚（前排左一）與葉靈鳳（後排左一）、嚴慶澍（前排右二）、吳羊璧（前排右一）合影。

趙克臻致羅孚信（一通）

羅公：

你好，久違了。我現在先要向你道謝，你編輯了靈鳳的舊作，使它能夠重見天日，我們全家都萬分感激你。

讀了你寫在「博益日刊」的那篇文章，真使我感慨萬千。很久以來，一直想把當年的真相寫出來。靈鳳的一生，雖然沒有做過甚麼大事，但他也不會去做漢奸文人，這一切的前塵往事，我想黃茅先生是知道得很清楚的。靈鳳生前，不想我提起這些事，他說一切已成過去，說出來也於事無補，但求問心無愧也就算了。從此一直沉默了幾十年，終於由胡漢輝先生來，說了事情的真相，水落石出，公道自在人心。現在讓我舊事重提，請原諒我是不會寫文章的，我只能把當時的情況，簡單的寫下來。

在香港淪陷初期，那時國民政府的特務頭子是「葉秀峰」，他指揮留港的特務人員，組織了一個通訊機構，負責人名叫「邱雲」，他暗中聯絡各界人士，計有金融界的胡漢輝，教育界的羅四維，文化界的葉靈鳳等人，並在另一特務人員「孫伯年」（是陳立夫的內姪）的家中，設有小型電台。可惜此組合進行不到一年，已被日軍偵破，在孫君家中抄到一份名單，就此將葉靈鳳、羅四維等，及其他被拘捕的，約有五十多人，胡漢輝得到消息，立即離港。

靈鳳於端午節前一日失蹤，一連數日，消息全無。後來由我義兄尤君（先父義子）設法，結識日軍憲兵總部台灣籍通譯劉某，得以查到靈鳳等因間諜嫌疑，被囚禁於憲兵總部地下室（前高等法院）案情嚴重。我當時十分驚惶，但我不能讓他死在日本人手中，我一定要把他救出來。幸得鄰居黃夫人：她是日本華僑，她臨時教我日本話，指示我應對之法，先通過憲兵總部門口訊問處第一關，然後求見負責調查此案的軍曹「掛江」，聽說此人十分兇惡殘暴。但我見到他後，覺得此人精明正直，他說會再作進一步偵查。並且特許我每隔一日，可以送食物給靈鳳，但不能相見。從此我每隔一日就去憲兵部一次，與裏面的人也相識了不少，因此能夠救回靈鳳的性命。此案經過了一個多月的審詢，已經定案，要將大部份人犯送去赤柱監獄，靈鳳也在其中。當時我正在憲兵部，與另一負責此案的曹長「榎本」講話，我認為憑名單只是片面的，不能證明有罪。此時憲兵隊長「野間賢之助」剛走進來，他問明原因，當即允承我再作處理，立即分付將葉靈鳳從囚車上帶回來。再回押總部地下室，因為去到赤柱，等於已宣判死刑。靈鳳得以逃過此劫難。因為「野間」是日軍中最有權力之人。大約又過了一個月左右，我得到日本友人及軍政人員協助（我不想把他們的名字寫出來），靈鳳獲得無罪釋放，但不能離香港。此時已是中秋前一日，他已被囚禁了三個月多。不久邱氏兄弟及羅四維亦相繼出獄，聽說在某種條件下，要為對方服務。可惜其他四十多人，大都被判死罪，或病死獄中，內中也有是無辜的，此案就此了結。

以上的事，當時南方出版社的職員，他們都可以證明的，其中蔡君是唯一能助我奔走的人，因為那時有些朋友見了我也不敢招呼，因怕被牽連。

靈鳳在釋放後，仍主持「南方出版社」，及《時事周報》，不久又惹上了另一次風波。在農曆新年的週報上，他寫了一篇小品文，題目是「誰說商女不知亡國恨」，內容是元旦日他路過石塘咀，見到那裏的「導遊社」等風月場所，居然掛上了國旗，很是感動。誰知此文刊出的第二天，中區憲兵分部「田村曹長」，帶隊來到我家，要將靈鳳帶回去問話，聲稱文中有扇動性及不友好的意念。我當即以糖果茶點招待，並以日本話對答，我雖仍在學日語，但只能講得不多，唯有請*商他帶來的通譯幫我解說，這是一句古人的詩句，可能引用不當，並無敵意，而且愛國無罪，希望他不要追究。想不到田村聽了我的解說，微笑點頭，不久帶隊離去。從此以後靈鳳唯有閉門讀書，更少寫作。他在入獄前，名義上是報道部顧問（日本文是囑託），只是一個虛名，並沒有任何工作，也從來不曾去過東京，參加「大東亞文學家會議」的事。

和平以後，我們又受到重大的損失，光復後的「邱雲」，轉達「葉秀峰」的主意，要靈鳳等接收淪陷時的《南華日報》，後改名《時事日報》，靈鳳任社長，負責一切開支，既沒有廣告收入、銷數又不好，艱辛的維持了九個月，已用去了我們全部財產，大約十五萬港元。所謂中央政府，一直不聞不問，我們實在已無力再支持下去了，唯有宣佈停刊，從編輯部到字房，總共也有三四十人，員工要求一個月遣散費，可無計可施下，唯有把我的一個鑽石扣針，一對翡翠手鐲，請尤君賣去，得款二萬多元應用。「邱雲」還要叫我們再等幾時，一定會得到補償的。可是一等多年，不久「邱雲」因病去世，從此更沒有了下文。這筆損失，叫我向誰去追討，當年的二十萬元，現在是無可計算了。

那時我們已一無所有了，為了生活，靈鳳唯再回去《星島日報》工作，一直到他去世前一年才退休，這故事就此結束。已經寫得太多了，請你不要見怪。最後還要一提的，就是靈鳳的私生活方面，我們結婚後，三十九年中，雖然有時也會發生爭吵，但他是很顧家的，也可以算得上是一個好丈夫與好父親。不抽煙、不喝酒、不賭博，唯一的嗜好是買書，所以在我眼中，他是一個不錯的人，我想你也會同意我這樣說的。不多寫了。再會　祝你

健康　愉快

趙克臻寫於一九八八年

六月廿四日

陳君葆致羅孚信（一通）

羅孚我兄：

林漢長突然長逝，總覺有些悲痛不已。昨擬就一輓詞，欲用治喪會名義，不審造意命詞，適合與否，將以我個人名詞製付*，覓人書寫，擬煩貴報某公（即曩於倉猝間為書輓葉老一聯其人）一為揮如椽大筆，如何？如用布製，該費若干，請就近由英文版黃文輝君轉示便得。

聯文如左：

時勢異推遷，意或非南為大長；
文章憎命達，可堪塞北尚胡沙。

弟 君葆
一月四日

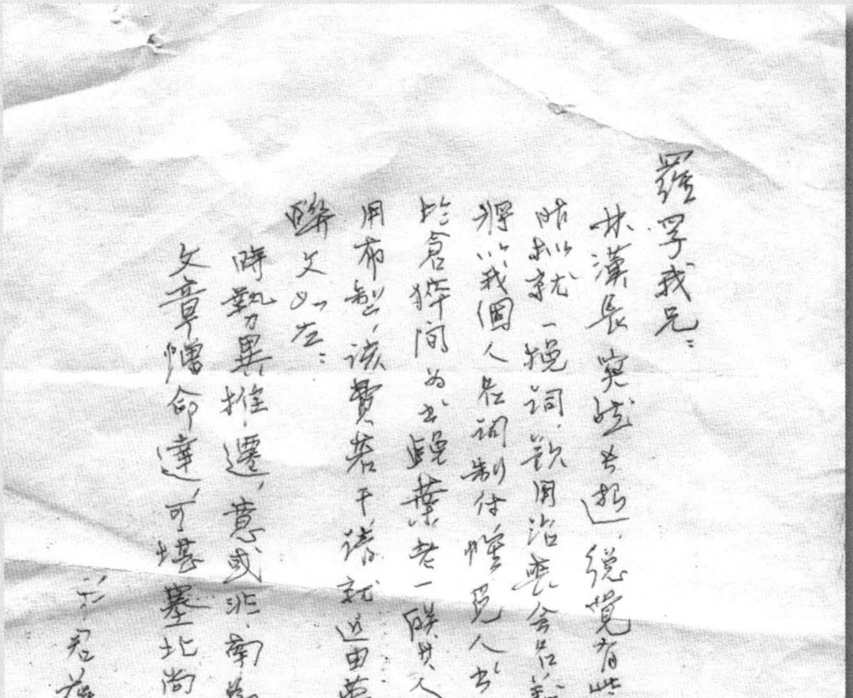
羅孚我兄：

林漢長突然去逝，總覺有些悲痛不已，昨擬就一輓詞，欲用治喪會名義，不審遣意合詞，適合與否，擬以我個人名詞制付，擬覓人書寫，擬煩貴報某公（即吳裴）於倉猝間為書，錄葉老一聯（共人）一為揮此際之筆，如何如此用布製，該費若干，請就近由吳又昭黃文輝君轉示，候復。

聯文如左：

時勢異推遷，意或北南為大長；

文章憎命達，可堪塞北尚胡沙！

弟君葆 一月四日

陳君葆致羅孚信

舒巷城致羅孚信（二通）

第一通

孚兄：

海光雜誌與稿費已收到，謝謝。

方便的話，請賜下府上地址，以便（有時候，譬如你生病告假）通訊或寄稿件。寫小說興趣甚濃（事實上，我的寫「癮」一直很大），只是暫時抽不出時間。我想遲早會交上的。

作為讀者，有關「海光」，想告訴你兩件事：

一、有喜歡文藝的青年朋友說，第三期他買到手後，把封面撕掉了才「敢」帶回家。希望「海光」封面沒有「裸女」。個人對此也有同感，特此聲明，我非「衛道之士」，但在黃潮高漲的此時此地，還是「瓜田李下」為宜。（雖然——即使即是一幅名油畫）。想起上述的朋友之舉，我也照撕（封面）為儀，免讓我的女朋友尷尬了。

二、寫字樓有同事為了那篇「論金梁……」連追三期。它寫得很精彩，很吸引人。實不相瞞，我也追了三期。結尾處，尤其動人，那「直友」的真摯之情溢乎紙上。大有「我言盡於此，你老友聽唔聽就由得你喇」之慨。「論金梁……」的作者不知是誰，看文章風格我猜想是你。但我不太相信你看了兩人那麼多的武俠小說。

其他一切，將來有機會見面談吧。

祝愉快。

西寧
敬上

第二通

一九九四年一月四日，收到羅孚遲來的「年卡」，（附印京港友好贈他的詩），遂以七絕二首（寫於卡上）回報：

讀羅孚《北京十年》（見九四年一月三日——第三〇八篇）後以拙詩「意」：

一

百年槐樹擎天傘，可伴晨昏散步人。
庭院落花如落雪，當時寂寞尚留痕。

二

花花草草星星下，十載長安伴楚囚。
一樹丁香情意結，牽牛還望過牆頭。

舒巷城　九四年一月四日寫於獲「*新禧」咭後。

柳木下致羅孚信（四通）

第一通

承勳兄：

送上舊書兩冊（燕郊集及半農雜文二集），擬請再為設法廿元，不知是否可以？如可以的話，款仍由門市部轉交，由我簽收，即可。我當於三時半以前再到報館去接洽。

這兩本書都很少見，「半農雜文」尤為難得。半年前在集古齋見有「半農雜文初集」（北京星雲堂版），標價竟高達港幣一百元，為之咋舌，然後來亦竟為人買去。

耑此不盡，即叩

撰安

弟 木下 上

一九六八年三月四日

第二通

承勳兄：

生活中仍有些問題急待解決者，請再為我設法卅元，為感！

即本「沫若詩集」，我擬多押十元，不知兄以為如何？

今天再隨函送上初版的「朝花夕拾」二冊，擬作價廿元，暫置高齋，並以抵消今天的借款，想當蒙首肯也。這個初版本，看來無甚大用處，但亦可遇而不可求也。初版僅印一千冊，這在迅翁的著作的初版之中，大概是印數最少的了。這點瑣事，也只有看了初版本才曉得的，其他甚麼年譜之類的書上是查不出來的。此外，初版本有一種「古樸」之味，與新印本不可同日而語。

那兩本翻譯小說不知是否可以賣出去？如都可以賣出去的話，則仍須補我廿元（兩本共六十元，我曾借過兄四十元）。

祝好！

弟 木下 上

一九六九年十一月十二日

朝花夕拾（初版，一九二八年九月）廿元

第三通

承勳兄：

二日的卅五元經已簽收，想當蒙垂督。被減去十五元，未免太多。請再補我十元，為感！

今天再送上書弍冊，擬請為設法，如荷允諸，款仍由四樓「收發」轉交，我於八時再到報館去接洽。

「颱風乃其他」內有四篇小說和一個獨幕劇。其中有兩篇小說均長達九十頁，可以說是「中篇」，另外兩篇，則是短篇吧了。拙「作者序言」說，這四篇小說，曾根據批評家的意見，經過多方面的挑選，在他的短篇小說之中，算是「出類拔萃」的了。康松德（英國小說家原籍波蘭）的小說，在三四個月前我曾經賣過一本「黑水手」給你。「黑水手」與「颱風」均為其最佳代表作，這是批評家所一致承認的。

「異端」（即異教徒）的作者霍普特曼（一八六二——一九四六）是德國著名的戲劇家和小說家。這本小說是一冊宣揚希臘精神和官能主義的作品，教作品中的主人翁在基督教徒看來，便成為「異端」了。郭氏的譯本出版於一九二六年，即四十七年前，距今已經差不多「半個世紀」了。而且這一冊還是初版本，僅作價十五元，不知兄以為如何？

專此不盡，即祝

撰安

弟 木下 手書

一九七三年九月八日

1、颱風及其他（一九三七年版）

2、異端（一九二六年，初版本）

（如兩書一齊要，可以減少五元。即四十元。）

3、九月二日的書

請補十元

第四通

承勳兄：

送上書四冊擬請再為設法，如可，款仍由門房轉交，我於今晚（十四日）八時後再到門房處接洽。

「死敵」的譯者之一的尚佩秋是曹靖華的夫人，她亦曾留學蘇聯，可能是因為可以執筆的時間不多，故翻譯的作品也不多。卷首愛倫堡這篇「煙袋」是他的著名的短簡篇之一，且曾編成劇本，攝成「電影」，在世界各國放映。卷末有「後記」，對所收作品及作家多有評介。

「俄羅斯短篇傑作選」本共三冊，今僅得一冊，但沒有關係，因為每一篇小說都是「獨立的」。據譯說：

此書選擇作品的原則，是以以前未經人翻譯過者為標準，而且是直接從俄文翻譯過來的，並非重譯。卷首有評介文章，對作品及作者均有介紹。

「阿愛里塔」是書中一個人的名字，這是一篇「科學幻想」小說，寫的是「火星」上的情形。作者A·H·托爾斯泰，即「小托爾斯泰」。而那個寫「戰爭與和平」的托爾斯泰，為了易以區別起見，卻被稱為「老托爾斯泰」了。在「俄羅斯短篇傑作選」一書裏，也選了一篇「小托」的小說，該書卷首的評介文章中對小托的生平和作品有頗詳細的介紹，可參看，不贅述。小托的小說為「苦難的歷程」及「彼得大帝」等四五冊，亦已有中譯本。這種「幻想小說」，也是指桑罵槐，有所為而寫的，絕不是為故事而說故事。

雖然西班牙的小說，不論古代及現代，均頗受世界人士的注意，但在我們的出版物中，直至現在仍然沒有一冊比較令人滿意的「西班牙文學史」出現。如幾年前台灣出過一本「西班牙文學」，也還是不過六七萬字，內容也十分簡陋。商務這本「西班牙文學」雖早出三十多年，但所提到的作家，卻反比台灣那本為多，這真是「先出居上」了。書中在第六章「論文及其他」一章也是談及著名的散文家阿左林，約三百多字（見一三三頁、一三四頁）。他的小品文，在卞之琳和「西窗集」裏有一點，大概你總是讀過的。卞之琳在昆明教書的時期還出過一冊「阿左林小集」，朋友某君手裏有一冊，廿年前我曾經借來看過，後來還了給他。但在舊書攤及書店裏，卻廿年來都未曾發現過。又周作人在「看雲集」裏也有一篇文章談及阿左林（題目是：西班牙的古城），如以前未注意到，可找出來看看。

兩張信紙又將盡了，即祝

撰安

弟 木下 頓首

一九七六年九月十四日

一、死敵（短篇集，一九四七年滬一版。）二十五元

二、俄羅斯短篇傑作選（一九五三年初版本。）二十元

三、阿愛里塔（科學幻想小說，一九五七年第一版本。）十二元
四、西班牙文學（一九三四年再版本。）八元
共六十五元（實價）

蕭銅致羅孚信（一通）

羅先生：

很巧，二十五日本港《新報》有祝秀俠消息，此人為「國大代表」。現要查祝之小傳，請查波文書局出版之《中國現代六百作家小傳》（李立明編）。

二十多年前在台北見祝，多係在「中央黨部」開會，當時大約他屬於「青年部」（？），約在當時之「中央黨部」第二組或第一組。

又，端木先生之舊作，已找到此地翻印之創作書社，將由他們直接為端木先生寄書。

問

編安

蕭銅

一九七五．十二．二十五

張向天致羅孚信（一通）

羅孚吾兄：

日前虞愚老先生曾寄下詩作一束，並有近照一幀。其近照即詩作所詠之「潭石獨坐」小影，蓋遊西湖時所拍攝者也。虞老有意於　貴副刊發表，故將全部詩章及近照送呈，請兄裁奪，以便刊出。現我們的報不止有「下午茶座」一處副刊，尚有星期二、星期日兩週刊，想吾兄當能撥出適當園地刊出虞老詩也。其中有和作三首可刊出可不刊出，無大問題也。照片係贈弟者，用完祈賜還為感。

專此敬問

近好

向天上

四月廿三日

鮑耀明致羅孚信（四通）

第一通

羅孚先生：

八月卅一日大札敬悉，知道先生健在，極感驚喜。子善先生約稿，本已寫好「我怎樣認識周作人」一文，內容涉及兄弟失和真因，作人、建人關係，佐藤操（郭沫若日籍夫人安娜之姊）證言，詎周知事件突發，因恐有所違礙，並鑒於提供資料（來信）朋友（都是八九十歲老人）尚居於長春重慶等地，一旦發表，不怕一萬，累己尚可，累人則大可不必，考慮再三，決定期諸他日（亦不擬在「明月」發表），先生乃過來人，當諒解我的苦衷也。

此請

冬安

鮑耀明 拜

十月十九日

函欲拜讀先生近作，能請見賜一二否？謝謝。

第二通

羅孚先生：

十一月九日大札敬悉。我與知堂老人通信，初時僅係出於好奇，希望老人能講出多些「故事」而已。後來李微塵先生主「熱風」審政，他在東亞銀行（未拆前）九樓，我在四樓，因此經常見面茶敍，李先生介紹徐訏、曹聚仁、朱樸之先生等與我認識，經他們慫恿，乃將老人信陸續發表。我的原則是將來信及日記如實報道，是非由讀者自己判斷，不加插意見（其間亦有過若干波折，有人向我提出「忠告」）。最近脫稿拙文，已與所訂原則略有抵觸，陶晶孫先生之妹（今年九十歲、尚健在、三十年代任孔德學校教師、寄居八道灣十一號，與周家人稔熟）與我接觸，更獲悉兄弟失和原來尚另有原因，此事並在拙文中稍有涉及，一旦發表，肯定對周氏長兄形象有損，在目前氣候下更不適宜，思之再三，決定擱置，祈諒之。

尊著《香港，香港……》未知能請賜寄一本否？書款加航郵費並祈示知，俾便匯寄。即請

近安

鮑耀明

十二月三日

第三通

羅孚先生：今天返錦繡翻閱故紙，在一九九五年七月卅日我的日記項下，有如下一段文字：

「偕羅孚伉儷同遊北美時，蒙惠詩兩首：

十日同遊興未磨，奇佳絕色更人和，鮑家兄妹多情重，恰似名城號大多。」

（加美之交快意之餘，俚句以謝，報上稱多倫多為大多）

「綺色佳小詩：

綺城勝似武陵村，佳氣迎人綠到門，待得夕陽無限好，醺然薄醉入黃昏。」

無他，只想證明我今天所言非虛耳。

另奉上墨寶乙紙複印，尊墨如斯精彩，是以欲得之而甘心云爾，一笑！順祝

內好！

鮑耀明

二〇〇八年九月廿一日夜

兩首都是像下面一首詩那樣寫在記事簿上面的。記事簿現存多倫多舍下。

耀明又及

扶桑聞道春光好
結伴穿空跨海來
信是信州風物美
櫻花如雪滿山開

第四通

羅先生：

弟月前自加拿大返港時，攜四知堂老人所贈絕版書及文稿等（詳另紙），正考慮如何處理。閱報得知目前國內拍賣市場，文物可售高價（附剪報），故擬將上述物事提交拍賣市場出售，得款悉數捐作發展中國大陸聾童教育之用，當比敝帚自珍藏之高閣更有意義，知堂老人在天之靈亦不致怪我罷！

先生以為如何？幸有以教我。

即請

夏安

鮑耀明

二〇一一年九月四日

附志：

（一）上述三十四冊絕版書內，包括下面四冊朋友贈與老人之著作（內頁有老人及著者題字）。

《橋》廢名著

《揚鞭集（上）》劉半農著

《讀詞偶得》俞平伯著

《猛虎集》徐志摩著

（二）介紹「香港英華漁人協會」（附事業內容及過去十年成績簡介）

順告該會命名來由：

A、「漁人」之「漁」乃授人以捕魚方法之「漁」，非收穫所得之「魚」。

B、「漁」與「愚公移山」之「愚」諧音，即以愚公蠻勁，「只求耕耘，不問收穫」，發展促進中國聾人教育。

C、聖經中亦載漁人捕魚故事。

一、知堂老人所贈二十世紀二、三十年代著作（絕版書）三十四冊（附照片）。

二、老人手稿三十篇（附其中一篇手稿「記太炎先生學梵文——周作人」照片）。

三、劉半農贈老人手拓遼代墨硯搨片一紙，上有兩人題字（附照片）。

四、沈尹默書贈老人「苦雨齋」橫幅一紙（附照片）。

目前正考慮應如何處理此等物事，先寫寫自己的想法：

甲、捐給大學圖書館或博物館（過去已捐出部份給北京魯迅博物館、紹興周作人文庫、香港中文大學、日本東京大學文化研究所、美國Duke University大學圖書館等。）恐亦只能當裝飾品點綴門面。

乙、近聞中國大陸書市，常有拍賣書畫、文稿之舉，且售價高昂（附照片），是否可利用此類拍賣，將所得款項，悉數捐贈慈善機構，目前第一選擇為「香港英華漁人協會」作發展中國大陸聾人教育及幫助雲南、貴州兩省大學貧困學子深造之用。

丙、物色善長仁翁購入上述物事。

查良鏞致羅孚信（六通）

第一通

承勳兄：

日前電話中談起的兩件事，想請你正式通知一下，以便前來麻煩：

一、我們想來貴報資料室借些舊報，抄錄一些文章。借借還還，隨借隨還。

二、晚上要回港開課討些新聞，包括重要的澳門新聞。由我們記者向大公值班記者領教。

又，汪濟兄的幫忙，大致至遲不超過本月底。

又，有何指教，請隨時示知。你說「本年度中不考慮此事」，我們緊縮一下，經濟問題並不嚴重，但思想上的領導，仍盼「經常考慮」。

此請

日安

弟 良鏞

（一九五九年）

第二通

孚兄：

1、前兄寫弟情況，若干為傳聞之誤，出書時盼改正，十分感謝。其中非事實處，弟找到大作影印本後，當即寄奉。

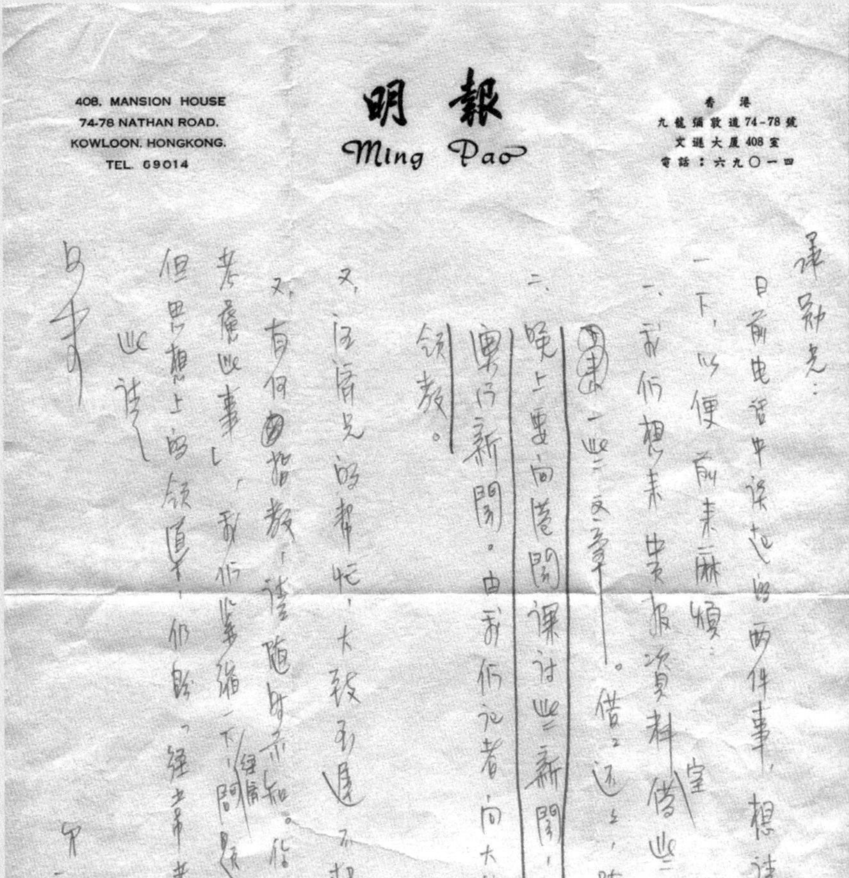

408, MANSION HOUSE
74-78 NATHAN ROAD,
KOWLOON, HONGKONG.
TEL. 69014

明報
Ming Pao

香港
九龍彌敦道74-78號
文遜大廈408室
電話：六九〇一四

承勳兄：

日前电話中談起的兩件事，想請你正式通知一下，以便前來麻煩：

一、我們想來貴報資料室借些舊報，抄錄一些文章。借了還，隨借隨還。

二、晚上要向貴館課討些新聞，包括重要的要聞新聞。由我們記者向大公報值班記者領教。

又，汪容兄的幫忙，大致不遲不超過本月底。

又，有何指教，請隨時示知。你說，本年度中不經濟問題並不嚴重，考慮此事，我們將縮一下，

但思想上的領導，仍然，經常考慮。

此請

近安

弟 良鏞

查良鏞致羅孚信第一通

意。

2、「武俠小說鑒賞辭典」之題簽，到英後找到筆墨，當即寄奉。弟書法至無根柢，見笑方家。

3、胡隆昶先生哲裔學業有成，唯遠在美國，敝報亦無適當學術性職位可以借重，請告胡兄，並致歉意。

臨到時見到秀聖，身體健康，盼不久老友們又再得歡敍平生。

弟 良鏞
一、十一
新加坡

第三通

承勳兄：接奉大函，如親對故人，知近況已有改善，十分欣喜。唯對海鮮[69]事深為懸念，唯盼當局能從寬處理。我見他從小長大，遭此變故，關懷殊殷。

拙作自當奉上全套。

吾兄在《讀書》雜誌上一文，有數處不符事實，諒係傳聞之誤，弟自不介意。數十年交好，一切均無所謂。日後當在尊文中略加注明，出書時能改正最好。

北國風寒，諸多珍攝。祝

平安

秀聖大姐問好

弟 良鏞
一、廿（一九九〇年）

69 海鮮，即羅孚長子羅海星。

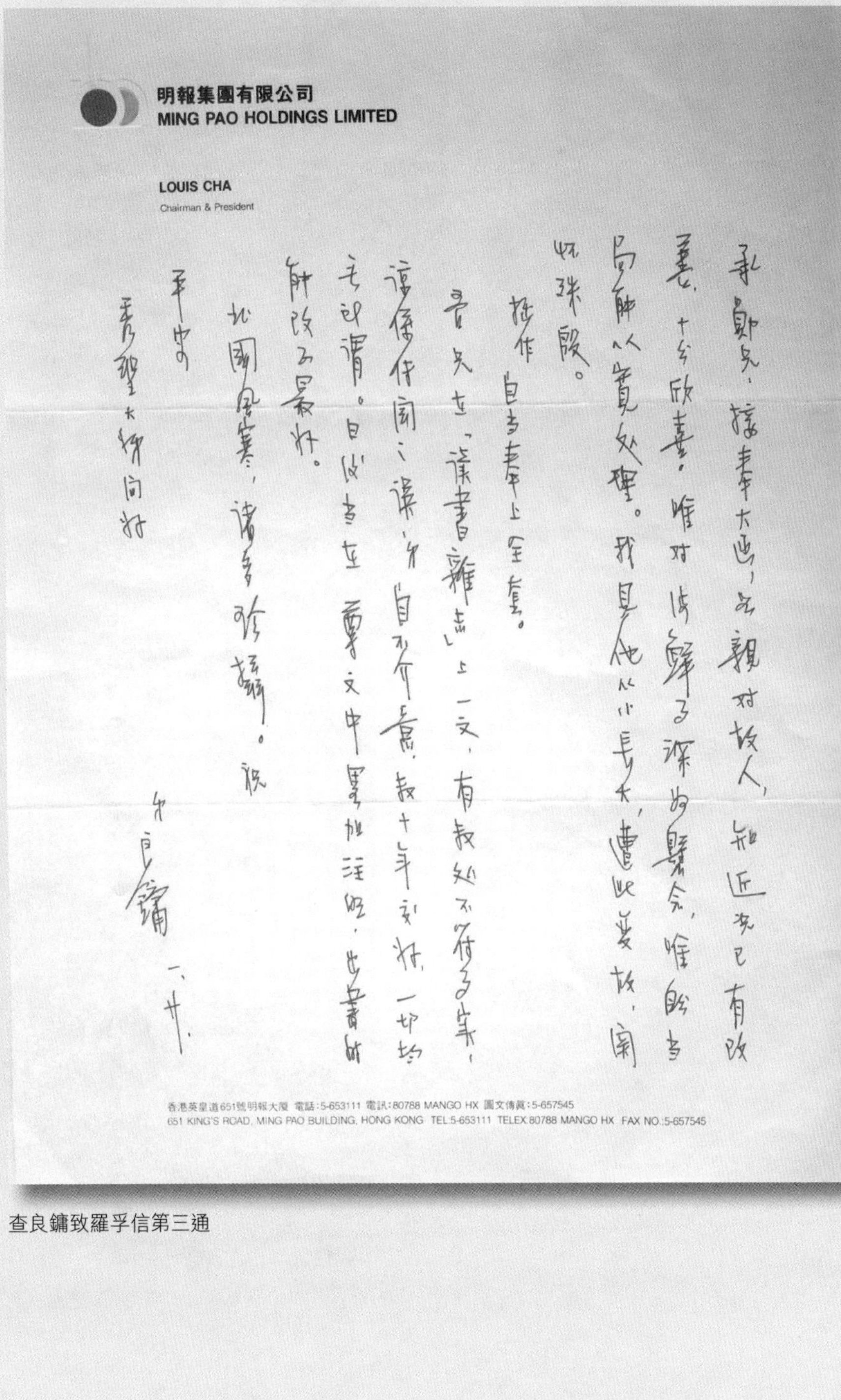
明報集團有限公司
MING PAO HOLDINGS LIMITED

LOUIS CHA
Chairman & President

乎郎兄：接奉大函，如親故人，知近況已有改善，十分欣喜。唯對許鮮了深為驚念，唯盼吾兄節哀，寬心處理。我見他從小長大，遭此變故，實增殊痛。

拙作　自當奉上全套。

貴兄在「讀書雜誌」上一文，有數處不符事實，誤傳作家之誤，弟自不介意，數十年來對於一切均無所謂。但從吾兄在　尊文中略加注明，此書的解說了最好。

北國風寒，請多珍攝。祝

平安

秀瑩大嫂同好

弟　良鏞　一、廿.

香港英皇道651號明報大廈　電話：5-653111　電訊：80788 MANGO HX　圖文傳真：5-657545
651 KING'S ROAD, MING PAO BUILDING, HONG KONG　TEL.5-653111　TELEX 80788 MANGO HX　FAX NO.:5-657545

查良鏞致羅孚信第三通

羅孚與金庸（左）合影。

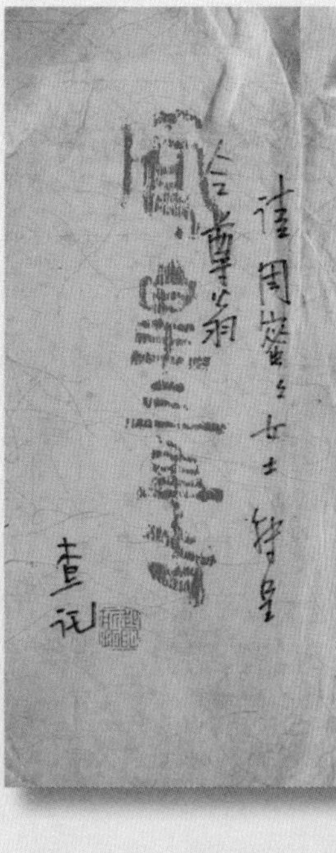

金庸致羅孚書信的信封

第四通

孚兄：

平日疏於問候，然時致思念，常盼諸事順遂，心境愉快，身體安健。

我在香港《明報》之行政工作，已於一九八九年五月《明報》創刊三十週年時交卸，唯仍擔任董事長職務，掌握新聞及評論政策。但工作已遠較先前輕鬆，可有較多餘暇從事自己所喜愛之寫作及學術研究。

去年得獲英國牛津大學聖安東學院 St. Antony's College 及「現代中國研究中心」分別選為「訪問院士」，定一月中旬前往牛津作為期半年之講學及研究。

如有通訊，可仍請寄往香港明報社，大作同仁能迅速轉遞。神馳懷想，深感眷念之意，祈諸多珍重，願不日重逢，歡然道故。

多謝時賜鴻文

令郎之事，十分欣慰得此結果。

弟 良鏞

九一元旦

第五通

承勳吾兄：

自別以來，即在夢魂之中，亦曾多次相見。雖不能說「無日不思」，但肯定每月必有數度憶及。來京十餘回，均恐累及，未來謁訪。今後大氣候日佳，相晤之日匪遙，念及殊以為喜。

尊作於弟多所讚譽，頗不敢當，相交日久，自屬知己。《明報》創刊於一九五九年五月，又：弟捐款港大為港幣八百萬元，係在王賡武校長任內奉致，尊作所述，當係傳聞之誤。複印南洋報刊，不知與原文有出入否？

於《明報》工作，弟逐漸淡出。近年來對政治之作已全然不感興趣，今後當追隨吾兄，涉獵文史，又想多學幾種外國語文，聊以自娛而已。

海星之工作問題，弟自放在心上，在倫敦時曾與 BBC 中工作人員談及，惜目前英國經濟不景，BBC 裁員一萬人，添聘新人恐頗不易，或當在港安排。海星夫婦為人厚道熱誠，工作負責，必有後福。

北望京華，誠祝

諸事順遂，身心安康

弟 良鏞

四月十日（一九九二年）

又：「武俠詞典」題字日內即行奉上，弟書法至無根底，遲遲不敢獻醜耳。又：廣東人民出版社盛情可感，弟當積極研究，一有結果，即行奉告。

第六通

承勳兄：得悉返港，大喜，大喜。連日致電，無人接聽。弟今午赴新加坡，一週後回港，當謀良晤，老友重逢，當置酒慶賀也。

此請

年祺

弟 良鏞

一、廿三（一九九四年）

羅孚九十一歲生辰時與金庸夫婦（右一、二）合影。

查良鏞致吳秀聖信（一通）

秀聖大姐：

近來得悉承勳兄生活安定，十分欣慰。

我於六日赴澳洲，至外母家過年，十七日回港，二月十八日下午三時至六時之間，任何時候歡迎你和海星到報館（七樓）來坐坐，藉以獲知你全家近況。我在報社恭候。

此請

近安

弟 良鏞 謹上

八六．二．四

董橋致羅孚信（十八通）

第一通

羅先生：

久不通信，但是經常想起你，讀你的文章。梁濃剛來英，交下你送我的古今楹聯匯刻，看了半天，開心極了，謝謝，謝謝。

我不懂書法，但是喜歡看書法，最近買到書譜，也很高興。想不到會有人想出要出這樣一種雜誌，真有學問。

我最近更懶，文章都不想寫，閒中試寫短篇小說而已，可是很不容易寫的滿意，足見創作一途，不能強求。戴天他們你還經常見面嗎，我這裏一閒下來，難免想到許多舊人舊事，徒然傷感。到底是舉目都是鬼子的地方，住十年也住不慣，奈何。

祝你一家健康快樂。

弟 小董 手上

三、四（一九七四年）

第二通

羅孚先生：

正在讀您的《聽說台灣竹葉青》，郵差剛好把您的信送到，再巧沒有了。

我的文章都是亂寫的，您居然喜歡，我真開心。新晚要，我跟戴天說我會寫，一拖幾個月了。這裏附上一篇，能用則用，不用棄之可也。

《快報》上既然用了董橋筆名，這回另外用一個筆名，比較妥當。

文章句法，請您隨便改，我是求之不得。

倫敦生活，得一靜字。談得來的朋友當然沒有香港多，偶然喝一點酒，更覺得鄉關路遙，掃興極了。

戴天來信說要辦詩刊，看來近來他還很清醒，沒醉，一笑。

這兩天秋意很濃，又風又雨的。

有空請來信。

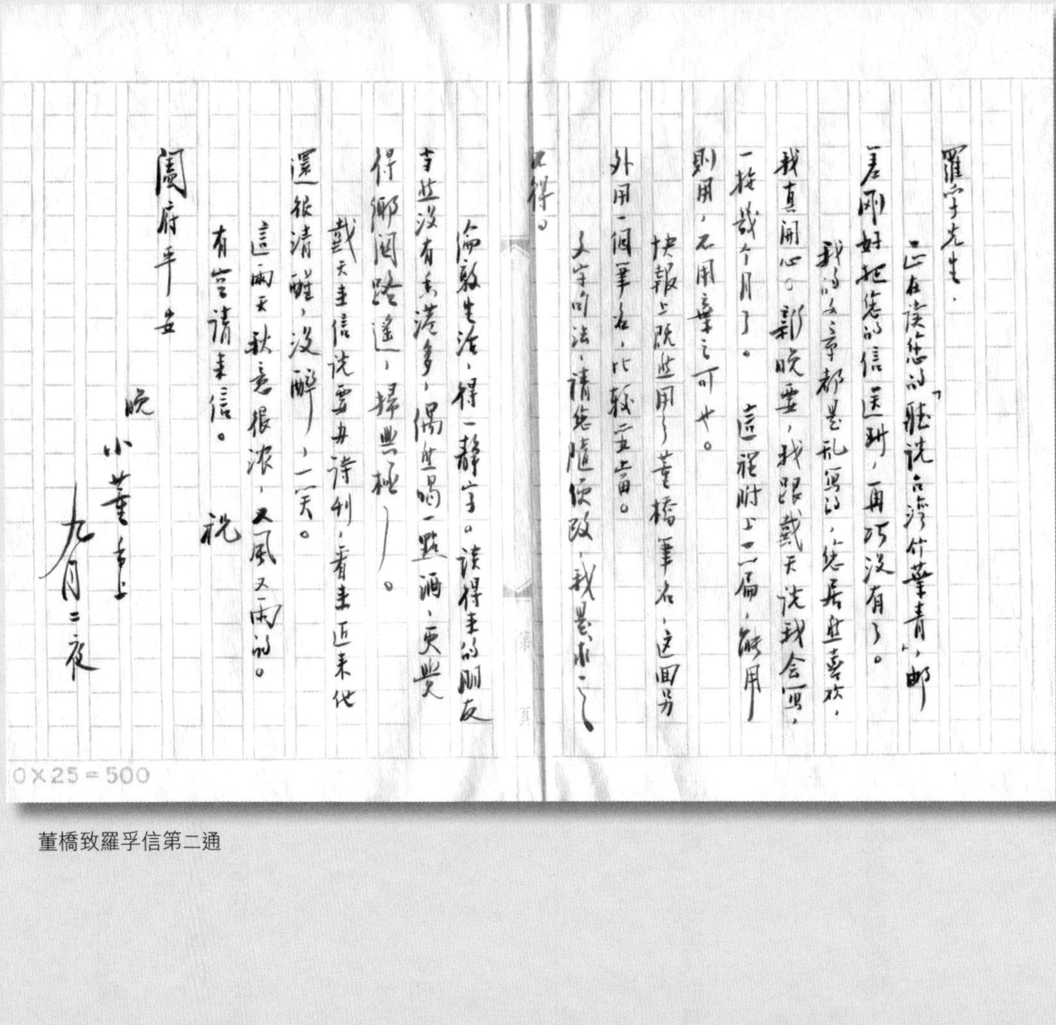

羅孚先生：

正在讀您的「聽說香港竹葉青」，郵差剛好把您的信送到，再巧沒有了。

我的文章都是亂寫的，您居然喜歡，我真開心。新晚要，我跟戴天說我會寫，一拖就幾個月了。這裡附上一篇，能用則用，不用棄之可也。

快報上既然用了董橋筆名，這回另外用一個筆名，比較妥當。

文字句法，請您隨便改，我是求之不得。

倫敦生活，得一靜字。讀得來的朋友幸並沒有香港多，偶然喝一點酒，更覺得鄉關路遠，歸無極了。

戴天來信說要出詩刊，看來近來他還很清醒，沒醉了一天。

這兩天秋意很濃，又風又雨的。

有空請來信。祝

闔府平安

晚 小董 上

九月二夜

0×25＝500

董橋致羅孚信第二通

祝　闔府平安

晚　小董　手上

九月二夜（一九七四年）

第三通

羅公：

書三冊已寄周蜜蜜收。都是台灣版，我實在不敢在港出書，自知沒有市場也。一笑。信和稿都收到了，謝謝。稿子自然都在「中國版」或「自由論壇」[70]上刊出；校對殊不容易完善。看大樣一疏忽就（過）去了。報館人才越來越難求，真不知如何是好。

歲將云暮，春天來了，一切又有希望——雖然可能是奢望。讀北京故事，總有無限感傷，但願八九年的北京故事是令人欣喜的「竹報平安」。

祝　年禧

晚　董橋　手上

八八、十二、十八、

第四通

羅公：

讀來信如見故人，一樂也。

今後於固仁的小品，自當每篇剪下交周蜜蜜轉到北京，保證您看得到。

70　「中國版」或「自由論壇」，是香港《明報》的版面和專欄，此時董橋擔任香港《明報》總編輯。

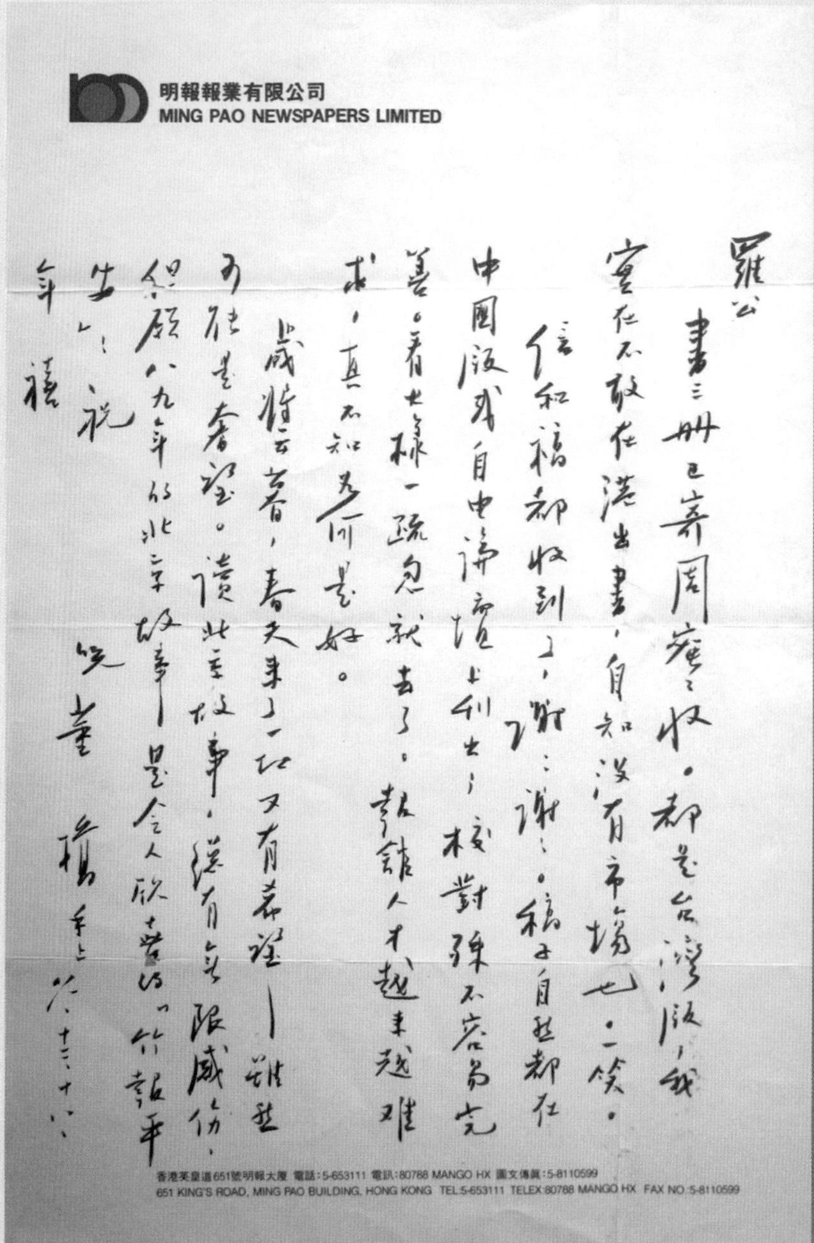
明報報業有限公司
MING PAO NEWSPAPERS LIMITED

羅公：

書三冊已寄周密收。都是台灣版，我實在不敢在港出書，自知沒有市場也。一笑。

信和稿都收到了，謝謝。稿子自然都在中國版或自由談上刊出；校對殊不容易完善。看大樣一疏忽就去了。報館人才越來越難求，真不知如何是好。

歲將云暮，春天來了一切又有希望——雖然可能是奢望。讀此辛酸故事，總有無限感傷。但願八九年的北京故事是令人欣喜的一件報平安！祝

年禧

弟　董橋　手上　八八.十二.十八

香港英皇道651號明報大廈　電話：5-653111　電訊：80788 MANGO HX　圖文傳真：5-8110599
651 KING'S ROAD, MING PAO BUILDING, HONG KONG　TEL:5-653111　TELEX:80788 MANGO HX　FAX NO.:5-8110599

董橋致羅孚信第三通

昨蜜蜜説您準備南下廣州過春節，家人大團圓，又是樂事也。希望下次可以順道「過橋」來港訪舊，如何？

急景殘年，心中盡是幽情。不久前聽説上海大師王個簃去世，日前偶在坊間看到他一幅墨跡。題了老師缶翁的詩：荷花荷葉墨汁塗，雨大不知香有無，真妙品，又忍痛買下了。原想無牽無掛，斷了這段孽緣，竟不能！奈何奈何。

祝蛇年如意

弟　董橋　手上

八九、一、二十七、

第五通

羅公如晤：

承賜《讀書》雜誌，至感，至感。細讀大作，更覺故人知我最深，雖有不少過譽之詞，畢竟看穿董橋真面目，今後作文還要處處小心，免得又給柳蘇點破天機！謝謝。

三聯要排此文於拙書中，立刻同意。

《明報》五月二十日報慶，想請柳蘇賜五百字以尖特刊篇幅，不知可否賞臉。五月八日前可傳真給我，就可以了。千萬幫忙，叩頭再謝。

昨得饒宗老的賀詞，舊宣紙大書：「發藝必在芬香」，甚是可喜。也請台靜老寫幾個字，是託林文月去求的，不知可有造化。前日坊間收得湯定之的一幅古樹紅梅，筆意酣暢，畫面佈局疏落，很少見，喜不自勝。去週蔣芸賞飯，席間拜識林風眠大師，印象深刻，此老與世紀同歲，精神大佳，真難得。

匆匆敬祝　文安

弟　董橋　拜上

八九年四月二十七日

第六通

羅公：

意外收到冒鶴亭遺存文物一文，欣賞奚似，故人無恙，尤其教人高興。月刊新人新政，據説破了不少舊，聞之神傷。我公這些文史通訊稿，請多寫寄，「中國版」正需要這樣的文化小品。説起「珍藏」，確是不敢強求。康藍喜歡些紅木古家私，漸漸續續買了三五件，將來都要運去英倫敝居，陪我們養老。我自己則由友人求得國內名家白石門人李立所刻石章一枚，精到別致，不愧是大名家手筆。日前偶然收得陶詒孫之山水四屏，意想不到的俊逸，鄭逸梅掌故中談陶冷月、陶詒孫都甚有趣，第一次見此公的畫，倍覺親切。餘不一一。

祝平安

晚 董橋 手上

八九年十一月七日

第七通

羅公：

得來信如沐春風。香港報紙副刊無甚可觀，讀你的信，每每懷念當年的「島居雜文」，倍感念舊。那才是「舊時王謝堂前燕」的年代，現在八九飛走了，卻又好像不是「飛入尋常百姓家」！日前讀王漁洋的《分甘餘話》，見他引了一句詩説：「烏衣巷口多芳草，明日重遇是早春」，你説好不好！記得當年我在英國的

八十年代過去了，但願九十年代能給我們帶來幸福快樂，國家人民都健康。

時候，你寄過一張賀年信給我，是王雪濤的畫；從那時起，我就甚愛此公小品。前不久買到的那張《遲園清供》是他一九四二年在北平畫的，恰是我出世的那年，看了幾百次都不厭。最近我還愛上木製筆筒，瓷的玩多了，不禁生厭；手頭有三個花梨木的，一個紫檀的，清淡古樸，有雪濤化作之風。盡說這些閒話，用意是想逗你開心，不要太為不如意的事煩惱。

祝平安

晚 董橋 手上

九〇年一月一日晚上

第八通

羅公：

疊接兩書，情云均悉。

社務越弄越忙，不知如何是好。我常說，工作像女人，不理不行，越理越多花樣。一笑。幸好二十九日就一走了之，玩它三星期再回來看她臉色。

林老之事，自當罷休。吵吵鬧鬧者盡是些二三流的畫匠，一流高手都韜光養晦，難怪中國畫壇常顯得寂寥。

舒蕪題詩末二句甚有意思。題畫詩殊不易作，吳昌碩、齊白石佳作比較多，張大千提識似比題詩好。王個簃亦不俗。新一派連字都不會寫，遑言題詩提識！

匆匆遙祝　平安

晚 董橋 拜上

五、二十一（一九九〇年）

前排左起：鮑萃美、羅孚夫婦、鮑耀明。後排左起：董橋、羅海星夫婦。

第九通

羅公：

謝謝來稿，謝謝送書。

負暄瑣語、續語初翻之，似甚有苗頭，此類人物掌故最合我心，但寫得好的畢竟太少，太少了。喜看這種東西的人心態必是老了。

偶和蜜蜜聯繫，常常想到你家大少爺不知何日回家。今日似乎處理了不少人，相信很快就有好消息。年初一 **** 宣佈，害我們趕來出號外，此公確是舉足輕重了。

祝羊年如意

董橋 頓首

二月十六日（一九九一年）

第十通

羅公：

翠芬交下大札，誦讀再三，彷彿與故人剪燭夜話，不亦快哉！報館生涯匆匆快兩年了，身心交瘁。幸好銷數破三十年記錄，至今未見下坡，但壓力反而更大，因患得患失也。五月底放假去英倫二三星期，眼不見為淨，好好休養一下就是。

已和蜜蜜通話，請她注林老寫林老，刊出時當將尊詩圍花插入圖文中。聽說林老常發燒，腦有瘤，甚擔心。他台灣回來後，我們還去他家看畫，精神很好，大家玩到深夜。馮葉學唱京戲，那晚還表演幾段。林老赤子之心令人愉快，海翁則凡心頗濃，真是人不似其畫！雲兄文中所指，想是海翁。雲兄是衝動派掌門人，感情像野馬。既有今日，何必當初。可憐可憐。

楊八妹之專欄惹出不少風波，我常請陳非注意，但還是疏忽。老實説，我平日也懶得翻閱那一版，因都是前任老總之設計，無甚可觀，而香港人竟樂此不疲。據説他又回《信報》工作，《明報》之欄不便寫了云云。本地報界「通人」不少，「捅」人都不用本錢，怪事。今後我會注意查禁這類無稽之談。

來信所説，「一方一謝」故事，我查了一下報紙，二月裏已刊出之故事，賀敬之、謝晉、王蒙等，不知你看到了沒有？朱屺瞻在港開過畫展，前不久在集古齋見到他一幅《風味可人》，畫芋頭，索我三萬五，不敢買，過幾天「心思」再去，賣掉了！台灣人大買圖畫文物，市場有點亂，往往因此不想湊熱鬧矣。現在心中真想要一幅董壽平的竹子。上兩星期在畫展中廉價買到石壺的「梅石」，很幽雅，假的也無所謂了。

匆祝平安

弟 董橋 手上

四月十四夜（一九九一年）

第十一通

羅公：

謝謝你保持聯絡。終於認識了蜜蜜女士，以後兩地音訊當可不斷。文章有的刊於中國版，有的刊於「論壇版」。總之是求之不得，來者不拒。

知道你去過一趟桂林，不知山水是否無恙！月前在香港榮寶齋購得李可染桂林山水複製品，構圖新穎，落墨幽雅，嘆為絕品。這輩子想是買不起也求不到李翁的作品了，只好望複製品而止渴。董壽平畫竹、關山月畫梅，我都神往，兩老都見過面聊天了，只是無緣得其真跡，奈何。

匆忙　敬祝平安

弟　董橋　拜上

十一月十六日（一九九一年）

第十二通

羅先生：

收到賀年信，詩好印佳。謝謝、謝謝。我無以為報，影印近日所收佳石拓本一方。代賀年信。愛上壽山芙蓉、白石，搜得｜數枚、從西泠八家陳秋堂到趙古泥、王福厂之作品都有。不亦快哉。深夜境題「芙蓉花發滿江紅」之詩，植字貼上印章，錦盒一併影印，供我公一笑。詩中之「妾」自是麗人可人，爭美心情，躍然紙上。

匆祝　闔府新年大吉

晚　董橋　拜年

再者：近日找清季徐子晉之《前塵夢影路》一書，始終得不到。上海友人忽借得黃裳先生所藏「前」書，影印送我，書中處處有黃裳眉批、大喜大喜。常讀你文章中寫藏書、讀書之樂。忍不住告訴你這個收穫，此書寫作者搜藏、過眼之文玩書畫，甚是有趣。亂世文人能這樣「墮落」和「喪志」，令人羨慕。

橋　又及。

（未注明日期，可能為一九九二年春節前）

第十三通

羅公：

蜜蜜轉來尊函，喜上心頭。故人不但無恙，且在南方避空過年，只可惜不能溜過來到陸羽茶樓喝一壺鐵觀音，吃兩樣點心，一笑。

居然有人說，為何一定要看董橋？此事令我想起最近有人說，中國需要的不是民主，是文化，信焉！拙著砍掉尊文，猶如端硯少了盒蓋，殺風景到了極點。

最近工餘埋首苦讀王世襄先生的明式傢具大著，滿心歡喜，此公大學問，惹得我深深愛上了木器。紀念聶老的書，也讀完了，真好。寫人的文章最難寫，也最好看。

祝 儷安、年福

弟 董橋 頓首

九二、二、八

第十四通

羅公：

赴宴的紀實小品昨天收到後立刻發出去，今天就出來了。簽字那篇收到已是二十七日，事情變的很快，老人好像也顯得很老了，所以不便再發。

這裏的傳真機有三四部，但上次給你的那一部壞了，今後如傳真可用另一個：五—八一一〇四七二。上回那部這兩日修好了也可用。傳真快些、不會誤事誤時。

事忙，下次再談。

祝平安

蜜蜜女士：謝謝。

董橋 拜上

三月二十九日（一九九二年）

第十五通

羅公：

上次所刊「故事」諒已讀到。健波和我等幾位負責人都對這樣的通訊故事愛不釋手。副刊我們是不直接管的，新聞版則越做越想出不少計劃，其中兩項很需要我公這樣的前輩支持：

1、中國版準備加版，很想請我公想個欄寫個通訊，天天寫或每週固定幾篇都行。

2、中國動向深受各方注意，每有大事或官方大文章，外電及外國觀察家多半指鹿為馬，會錯原意。當年友聯的一批中國觀察家之中，除徐東濱兄還在活躍之外，其他都不在了，年輕一輩及學院中人又搔不到癢處。我公如能跟新聞為我們寫評論，或組織文章經常以第一時間為讀者「解畫」，想必叫座。

此二章急需落實，第一項固可爭取高稿酬，第二項應該安排稿酬之外的月規錢，我們既是上市公司，這個安排我和健波當盡力爭取。請我公考慮後設法通知我們。

我五月十八日應邀去芬蘭五日，然後赴英休假，六月四、五日回港。我公回音可交健波，他會跟我電話聯絡一起決定。

不情之請，完全因為希望與我公一起做點有意義的事。北國春暖，尚希珍重，祝頌大安。

晚 董橋 頓首

九二年五月十五日

第十六通

羅公、羅太太：

謝謝賀年片。

退休後寫讀及翻譯生涯頗覺清幽。有人找我做小差事，過了陰曆再說。天天讀大作，如與故人剪燭夜話，不亦樂乎。敬祝

新歲如意

董橋

一月四日（一九九六年）

第十七通

羅公：

謝謝來信，謝謝送書。致柯老信請代轉，費神了。查先生[71]去了牛津，四月才回來。徐老的書[72]，我會告訴他，一有消息，當即告訴你，應該沒問題。

報社今年又有結構變化，我不知道查公心中怎麼打算，總之做一天算一天。年輕一代把辦報完全當做生意，恐怕變動會不少。

71 查先生，指查良鏞。

72 徐老的書，指徐鑄成的回憶錄《八十自述》。

今年春節又請饒宗頤老先生撰寫春聯印給讀者，聯云「陽生物任養，春到人同歡」，你說好不好。年畫則可能會用高劍父畫的水仙。我近日愛上順德古木筆筒，收了不少件，又是喪志一番，真好。亂世不宜養志也。

順頌　儷安

晚　董橋　頓首

一、三十一（一九九八年）

第十八通

羅先生：

謝謝來信。許久沒有收到你的信，忽然浮現眼前，倍感親切。

林平衡在構想怎麼處理這批舊照片，他會與老先生聯繫。請放心。

最近有看到甚麼好字畫嗎？大陸市場發燒，起初真假都有人要，近來找熟了，要好要精的才挺得上去，一挺，我們誰都不必想要了。只好守着幾張自己喜歡的守到老。一笑。

敬祝儷安，並頌乙酉吉祥

董橋　頓首

二〇〇五年二月二日

盧瑋鑾致羅孚信（十一通）

第一通

絲韋先生：

謝謝您寄來的剪報，也謝謝您直接叫我的名字，這使我十分十分好過。說到甚麼「才女」的，在香港多的是，我倒不敢也不能擔上這個名堂。

在梅雨來臨後，我曾到過苔寺一行，那兒的綠又與前次所見有很大的不同，我只站在園中看得有點發呆，但總無法用語言或文字去形容那片綠，大概是我筆拙才拙吧！看您文章的是個愛苔之人，就只可惜沒到苔寺訪苔。而我這個初學愛苔的人，卻站在苔前傻看，自覺未免有點浪費苔色了！關於那位年輕朋友既也愛苔，我便先把手邊一份明信片先送給了他，少少的東西，不要說甚麼「費用定要還我」，算為西芳寺多訂一份情緣好了！

又該謝謝您給我一個為《新晚報》寄稿的機會，只是《新晚報》副刊水準一向很高，且對於日本風物的資料也很多，我倒不知道自己能寄些甚麼才及得上水準，況且我在日本生活圈子小，接觸面很狹，材料一定不豐富。在《明報》「自由談」上的文字也因離港前答應了，才不得不拉雜寫成。不過將來如遇有好的材料，一定寄給您。但無論如何，真謝謝您給我這個機會。

在此間讀書，不覺又過半年，心情十分矛盾，因為一方面很想早些歸來，另一方面又有許多可看的書未看，且一旦回港，就要工作，再也沒有能整天看書的機會了。不過，我現在正努力利用在日的三四個月時間多看多想，也多欣賞景物以求充實自己，更希望能了解些日本這個民族。

不寫了，希望得到您的來信給我指導。

祝好！

明川
十一・六・七三

第二通

絲韋先生：

很對不起，那麼遲才回信，只因剛收到您十四，十五號兩信時，正是我牙齦發炎，痛得我頭昏腦脹的時候，後來又要帶痛參加了此地留學生的外地旅行，回來休息了一天，才提筆回信。

首先，該謝謝您給我的指導，我會記住「不可鑽進書中出不來」，也盡力去了解這世界，包括日本民族，當然更包括了我們的中華民族。提到政治見解的距離問題，我想，基本上，距離應該不會太大，就算有距離，想也正如您說不該妨礙我們的交往。別人複雜不複雜我不大注意，只是說我單純，也許是對的，因為大學畢業後，我便一直在教書，教的又是不著名而小小的學校，同事間，師生間的融洽情況，說出來許多人不易相信，這種小圈子環境中，沒有甚麼可能複雜的，故有些人批評我和陸離是群「不肯長大」的人。對此，我也不知道是禍是福。

三篇「談苔」的文章，拜讀後，我歡喜「苔色更濃」和「夏雨宜賞苔青青」，尤其後者，您說到「幽靜」那幾段，實在一點也不會搔不到癢處。您叫我寫，我還能寫甚麼呢？陸離再主編《文林》，叫我寫了篇短文，奇怪的是在京都半年，美的景物看得多，時時心中充滿詩境，但到執筆，卻完全無法表現出來，這只好怪自己工夫不到家了。

說起我看《新晚報》的歷史也不淺，如果沒有記錯，該是中學的後期便開始看了，而首次知道豐子愷先生及他的畫，好像也在《新晚報》副刊看到的，（關於這點我也正想請您給我證實，是不是有一段時期《新晚報》曾刊過豐先生在解放後的新作？因為那時年紀尚小，又沒有剪報習慣，後來跟許多人談起，他們竟說沒有印象。）關於您說的「比較沉悶枯燥局面」，相信許多時是與「原則」有關，但現在，該是可以改進的時候了。真的，沒有看它很久，但我已請朋友為我每月給我寄來。（在此之前，我也有過兩段很長時期後看它，那是一九六三年及一九六八年）

本來，我說要八九月便回港的，但為了貪看京都秋色，我決定留到十一月，目前只好拚命省節，希望支持到十一月。

您朋友說，九州地方有個叫「熊館」地方，我想該是「熊本」，因為我找遍九州地圖，也沒有「熊館」，而熊本卻是九州一個很著名旅遊地，熊本城，我是去過的，但卻沒有去天成寺。不過，日本庭園有苔的實在不少，例如前天去旅行，路過日本越前海岸附近的金澤，有個兼六園，裏面就全以苔代草了（兼六園與岡山的後樂園及高松的栗林公園合稱日本三大名園，而我獨愛後樂園）

請多來信指導，祝

好

明川

二十六・六・七三

第三通

絲韋先生：

二十五號的來信使我很開心，可是，又突然緊張起來，因為我造夢也沒有想過真會有見豐先生的機會。於是整夜在想，見到他老人家時，我該說些甚麼，問些甚麼等等問題。現在想起來，自己的緊張真像小孩子初次出門旅行的前夕的心情。有點傻，是不是呢？又想到我若十一月回港再辦手續，豈不是農曆年左右才可

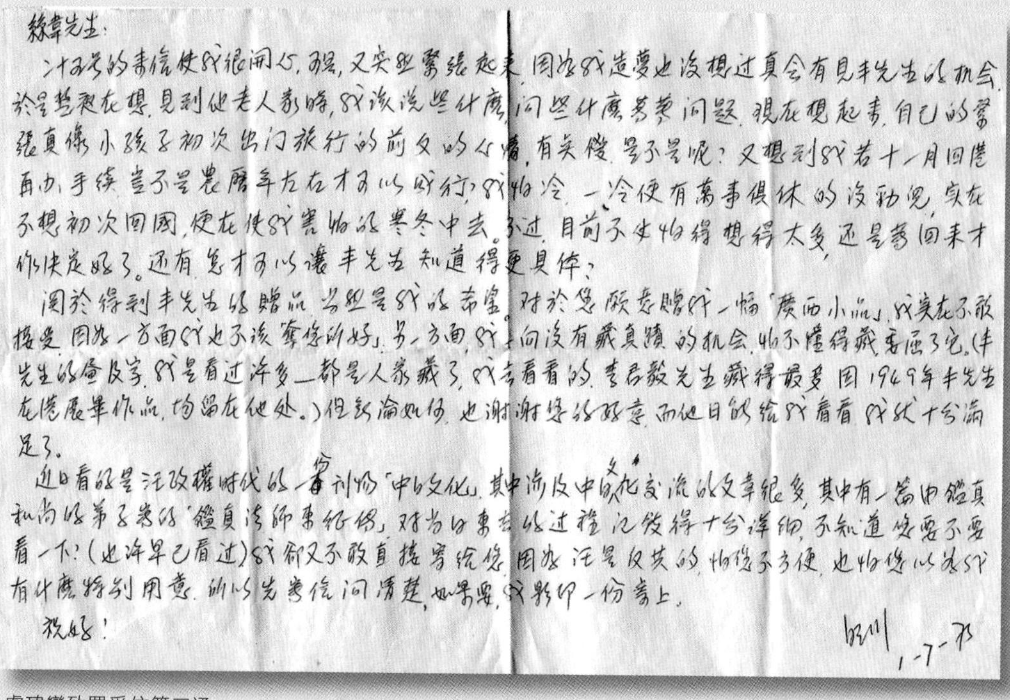

絲韋先生：

二十五號的來信使我很開心，可是，又突然緊張起來，因為我造夢也沒想過真會有見丰先生的機會，於是整夜在想，見到他老人家時，我該說些什麼，問些什麼等等問題。現在想起來，自己的緊張真像小孩子初次出門旅行的前夕的心情，有點傻，是不是呢？又想到我若十一月回港再辦手續，豈不是農曆年左右才可以成行？我怕冷，一冷便有萬事俱休的沒勁兒，實在不想初次回國，便在使我害怕的寒冬中去。不過，目前不必怕得想得太多，還是等回來才作決定好了。還有，您才可以讓丰先生知道得更具體？

關於得到丰先生的贈品，當然是我的希望。對於您願意贈我一幅「廣西小品」，我實在不敢接受，因為一方面我也不該「奪您所好」，另一方面，我一向沒有藏真蹟的機會，怕不懂得藏，委屈了它。（丰先生的畫及字，我是看過許多——都是人家藏了，我去看看的。李君毅先生藏得最多，因1949年丰先生在港展畢作品，均留在他處。）但無論如何，也謝謝您的好意，而他日能給我看看，我就十分滿足了。

近日看的是汪政權時代的一份刊物「中日文化」，其中涉及中日文化交流的文章很多，其中有一篇由鑑真和尚的弟子寫的「鑑真法師東征傳」，對當日東去的過程記錄得十分詳細，不知道您要不要看一下？（也許早已看過）我卻又不敢直接寄給您，因為汪是反共的，怕您不方便，也怕您以為我有什麼特別用意，所以先寫信問清楚，如果要，我影印一份寄上。

祝好！

明川 1-7-73

盧瑋鑾致羅孚信第三通

以成行？我怕冷，一冷便有萬事俱休的沒勁兒。實在不想初次回國，便在使我害怕的寒冬中去。不過，目前不必怕得想得太多，還是等回來再做決定好了。還有，怎樣才可以讓豐先生知道得更具體？

關於得到豐先生的贈品，當然是我的希望。對於您願意贈我一幅「廣西小品」，我實在不敢接受，因為一方面我也不該「奪您所好」，另一方面我一向沒有藏真跡的機會，怕不懂得藏委屈了它。（豐先生的畫及字我是看過許多——都是人家藏了，我去看看的，李君毅先生藏得最多，因一九四九年豐先生在港展畢作品，均留在他處。）但無論如何，也謝謝您的好意，而他日能給我看看，我就十分滿足了。

今日看的是汪政權時代的一份刊物「中日文化」，其中涉及中日文化交流的文章很多，其中有一篇由鑒真和尚的弟子寫的「鑒真法師東征傳」，對當日東去的過程，記敘得十分詳細，不知道您要不要看一下？（也許早已看過）。我卻又不敢直接寄給您，因為汪是反共的，怕您不方便，也怕您以為我有甚麼特別用意，所以先寫信問清楚，如果要，我影印一份寄上。

祝好！

明川

一．七．七三

第四通

絲韋先生：

今日京都苦熱，每日下午有昏昏之感，使讀書的進度也慢下來了。

陸離說我愛豐子愷如她愛杜魯福，那未免錯了，因為我不如她的如癡如醉。至於林琵琶，她文章有股靈秀之氣，非別人可及，我絕不敢與她相比。我很愛讀她的文章，可惜近年來得少了。她有句詩說「有意尋荊棘」，掛念她如今是否在荊棘中！

六月初，日本東方學會在京都舉行大會，我被邀請在會中演講，匆忙中只好用比較熟的資料去應付。那天的主席是貝塚茂樹先生，而三十多年前首先把豐先生作品介紹到日本的吉川幸次郎先生也在座。演講後有好幾個外國學者向我詳問了豐先生的近況。其中一個普林斯大學的教授還說想看看豐先生的畫，可惜我手邊沒有他的畫集，我介紹他去香港買。我不是甚麼「專家」，那次演講是逼出來的，使我緊張了整一個月，怕的是做的不好，有辱了「中國人」！

另寄給您「中日文化」影印數頁。奈良唐招提寺保有中日文化交流之跡甚多，可惜我還沒有去看。八月可熱鬧了，因為可以看「出土文物展」！

祝好！

明川

十九．七．七三

第五通

絲韋先生：

謝謝您給我剪來周穎南先生的文字。能看到豐先生那麼近期的字和知道他與港中友人常有書信來往，實在非常安心。周先生罵我「自作聰明」是罵對了，但願以後知道豐先生消息的人多公開點提及他，免得我們不認識豐先生的人胡亂猜想。他罵我「以專家自居」，那我也該好好反省一下，會不會在不自覺中給了人家如此印象。我喜歡豐先生的作品、人格，很自然便多收有關他的消息。然後又想更多喜歡他的人也知道，更想未知道他的年輕一輩也喜歡他。大概因此便有點忘了形，技術上犯了錯誤。以後，我會默默。「天意和乎，人意和乎」，很希望自己能明白豐先生的心境。該謝周先生，給我一個提醒。

提起曹聚仁先生，我也讀了他不少作品。記得在報上知道他臥病大坑道時，就想唐突地去看看他，但等到向圓慧先生問及時，他已到了澳門去，想不到不久他就逝世了。

已經去過奈良，唐招提寺及法隆寺都很好。奈良的寺與京都不同。奈良的是荒涼但十分壯闊，比起京都的纖妙更具氣氛。可惜，逢不上節日，鑑真法師的像不公開，故沒看到。是了，影印的鑑真和尚傳數頁，收到沒有，未見提及，不知道是否寄失了！

夏季休假，宿舍中人都去了外面旅行。我本想去伊豆半島，但因訂不到青年宿舍的宿位不能去。北海道又太貴旅費，於是依舊在京都，還是天天去圖書館，想着秋來紅葉，就安心把自己的假期改在秋天了。

祝好！

瑋鑾

五．八．七三

第六通

絲韋先生：

因為有朋友自香港來，陪她到外邊去玩了一段日子，拖延了回信，對不起！

看到豐先生最近的信及字跡，使我萬分高興而又安慰，真的，這信使我對他老人家了解更多些是很好的資料，真謝謝您！

出土文物展我去看了，可是隔了四五層人牆，要排隊慢慢移動才能站到第一層「人牆」去看展品，而且展品又多，三個多鐘頭還未能看完，到後半部份，我已有力不能支的感覺，只好草草看了一遍，等着九月中，人可能少些，才去看一兩次。（我已買了兩張入場券了）我的感情很激動，因此無法把它整理成文。

又：展會中有一特刊，十分精美而有紀念性，不知道您有沒有？請來信告知，如還未有，下次去買一本送給您，請不要客氣！

近來收到朋友寄來七月份《新晚報》副刊，看到您提及朋友在中國旅行的情況，又接到學生由桂林、長沙的來信，使我神馳萬分。

祝好！

明川

二十八．八．七三

第七通

絲韋先生：

每次，您都給我一些意外的喜悅，那我該怎樣謝謝您呢？細看着幾幅豐先生的作品，想着，在上海有他老人家，在香港有剪貼的全部，我真想趕快回來。可是，到日本來一趟的機會也不易得，而要看的書和事物又多，我卻又無法不希望多留一陣。直到目前，我還沒決定歸期。從來，我沒有如此「毫無預算」過，有時也為自己乾急。

京都入秋，「已涼天氣」的日子很快過去，現在已經「冷」了。楓葉未紅，但賞菊卻正其時，可是，我還未去看。因為十月裏，只開一天兩天的寺院寶物館正紛紛排期展出，我多是上午去學校，下午去看寺院，晚上又看向圖書館借來的書，可算很忙。但，我決定，當楓紅了後，我會作整日之遊。

我在出土文物展會中，買了一本紀念特刊，有人返港，會託人帶返，交到《新晚報》送給您，希望您會喜歡。至於送給《新晚報》的禮物，有機會我一定奉上。

祝好！

明川

九．十．七三

第八通

羅老師：

《八方》是沒寄給您，因為不知道怎樣寄，現在請公子帶上，還有我自存的《給女兒的信》及一個訪問稿及三蘇自己寫的一篇文字，對您可能有幫助。

《八方》需要稿，小董已知道我去年上京組稿情況，您可與她談，請您也支持。

「香港作家協會」是在報上有專欄的作家，以倪匡為首組成，胡菊人大概因辦雜誌，與報上寫作人必須有連繫，我們那「香港文學藝術協會」，其實人數不多，也不打算公開招收會員，一切活動也很低調，只盼踏實出好《八方》。社會上多幾個文藝體團（團體）是合理而正常，各有各的方向，不必調子統一，不是正合百花齊放精神嗎？我認為不必一大堆人合在一起，但也不必互相排斥。那就最好！自由組合，是合理的生活。我堅持這一點！我渴望就是這一點！

《八方》應是季刊，我也不明白怎會是叢刊。今天跟諸友提及。且看下一期改不改。

看到您寫給徐鑄成先生賀壽的詩、墮馬一詞淒苦！

匆匆祝好。

小思

一九八七・六・二十八

第九通

羅老師：

幾封信一套毛邊本《讀書隨筆》，是一拖再延才到我手中。剛巧學校考試忙於改卷計分，加上我心臟有點毛病。忙中又得把握休息時間，延到今天才回信給您。但有不知道經多少時候才交到您手上？

高雄太太來電，要我轉達她對您的謝意。至於散文雜文選，他手邊竟然沒有剪存報上文章，我也認為怪論要配合時事才見出其怪與妙。時隔日久，沒有了背景，恐怕不易選得出「三蘇特色」來，您認為如何！

看了您寫唐人，才知道宋喬就是周榆瑞。其實五六十年代，許多筆名（常見的）都不知是甚麼人，如有辦法，我真希望您能一一指出，有助後輩研究。例如《南星集》中的「辛文芷」、《紅豆集》中的「戴文斯」等是誰？我不研究五十年的以後的東西，但仍努力收集可見資料，以備別人應用。目前研究香港文學的人，往往苦乏資料。有人大膽推斷，成了「專家」，令我十分難過。看見人家胡說八道。就想為文更正。但一方面時間精力不足，另一方面是寫成文字只在香港發表，永不及那些「專家」在大陸一稿幾十投的擴散面大。（罷了，我不知道在《文藝報》上說三蘇短命死的文章發表於何年何月何日，有便請您把原文出處告訴我或複印一份，謝謝。）

今年十二月三聯與中大黃維樑合辦了一個十分大型的「香港文學研討會」，忽然冒出許多香港文學的學者來，蔚為奇觀，想必十分熱鬧。

關於侶倫先生，《博益月刊》我只寫了一小段「感想」。《八方》倒有一較長輕型論文。由於先答應了《八方》沒給《香港文學》、《博益》您應看到了，是麼？侶倫先生出殯那天正值工作日，我沒去靈堂。據說相當冷落。《博益》小文，是有感而發。

至於一信提及要寫「我」，我想倒不應該。老一輩還有許多應做的。而中年一輩，也不該寫我，西西、馬朗、崑南、李英豪（李氏當今最「紅」。）我不是謙虛，實事求是，掌握時機。把重要的先做，然後林燕妮，也斯夫婦。這樣向國內人介紹，可平衡一下有些人以為香港有吳正（我們不知他是誰，但在國內卻專討會也為他開了。）、陳娟等。我不反對多介紹同路人，但應認作品才好。亂吹有礙視聽。最近香港又有人出了一張印刷十分精美的《香港文學報》，錯漏百出，惹來許多人反感，真是奈何。

侶倫先生資料不多。自四十年代末《窮巷》被腰斬，大概進步人士對他不大認同（可憐也在此。）他晚年顯得落落寡歡，不願出開自己。我與他交往可謂「奇蹟」，他不願見人，五十年代他出書甚多，重要資料可於《讀者良友》創刊號可見。您如沒有，我可複印寄上。《八方》九輯也可見《年譜》，應該寫這個「地道」香港作家，他的《向水屋筆語》也可參考。

有一信曾提及知堂雜事詩與豐子愷畫配合刊出，可如雙璧。此乃當年您贈我該剪貼本時的心願。但因限於情勢，我一拖再拖。等到有改變——不會因知堂而連累豐先生。我決心出一宣紙線裝本。一打價竟要一萬元。我又拖了一拖。誰料知堂熱起來，而豐家後代又認為豐先生是「私產」，您說我怎敢碰（我出版豐子愷的集外遺文，虧本得很。卻有人以為我大賺特賺。甚至有人以為豐先生在香港很叫座。殊不知道來來去去只是一小部份人愛好而已。真是有理說不清。）因此當上海陳子善說有國內書店要出兒童雜詩及豐畫，我已複印全部寄去，至於何故正式出版時缺去漫畫。就不知原由了。他們也沒向（我）解釋。

如今事，我不理為妙，加上身體不佳，一理就會生氣。

我在新加坡買了本展會場刊，託人帶給您。

匆匆。祝好

晚 小思

一九八八．七．一

第十通

羅老師：

十月二十六日的信收到後正忙於出試題和校務，延誤了沒回信，而十一月二十四日來信又輾轉了好一大段日子才到我手，十二月四日我去新加坡看豐子愷先生的畫展（會寄上一本特刊）直到今天才把您交代的事情做妥。

西西《我城》，據古仔説他給范公一本，您可就地借用，如借不到我才把我的寄上應用，有關西西的資料太多太雜，今天只複印有可觀的給您。另有一份何福仁[73]在《素葉文學》的，如您沒有，下次自當寄上。

附上《瞿秋白文集》的幾頁複印本，整體來説我沒斷章取義，自東歐蘇聯回，《明月》文寫得不好，在《七好》則較落實寫，等連載完才送上給您指正。

另《香港文叢》出版了，先送上一本（如范公等，我等出版社正式出版了，就託小董寄去），請您過目及大力提意見。（香港友人太客氣，而老師輩也沒有人做這方面功夫的，請求您為我批改）。最近寫《達德學院》，引起達德校友的熱切反響，我想得更努力，盡快把資料整理出來，讓當事人有些憑借，多加補充。「南方學院」的校友現正與我聯絡，希望我也寫「南方史」，我願意做，但時間及精神均應付不來，孤軍作戰，太苦了！忽然想甚麼都扔下不幹，可是看到上一輩人在香港的努力，我又不忍讓功績湮沒，還有就是受不了一些胡言亂語的「專家」在擾亂史實（寫到這裏才記得曾答應寄給您這些資料，現一併寄上），請您給我鼓勵！

有關新華社一則電訊，又是另一件令我生氣的事。其實該事不必弄到如此「大」，是有人在「作大」。我自台灣帶回一堆書，太重，郵費貴，我就請楊犁找人自港帶京，最後來了一個甚麼基金中心的人把書帶走，我以為了卻一宗心事，誰料他們遍發消息，害得我十二月的台灣之行也打消了，又怕連累朋友。我寫信去責楊犁，他回信説，當時他不在北京，是那個帶書人認為可領一功（電訊中看來，是那個中心的「溝通」之功），就把消息傳出了，您説我生氣不？本來我真想為溝通兩岸文化學術默默做點事，卻有人來大筆一揚就壞了事，我去信給楊犁時，有一句話「統戰也有更好的策略。」不知道他們明不明白。

太多話想説了，有機會再談。

73 何福仁，香港作家，《素葉文學》編輯。

好

祝

一九八七・十二・九

晚 小思

第十一通

羅老師：

先後由蜜蜜及翠芬交來俞平伯《憶》及《兒童雜事詩圖箋釋》，前書十分珍貴，愛不釋手。北京文化深厚，有心仍可出版如此令人心醉之本。（近年國內出版的書刊裝幀、封面設計、排版等均令人不忍卒睹），此書在港早已購得，但仍謝謝您的心意，更珍貴的是書首頁題辭。說起《兒童雜事詩圖》的因緣，我永說不忘。十多年前曾屢次想自費出版，版面設計已定形式與《憶》相似用的崇文版的手跡（此書我有，乃「一本公司」出版的，也不知是誰人有心之作，線裝，有函四盒套），但因新書店代為發行，此事極困擾，遲遲沒動工，且在香港銷路有限，印數不能多，我乃盼有朝一日在國內能出版。果然鍾叔河先生做了，成書也甚美觀，且加箋釋十分豐富，為近年難得一見好書。

來信問及高伯西翁生平事跡，我曾去電他的子女，可惜他們說高翁去世前，遺言要燒掉所有日記及資料不能作傳。我明白高先生的意思，也尊重他的遺願，現付上《信報》資料，未知有用否？

國泰航空公司的機艙內刊物約我寄稿，我寄了一篇。複印寄上，請您指正。匆匆祝

文安

晚 小思

一九九二・四・二十八

牟潤孫致羅孚信（三通）

第一通

斯翁吾兄先生惠鑒：

前寄上蕪箋二紙，一託人代遞，一寄范兄轉交，想必有一可邀青及（兩箋詞句相同）。增訂本《注史齋叢稿》已由中華印行，其中誤字不少且出版年月多不全，原發表之刊物名稱亦悉刪去，此則有待將來添補修訂者也。謹以一冊奉呈我公，祈賜直言之教，實至為企盼也。雖皆舊作，而殊多可商之論，私衷未嘗自以為是掬誠奉懇，想荷俯允。尊況無時不在念中，徒以老病侵尋，北上未知在何日，殊悵悵耳。諸希

珍衛不盡一一

專此敬請

秋安

弟 牟潤孫 載拜

十月十二日（一九八七年）

第二通

羅公惠鑒：

違教者六易寒暑矣，馳念之情與日俱深。衰老多病三年未晉京開會，即在港亦杜門不出，與世隔絕。偶得讀尊文，宛同晤對，稍慰飢渴。日昨忽由葉女士轉寄來大作《香港香港》，其中夾有我公懷憶潤孫七律詩箋一紙，且齒及八十賤辰。展閱之際，感極泣下，尊著早已紙貴洛陽，潤孫今始奉讀，其歡悅之情，廢寢

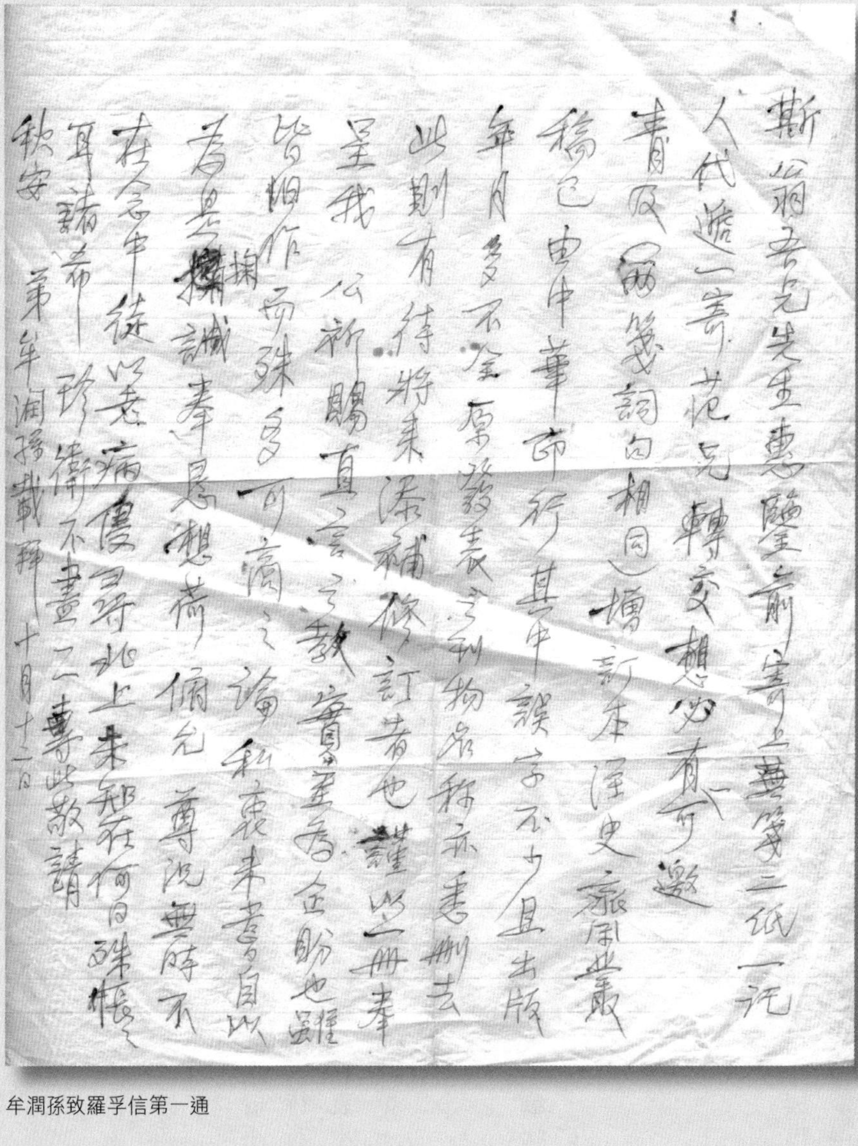
斯翁老兄先生惠鑒：前寄上箋二紙，一託
人代遞，一寄花兄轉交，想必有所邀
青及（兩箋詞句相同）。增訂新本注史齋叢
稿已由中華書局印行，其中誤字不少，且出版
年月多不全，原發表之刊物名稱亦悉刪去，
此則有待將來添補修訂者也。謹以之一冊奉
呈我公，祈賜直言之教，實至為企盼也。雖
皆拙作，而殊多可商之論，私衷未嘗自以
為是，披誠奉懇，想荷俯允。尊況無時不
在念中，徒以老病侵尋，北上未知在何日，殊悵悵
耳。諸希珍衛，不盡一一。專此敬請
秋安
弟牟潤孫載拜 十月十一日

牟潤孫致羅孚信第一通

忘餐，殆不足以形容之。乃至於電告老闕小董以耄耋之年，行同孩稚，事後自思亦自覺可笑。然而此實潤孫感激我公待潤孫之情誼私衷，興奮之流露而不能自抑者也。投稿新晚固成陳跡，而新華社每月資助則未替依然，倘非我公此事何緣而至。潤孫非木石豕鹿，能不手持詩箋而心顫淚流歟。自公北行，潤孫售文改地，先猶論政繼則漸不受歡迎，乃改而論學，素治經史，愈老研討愈深，顧以退休之人無名義之身借書困難，覓助手更為無門，雖有精心撰述之計劃，只能寫零星證據不足之短文。日月無情，優游逝水，潤孫尚有幾何歲月哉。雖彭殤等視無可戀戀，然倘自此撒手，則平生志業悉弗克完成，未免辜負此生，更無以對後世耳。尊詩所以勉我者良是，而潤孫無外力以助之，其傷心誠有不足更為他人道者。潤孫所敢自許者，數千年研討中國經史之淵源，倘天假以年，助我以書與人，使我能筆之於書或未必劣於劉子玄、章實齋也。非敢妄言，時代發展，後人所見應勝於前人，我公為潤孫平生知己，故聊一發抒以暢積愫，想公定能恕其狂妄而哀其老悖也。耑此肅謝。敬請

撰安不一

牟潤孫 頓首

一九八七年六月十一日

衰年昏眊，添改太多，務希鑒諒。又啓

第三通

羅公：

尊著及賜詩均拜讀，前致函范公時，另有一函，託人代致左右。昨日始知所託之人乘桴遠遊，今年初冬始能返京。若然，則鄙函縱不遺失，亦須延遲數月始邀察及。迫而再作此箋，即煩范公代交。

別來（似乎是六）五易寒暑，賤軀勉強支持，去歲以來覺兩膝無力，赴穗檢查，內子不慎跌斷左足骨，

住院六十餘日。正值潤孫七十九歲，港地有舊日學生任教港大中大者，願為賤辰集資一聚，而潤孫不能返，穗垣統戰機構乃為設八十歲晚宴，潤孫於是預慶八十矣。我公今年賜詩相賀，適當其時，不必言補也。

自公北上，相念之情與時俱深，此固不待多言。以老病之軀，既無所用之助手，又無可入之圖書館，日月如逝水流去，擬撰之書皆成畫餅空願，誦公詩句惟有慚赧耳，然而幸賴昔日我公援手，今日新華社始循規猶月有饋遺，得免於凍餒，此則不能不感激涕者也。紙短情長，不盡欲言。

即祝康健

牟潤孫　拜上

七月六日（一九八七年）

羅孚致倪匡信（二通）

第一通

倪匡尊兄：

初來金山，暫居女處，忽得大札，竟先我而至新址，故數日之後始及見之，因此而更有意外之喜也。

我等同在港島數十年，有許多共同友人，卻彼此從未見一面，未交一言，未通一字，真如尊駕所言，實是異數，尤可異者，常言這不打不成相識，我等當年打而未成相識，今則不打卻成相識了，此乃常情，亦是異數，如非我之遭遇有了變異，豈可得而如此乎?言之可嘆。

我現居灣區，不辨東西，只知為（地址略），電話與傳真均為（號碼略）。也不知郵局郵筒何在，只有傳真代郵了。

目前海運行李剛到，處理需時，瑣事困人，稍過一些時日，當登門拜訪，觀光豪宅，並聆雅教。

匆匆，祝儷安！

羅孚 上

九七、七、六

第二通

倪匡兄：

我們現在終於有「腳」，週末有車可用。因此，打算實踐拜訪之約，這個星期六（十一日）下午如果你有空，我們前來府上探望你們伉儷如何？此刻已晚上九時過，先傳真問訊，明天白天再電話聽你答覆。

我們，是我們夫婦，和開車的我的兒女，還可能有一位您的仰慕者。

祝

晚安！

羅孚

九七·十·七 晚上九時二十分

葛原致羅孚信（二通）

第一通

羅伯伯：

收到您一月十二日的來信後，我給您的回信收到了嗎？

不久又收到您寄給我們的像片和信，那是您去年底寫的，謝謝您的新年祝賀！也為您與伯母，在去北京時還到了成都等地旅遊而高興。盼望您下次也能來上海及附近地區一遊。本來我應該再馬上寫信給您，因為想拿到這一期的《魯迅研究》，寄您信就寄得晚了。（這本書上又刊登了一部份評論我父親的文章。姚錫佩阿姨他們大概早已拿到了，她說她的文章這書中還來不及收進，要再等下一次了）。謝謝您一直關心我們、關心我父親紀念會的事，所以我定要把這本書寄您的。

姚阿姨說，她把《東方早報》的兩篇紀念徐訏的報道發給了您。不知您看到了沒有？前一篇是去年十一月十二日的報紙，寫十一月十一日《徐訏文集》首發式的新聞。記者採訪徐尹秋（我父親的兒子），徐尹秋說我的那本書「多是虛構的……不是回憶錄……」，那天陳子善的學生去聽了，回去就對陳子善說：「葛原書裏都是虛構的。」虧得陳先生聽您談起過我的情況，便讓他的學生去讀您的相關文章。然而其他人呢，就這樣被徐尹秋和報紙誤導，糊弄了。徐尹秋還說「我們兄妹四人聚少離多」，其實我今生今世沒有同他們三人一起聚過，僅在父親的病房裏分別見到徐尹秋、徐尹白。唯一一次同時見到他們兩人，還是我衝破他們百般阻攔，參加父親追悼會時。自此之後再沒看到過他們三人中任何一個。徐尹秋在回答記者「為甚麼葛原沒有來？」時竟說因為時間緊，來不及通知到。可遠在美國的徐尹白倒來上海了，身在上海的卻反而來不及通知了?!為了澄清我所謂「虛構」的問題，我多次去找記者，於是總算有了十二月十四日這短短的一方報道，實在太不引人注意了。絕不能和前一篇佔據一整版篇幅相比，我們身處底層，作為弱勢，有甚麼辦法呢?!幸虧還有您，在那年我探親時就聽到過我的遭遇，知道實情。否則，我受這許多不公的待遇再被他們詆毀，蒙冤受屈，最後連洗刷、申辯都沒有地方。

上海魯迅紀念館的紀念會他們沒有出席，發了份賀信去。（原先紀念館方面對他們會上的表現可能也有些顧慮的）也許由於他們參與了首發式，又在採訪時講了這許多和事實相悖的話，便自覺不合宜再面對我吧。因為沒有他們在場，會議開得較順利，紀念館也頗滿意。評論的文章還不少。

不好意思，囉里囉唆寫了一通，影響您的休息了。

謝謝您始終對我們的關心與幫助，我和母親深感愧疚，真不知如何來報答您。

問伯母好！祝您們健康、如意！

葛原

二〇〇九・二・二十八

第二通

羅伯伯：

陳子善先生來信，附上了您給我的信，以及您登在《明報月刊》的文章，謝謝您始終關心看我們的事情。我和我母親一直非常感激您給予我們的幫助和安慰。總覺得無以回報，深為愧疚。陳子善先生沒有將《徐訏作品評論集》帶回上海。但不要緊，正巧昨天寒山碧先生到上海同濟大學講課，他帶來了這書，所以您不用再麻煩寄給我了。

上海開《徐訏文集》首發式，出這套書，我根本不知情。後來別人看見報紙告訴我，我才讀到新聞報道。我所買的報紙沒有照片，所以我至今也未見到相關的照片。至於版權他們當然不給我一份。還有令人氣憤的是，面對新聞媒體，他們胡說我「寫的書多是虛構的」，見報後，很多人都真的以為我在造假，我心裏非常難受，好些日子都失眠，我不知道如何才能真正澄清事實，讓人們明白甚麼是真相！幸虧我探親的經歷當時您就從司馬璐夫婦那裏得知的了。他們兩人親眼目睹了我走投無路的困境，他們是見證人！否則我真是有口難辯，有冤無處洗了！首發式那天，他們還編造了許多謊話，說「我們兄妹四人聚少離多……」，說「因為時間緊來不及通知葛原參加首發式」，他們向記者所講的居然都是些謊話，就這樣經過媒體的放大，造成了很不好的影響。

也許因為上述的原因，他們就不方便在魯迅紀念館召開的紀念會上面對我了，所以他們全都沒有出席。以我之見，從學術、質量與層次上看，紀念會無疑要高得多。然而從輿論聲勢上看，首發式影響要大得多，新聞界也較為重視，所以他們造成的負面影響也就擴散得廣了。

姚錫佩阿姨的文章最近刊在了《上海魯迅研究》上，我發了一份寄上。

您與伯母最近身體還好嗎？今年是否來大陸？要是能到上海就好了。

我和母親祝

您與伯母健康如意！

葛原

二〇〇九．五．二十六

羅孚致葛原信（十八通）

第一通

葛原：

去年知道你來，就很想見你。也曾託馬義先生傳話，如需要幫忙，可以找我。可惜後來你匆匆走了。那天我是去了參加殯禮的。

你的文章登在昨天我報的文藝副刊「星海」，先寄一份給你。馬先生看到了，說想轉載在他的雜誌上。其餘再談。

匆匆祝好！

羅孚 上

一九八一．九．三

第二通

葛原：

前一陣寄了一本《徐訏紀念文集》給你，沒有收到覆信，不知能不能遞到你的手中？其實如果有關方面的人問起，說明你的身份，應該沒有問題的。

因此之故，另一本《徐訏二三事》就後寄了，要等確實知道你已收到紀念文集，這才寄上。

最近，《明報》刊出了兩篇追思你父親的短文。《展望》也轉載了你的文章，紀念你父親逝世週年。現剪報隨信附上。

《展望》的主編司馬璐（馬義）不知你在港時見過沒有？我當時似是從他口中，才知道你來了的。出殯之日，因蔣方報紙的刊載，他曾勸我不必去殯儀館，我還是去了，匆匆行禮之後即退，當然不可能有人介紹。其後也曾託他轉達：如需幫助，可以找我，可能沒有轉到。不過，他不屬於阻止你的人，看來他是同情你的。

你的文章刊出後，頗有人稱讚。有的人並不認識你父親，但為你的文章所感動。不記得文章是你直接寄我，還是黃苗子兄轉來，似乎他看過的。不過不久前郁風大姐來信，說她初時並不贊成發表，但收到她的信時，文章已經發表了。

你如對寫作有興趣，可以多讀多寫，多請教朋友。若有可以幫助你之處，我是樂於盡一點力的。

匆匆，祝好！

羅孚 上

一九八一・十・二十

第三通

葛原：

收到十月廿七日來信。手邊正好剛買回新出版的《大成》月刊，刊有台灣女作家三毛為你父親逝世週年寫的文章，剪了寄上。從文章中才知道，她是你父親的乾女兒。她近年在台灣頗有文名，書頗暢銷。與西班牙人結婚，丈夫在一年多前死了，將來可以選寄一二冊她的書給你看看。

既然以往寄的書可以收到，那麼台灣出的《徐訏二三事》就不妨寄給你了。

我認識司馬璐，但不知張逸飛，打聽一下，也許知道。（文章的稿費有一百五十五元港幣，是寄給你，還是留作別的用途?)

你的文章既然刊出，也就算了，我看也沒有甚麼。你父親病危時，我曾去醫院，他已不大認得人，接待我們的是尹白的媽媽，她不認得我，以往也沒有交往。

祝好!

羅孚 上

一九八一．十一．五

第四通

葛原：

你還記得我麼?我是羅孚。

你當然知道我的一些情況，但可能不知道我的近況。

一九八二年，我從香港回到北京。一九八三年六月底我獲得假釋，一直住在海淀區雙榆樹。一九八六年起，我就恢復了政治權利，在國內享有公民權，包括發表權。近兩年，也可以在香港發表作品。

今年起，我在三聯書店的《讀書》月刊上每月都寫一篇有關香港作家的文章。十一月份這一期，寫的是《徐訏也是三毛之父》。特寄上一份給你，因為其中也提到你。我因對你父親所知不多，手邊資料也不全，寫得不夠完整。甚至有錯漏，是難免的事，盼你指出，以便在出書時改正。

但我寫這封信的動機，主要是聽上海友人華東師大的陳子善兄說，上海有一家出版社，出版了你父親一部舊作，有為數不多的一筆稿費，可以由家屬領取。這經濟上的利益談不到甚麼，但對你來說，很有意義。你可以和陳先生聯繫，由他介紹你去出版社領取。他的地址是：(略)。附簡短介紹信。

記得你曾希望我為你買一本台灣出的你父親的紀念集，我遲遲沒辦成，就匆匆回到北京了。有負所託，心常耿耿！現在能通知你這件事，又能寫紀念你父親的文章，是使人高興的。你想來已經找到那本書了。香港出的一本你也有了吧。

你的地址我是從黃苗子兄處取得的。我們時有來往，他不止一次談起過你。

記得你表示有志於文學。這幾年，在文學的道路上你想來已經邁開了腳步，走了好運了吧。

祝好！

羅孚

一九八八．十一．十一

和我通信是沒有任何不便的。我的地址是：北京海淀區雙榆樹南里二區十三樓五門四〇二室。最好寫史林安收，不寫羅孚。史是現名。

第五通

葛原：

昨天在一次午飯中取得了郁風阿姨為你寫給張樂平老先生的介紹信。你可攜信（地址略）去看張老。他原住醫院，近已回家。

為了滿足你會見三毛的願望，我請苗子伯伯介紹張老給你。昨天因在飯館中，寫信用的是一張餐紙。

按說三毛預定四月到上海，希望這封信能不誤時地到你手中，希望你們有一次愉快的會見。

詳俟後談。

你當年寫給《新晚報》的文章可以複印一份給我麼？當年你得到了稿費沒有？

祝好！

羅孚

一九八九．四．三

第六通

葛原：

久不寫信，你好！

我在京一切安好，只是前一陣情緒不穩定，筆墨也就少動了些。

你的來信我曾給苗子伯伯、郁風阿姨看過。苗子伯伯說他要寫信罵張樂平，何以不安排你和三毛專門見面一次，暢談一番。他說這不近情理。不過，我估計他沒有寫這封信。他兩位六月初應邀到澳大利亞講學，暫時在那邊小住，他們有個博士兒子在那邊教書。

重讀了你寫香港之行的文章，依然深深為你抱憾！算了一下字數，不足三千字吧？（手邊一下找不到那份複印件）。剛好陳子善兄來我處小坐，就託他帶了港幣三百元回上海，你便中去他家一趟，收下這筆稿費。我雖早已不在其位，總應該對經手過的事負責。數目雖小，也許可以買點你想買的港台的書或別的甚麼。你就不必客氣了，收下吧！

匆匆，祝好！

羅孚（史林安）

一九八九．八．三十

第七通

葛原：

謝謝你寄來「聖誕快樂」，還你一張「迎新年」，希望在新年期間你能收到它。祝你在新的一年中有比以往快樂的日子！

前一陣就已經想到你，想到你也許有卡寄來，想到要給你寫信。

月初看到港報上一篇文章，寫你父親，寫他的詩被人譜成歌曲演唱。一個《徐訏詩樂欣賞會》在香港大會堂舉行，紀念你父親逝世十週年。當時就想剪寄這篇文章給你，卻一直拖到今天——月尾了。

順便提一下，前幾年聶華苓有一篇寫你的文章，看見過沒有？如果需要，可以寄一份複印本給你。

你的景況一直使人同情。當年在港和今天受到的一些待遇，都是很不公平的。

我認識陳丹晨先生，幾個月前他還來過我這裏聊天。這兩天沒有和他聯繫上，我會和他研究一下，有甚麼更好的解決方法。由你直接寫信給尹白，恐怕不會有甚麼結果。

最好是外邊有甚麼熟人可以和她們談，了解一下你父親最後遺囑的具體內容，或根據情理，勸她們改變態度。

初步想到，黃苗子伯伯或司馬璐先生不知道是不是具備這種條件？黃伯伯認識尹白母親。司馬先生似乎和她們也熟，當年你父親最後和逝後的一些情況就是他告訴我的。他們一個在澳洲，一個在美國，要聯繫還是有辦法的。

你想要你父親墓地的照片，也不是別無他途可尋。你有他在台灣出版的全集麼？我沒見過，我想我可以送你一部，如果你還沒有。我在台灣沒有甚麼熟人，但這些可以通過香港取得。

稿費問題儘管説是「可觀」，我想也還是有限吧？爭得到是應份，爭不到也不必老是耿耿於懷。

我倒想知道你說的「不得不作新的打算」指的是甚麼？它和「希望到外邊」是不是二而一？沒有一定的條件，到外邊是不容易的，到了也不容易站得住，不管是香港或海外。

你現在是在工廠工作吧？幹些甚麼？從來信看，你的文字是不錯的。還有你紀念父親那篇文章也寫得好。好像他別的子女還沒有寫過甚麼紀念文章，可能是我回來了，見聞不廣。

總之，如有可能，我是願意幫你一把的。不過，我的能力有限，本來就有限，現在更有限，「涸轍之鮒」而已。

如果這兩年作滬上之行，一定來看望你們。我的南行比你的北上，估計可能大些。我是要到上海來看看長輩和朋友的。

祝努力！

祝你母親好！

羅孚

一九九〇．十二．二十八

第八通

葛原：

春節前就收到你的長信，現在才簡略地覆你，歉甚、歉甚！

原因是春節和以後較長一段期間，都因家事煩惱。我的大孩子因牽涉到協助陳子明外逃一案中，在廣州被捕年餘，除夕收到起訴書，節後開審，被判五年徒刑，上訴，被駁回，家人向最高人民法院申訴……至今還沒有得到最後答覆。我們全家都為此煩惱忙碌。

另一原因，是已去買你父親的全集，希望有個結果，才給你寫信。

書早託香港的朋友向台灣去買，十五本買到了十三本，還有兩本需要慢慢補齊，但願補得齊。

問題是如何送到你的手中。熟悉情況的朋友說，香港寄書回來，往往有被扣掉的，不宜郵寄。帶吧，十幾本書既重得不便託人，而且過海關也不易。現在終於取得香港三聯書店的同意，由他們作為自己業務上的書籍，先帶到北京或上海三聯，然後我再轉寄給你，或由你在上海去三聯取，這樣就不會遺失了。三聯能幫這個忙，我是昨天才得到答覆的。

因此，今天給你寫信。

書到你手中，還需要多少時日，一時無法估計，我想，年內你總可以看到的了。能辦好這事，我感到高興。

我們家的事也漸有轉機。

祝好！問候你母親！

羅孚

一九九一．六．十五

第九通

葛原：

收到你十四日的信。

由廣州回來後，一直在趕寫幾篇東西，這兩天才算告一段落，因此沒有及時給你寫信。

這幾天，天天喝你送的龍井。茶葉不錯，盒子更好，雕的花很雅致，盒底貼了工藝品的小紙頭，怪不得了。這浪費了你的錢，有些不安。

我已有信給程乃珊，一請她答覆，書是不是寄到你處；二請她憑郵寄時的收條查問一下香港的郵局，是否寄到或遺失。等她答覆了，再看下一步。她事忙，又是作家，託她辦的人又回北京了，她置之不理，也未嘗沒有可能。等等再說吧。

大不了，再買一套，再託可靠的人轉遞或郵寄就是。我寫點甚麼去香港發表，就可以換回書價了。

柯老（柯靈）來開政協會議，下旬他回上海時，我將託他帶一本港版的《徐訏紀念文集》給你。這書是我向一位香港舊同事借的，我打算說服他送出來，送給你。我想他不會不同意。如你已有這書，請告訴我，就不託柯老帶了。託他，是因為他住復興西路，離你家近，去取方便。順便可認識他和他夫人陳國容校長。兩老為人都好。

世面多風雨，世途多坷坎，但你也不必消極！

到外邊去，並不容易。以到香港來說，限制就很嚴，除非香港有直系親屬，一般的都不大管用。女性就以有父母或配偶在港，才有可能被批准定居。

現在還想不出甚麼辦法幫你。

姚錫佩阿姨是不是人很好？她談了你的境況。對你和你母親印象好。

陳丹晨叔叔照說應該從香港回來了，我還沒有和他聯繫過。

黃苗子、郁風兩位長輩目前又到香港講學、開畫展，我有信給他們，再一次希望他們對你能有所幫助。

我原想四月下旬作江南行，但朋友們都不去了，我也可能取消此行。

祝好！

問候你母親。

史林安

一九九二．三．十八

第十通

葛原：

終於託到熟人將你父親的全集帶來給你，十分可以高興！帶書人是我的老同事馮偉才先生，他就是十年前發你寫香港之行那篇文章的編者。我和他談起你的遭遇，我們都願想辦法盡可能的幫助你。希望你和馮先生好好談談，他認識你父親生前的一些友好，有的在港，有的在歐、美，也許能對解決你們的版稅問題以至其他問題，能有幫助。一句話，你對他說，如對我說，甚至勝過對我說。書終於能到，是一個好的徵兆。祝你好運！問候你母親！

史林安

一九九二．七．二十六

第十一通

葛原：

蜜蜜她們回來，知道你有病待醫，很是掛念！希望你早日進醫院治理，因此，你設計退回那些錢就更沒有道理了。現趁曹雷的弟弟回上海之便，託他帶回港幣三千，請你一定收下，作為幫補一點醫療的費用。如果不足，告訴我們，當再設法，不必客氣！我是把你當子侄輩看待的，不把你當外人，盼你不要辜負老年人的一點心意！

上次已收到你的禮物（由一加拿大華僑友人帶回），這次又有你們送的東西，高興是高興，但要你和你媽如此破費，實在不安！以後就請不必再這樣了。謝謝你們！

我回港後，一切都好，好過預料。有稿費收入，手頭也較鬆動一些。只是忙，忙於寫讀，又忙於應酬，每天都沒有空，自己也不禁為無事忙而好笑。

你要注意身體！祝早日康復！

問候你媽媽好！

羅孚

一九九三・十・十七

第十二通

葛原：

信收到。禮物也收到，你何必這樣客氣呢，也只好收下，謝謝！

我回來後，寫稿甚多，收入不少，目前的稿費如果和我回任總編輯之位的收入相比，不會少，只有多。你不必為送你的一點醫療補助而不安。

既然有病，就及時去治理吧，拖下去不好。你還年輕，還可以活許多日子，就爭取健康地做人吧。悲觀是無濟於事的。有人訪問我，要我說出一句座右銘，我寫下了同鄉前輩學者馬君武的兩句詩：「百年以後誰雄長？萬事當前只樂觀。」我就是靠樂觀頂過這十來年的。願共勉！

全家好！

送你一本京版書。

羅孚

一九九三・十一・十一

第十三通

葛原：

你以前寄來的一篇文章，《懷念我的父親徐訏》已在這裏的《香港筆薈》第八期刊出，同期刊出的還有我寫的《徐訏的女兒和文章》等。先剪寄你，以後再帶上整本雜誌。

《香港筆薈》是香港筆會的刊物。香港筆會的創會會長是你父親。

你另一篇文章，談魯迅寫給你父親那兩幅書法的，北京的姚錫佩阿姨寄了給我，也將在第九期的《香港筆薈》上刊出。北京的《魯迅研究》月刊已經刊出了，我已看到，你想來更早看到了。

近來好麼？你母親葛老師好麼？

你們託朋友帶來的茶葉早已收到，謝謝！以後不要再送甚麼了，太花費！

目前有甚麼事情需要幫忙的？望寫信告訴，看有甚麼辦法可以盡力。香港筆會因和你父親的關係，能關心你們，也願意有可以盡力相助的機會。

葛老師和你好！

孚上

一九九六．七．十五

第十四通

葛原：

昨天收到你徵求意見的第一封信，晚上就撥了長途電話，是葛老師接的，把意見對她說了，今天再補寫這信。

上次的信遲了未覆，是因為想多和一兩位商量一下。後來請你父親生前在創墾出版社的朋友鮑耀明（筆名成仲恩）到我家便飯，也請來廖文傑，大家交換了意見，認為：一、黃康顯想的辦法機會難得，得之不易，不宜輕輕放過；二、留在上海廠裏等待，恐怕等不出甚麼名堂；三、來港後到底有多少新機會也沒有把握，不過總還是勝於在原廠守株待兔成空；四、這裏還有幾個人願意出力協助，好過在上海相助無人。因此我們都認為，不妨來港碰碰機會。我們不敢擔保定可成功，但都願盡力助你試試。

請你和葛老師再考慮一下，早日答覆黃康顯教授。你只能一人來，葛老師在上海有人照顧麼？這一點也得考慮一下。

先寫這些。你另一篇文章也在《筆薈》刊出，收到了雜誌和稿費沒有？

全家好！

羅孚

一九九七・三・二十五

第十五通

葛原：

昨天收到你寄來的包裹，六罐名貴的茶葉，既歡喜又過意不去。安吉野山茶是我還沒有聽過的，這名字就很好。安吉是吳昌碩的故鄉，野山茶想來屬於雲霧茶之類。你花了不少錢買它們，又花了不少寄費，實在是一筆負擔，太謝謝了！

好些日子沒有給你寫信，但從廖文傑先生來信中得知你一些近況，知道你們廠年底就支持不下去，你將不免下崗，很替你擔心！大勢如此，也沒有辦法。也是他告訴的，黃康顯先生處也表示對先前的計劃已無能為力了。當然，他的一番好意我們還是應該感謝的。

但你也不必過份着急，有我們幾個人在，我們總會有些辦法的。只是在沒有成熟之前，還不想過早說它罷了。這也是好些日子沒有寫信的一個原因。

你和你母親葛老師還好吧？她的身體是不是還時時有些不舒服？請她多注意保重！

我們來美國已一年有多，由於辦移民手續（申請為拿綠卡的居民）被延誤了，至今還好，以至於不能離開美國，只能在美國之內走動。估計要到年底，才具備離開美國往外邊旅行的自由。到時第一個將是回香港看看。香港回歸一年，除了「一國兩制」大家比較滿意外，碰上了許多意外的不如意，最大的意外是新機場出了毛病，成為國際間的笑話。經濟衰退也是大大出人意外的。還有許多社會上的麻煩，使人人叫苦！雖然如此，我們還是想回去看看這生活了幾十年的地方，到底變得怎樣了。

這裏的生活比在港時好了許多。自然條件好，居住環境好，夏天不熱，如在避暑的地方。我們住的地方在硅谷，電腦工業的基地，城市如鄉村般靜美。住地寬敞，花木宜人，老年安居，最好不過。這地方很多中國人，吃的、看的（報紙、電視）都是中國的，外出走動，所見的中國人多過美國人。

先寫這些。再次多謝你們！

千萬珍重！祝

葛老師和你安好！

羅孚

一九九八．七．十五

第十六通

葛原：

收到你們回上海後第一封來信。你走後不幾天，廖文傑和那位余先生就來了，留下了信和錢，你們來港一場，我們沒有好好招待，連禮物也送不成，實在抱歉！

要還給鮑先生的錢，至今未還，因為他們不在香港，見過你們後，他們又去了安徽、日本，在日本逗留下來，還沒有回香港。

他們是接受朋友的勸告，在日本多留幾天，不要急於回港的。你們走後，香港就發生了非典型肺炎的疫症，每天都有病人、死人、疫情還沒有受到控制，朋友們因此勸他們不必急於回港，暫避疫症。

最近見過王璞，也見到她寫你的《葛原印象》，寫得不錯。她表示願意替你改動你的《月缺月殘》，把它刪短，縮小到只有十二三萬字，這樣也許易於出版。

《葛原印象》是在《大公報》上面登出的。《大公報》還登出了你的《會見聶華苓》，這也是王璞送去的。她也可能把你寫三毛那部份也送去《大公報》刊出。這樣也好，等於是事先為《月缺月殘》做廣告。

香港有一份文學月刊，叫《香江文壇》，今年的五月是將有一個關於你父親的特輯，大約有七八篇文章。也向我約稿，我還不知道是不是寫得成。

王璞我不熟，但認為她為人不錯，也愛幫人。廖文傑也不熟，連這回一共只見過兩次面，他給我的印象也很好。他為人老實，也很熱心，侍奉母親又很孝順。你似乎早已認識他了？見面相信這回還是第一次吧。你們是怎麼認識的？是怎麼彼此知道的？

姚錫佩阿姨已經回北京沒有？如果沒有，見面時請告訴她，我將爭取在九月間去北京，參加聶紺弩誕辰一百週年的紀念活動。

曹雷你見過麼？李子雲阿姨還有來往沒有？她也以幫不上你的忙而抱歉！

祝好！

祝葛老師好！

羅孚

二〇〇三·四·二十一

羅伯母問候葛老師和你！

第十七通

葛原：

許久沒有接到你們的消息了，葛老師和你都好吧？

我們四月初是去北京，四月底才回來。沒有甚麼事，只是在第三個兒子那裏閒住，到四月底才回港。所謂閒住，其實也並不閒，因為我們在北京出了點小事。

四月中，我在住處附近的朝陽公園跌了一跤，把右肩胛骨跌壞了，雖然不是大傷大痛，但到底是負了傷，行動不便。羅伯母又大傷風，天天到醫院去打點滴，打了半個月。我的跌跤雖然不是甚麼大事，卻拖延至今，兩個月了，還沒有痊癒。

在北京又碰上不幸事，郁風阿姨不幸去世。大約我們到北京一個星期左右，她就走了。我們去時她已住院，謝絕探視，也就沒有機會去看望她。好在她年已九十有一，是高壽了。黃苗子伯伯更是年已九十四歲，加起來，快兩百歲了。她去世後，舉行了一個「百年諧老之歌」的書畫展，早就準備，不是為了去世才舉行的，一切準備得很好，展覽很熱鬧，算是對她很好的紀念，我們是躬逢其盛了。我就是她去世那天跌跤的。

這回和老朋友會面時，比往年少了一人，有苗子，沒有郁風。我們是等到她們的畫展開了之後才回港的。回來後因負傷不便，許多事不便做，拖延到今天，才有便人，才寫信給你們。

為甚麼要等便人？因為要託他還你們那筆錢。

錢完全是你們的，我已經記不起是怎麼一回事了。記憶中，我完全沒有和你們有過甚麼金錢的事。我們之間，有的是書和書信的來往。也曾動過念頭，想在金錢上幫助你們，但沒有機會，雖然也和要好的朋友談過，卻成不了事實。因此，這筆錢不會是我的，不會是和我有關的，無論如何不能收下。

剛收到這筆錢時，我是很高興的，因為你們到底有能力拿出這樣一筆錢了，這表明你們已經擺脫了暫時的困境，這當然是使人高興的事。初時，我還為你們要搬家替你們擔心，以為這會使你們很為難，沒想到搬遷有補償，不但使你們可以有新鄰居，還有盈餘作其他用途。雖然沒有看過你們的新居，但總算除了有安身之所外，還可以有盈餘，這實在是太好了。

我能不為此替你們感到高興嗎？

但你交我這筆錢，不但使我為難，也多少掃了為你們高興的喜悅。現在把這筆錢託人帶還你，望你能夠收下，不必再使我傷腦筋了。

我們託他辦這件事的朋友是柳和清先生，他是王丹鳳女士的丈夫。雖在香港開過功德林素菜館，也曾在上海開過電影製片公司，你們大概聽過他的名字吧。

一切好嗎？

祝快樂！

祝葛老師身體健康！

有甚麼新作盼寄來！繼續寫吧，不要放棄！

羅孚

二〇〇七．六．十六

第十八通

葛原：

七月二十二日《明報》的《家國》副刊上，刊出了你的文章，《我是徐訏的女兒，記還我身份的羅孚伯伯》，十分感謝！

我不知道你為甚麼要寫這篇文章，我猜想是不是陳子善先生請你寫的，香港天地圖書公司新近出了《我的父親羅孚》一書，要做些宣傳，陳先生知道這件事，所以他想到你這個作者，不管是不是這樣，總之是感謝你了。書當另寄給你。

書的作者是我的第四個兒子，羅海雷，即在北京工作的那一位。他此刻正在和太太、女兒在美國旅行。

我們在北京見面已經是去年的事了，日子過得真快。今年我們又去過北京，那是六月初，去了半個月就回來了。朋友只見到黃苗子、邵燕祥、沈昌文，其他早已成為古人，要相逢除非是在夢中。姚錫佩阿姨剛從國外經香港回北京，她今年似乎還未去上海。

福燦老師（這名字沒記錯吧），現在記憶力越來越不行了。祝她身體健康！壽比南山！

祝你安好！

羅孚

二〇一〇・八・十

吳秀聖附注：書，稍遲二三天寄出。

亦舒致羅孚信（二通）

第一通

羅先生：

那天見了面，很帶恐嚇性的要求寫一篇「罵人的稿子」，一則可以出點氣，二則，很坦白地，可以賺點稿費。不料你一口答應，倒使我大出意料之外。

替你寫稿，困難自然很多，譬如說有沒有地方寫，我這麼水準的東西，放在那裏之類的問題都很嚴重。經過一位老友的提議，要是有機會的話，他覺得我罵人比較適合在副刊上罵，罵的形式和日記差不多，看到甚麼就說甚麼，以小說的方式登。這倒是一個好建議。所以羅先生要是沒後悔，幫我一個忙好不好？我從沒在正經報紙上登過東西，有這麼一個機會，倒是很高興的。

要是有問題，那也沒關係，請羅先生直說。

麻煩你了。祝好。勒索形要求登稿信到此為止。

亦舒　上

六月廿一日

羅先生：

那天見了面，很帶點任性的要來寫一篇"罵人的稿子"，一則可以出點氣，二則，很坦白地，可以賺點稿費。不料你一口答應，倒使我大出意料之外。

替你寫稿，困難自然很多，譬如說有沒有地方寫，我這麼水準的東西，放在那裏之類的問題都很嚴重。

經过一位老友的提議，要是有機會的話，他覺得我寫人比較適合在副刊上寫，寫的形式和日記差不多，看到什麼就說什麼，以小說的試驗。這倒是一個好建議。所以羅先生要

亦舒致羅孚信第一通，第 1 頁。

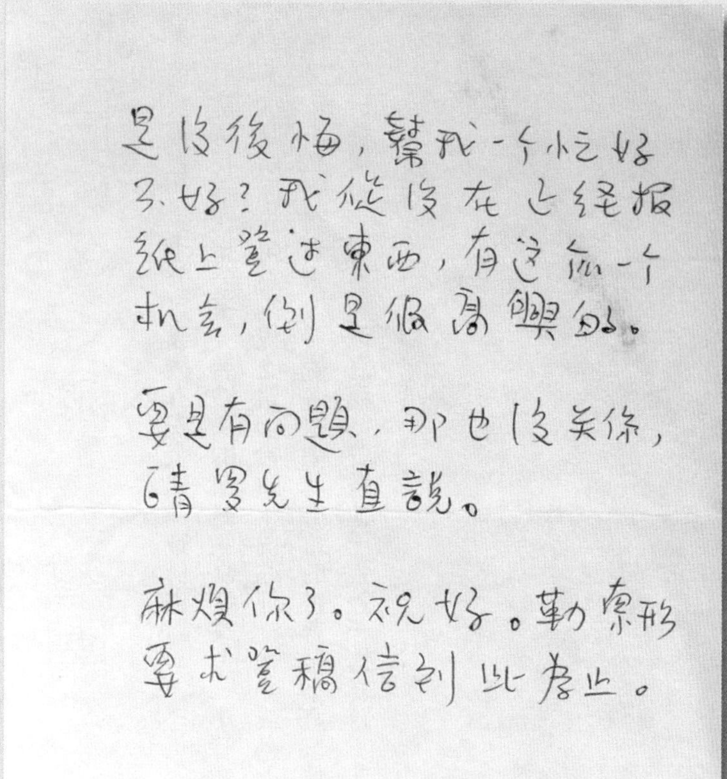
是沒後悔，幫我一个忙好不好？我從沒在正經報紙上登過東西，有這麼一个机会，倒是很高興的。

要是有問題，那也沒关係，請羅先生直說。

麻煩你了。祝好。勒索形要求登稿信到此為止。

亦舒 上

亦舒致羅孚信第一通，第2頁。

第二通

Aug. 1, 1980

羅先生

稿費輕輕的，十分可愛與有安全感。數目也對。

但當時我不在辦公室，裝鈔票的信封躺寫字桌上二小時候居然存在，奇甚。

下次麻煩羅先生寫劃線支票，抬頭「倪亦舒」寄上或遞上皆可，但請勿掛號。

又，去榮寶齋看畫，發覺各家中溥心畬的畫普遍平宜（便宜）得離奇，為何？

又，黃霑說，羅孚找他寫稿，曾送他一張豐子愷真跡，非常厚此薄彼的樣子。

晚 亦舒 上

馬國亮致羅孚信（二通）

第一通

羅孚兄：

奉上拙稿，看能用否？認為有不妥處，無論題目或內容，均可隨意改動刪削，不必手下留情。《燕山詩話》要得。一般詩話，多論前人的，論當代的不多見。內容記述了智識分子的風骨錚錚，的坎坷，的血淚斑斑，都可留為歷史見證，至是感佩。

那天茶敍，聽到閣下説兒媳來美，當時未及細問，是否即海星、蜜蜜夫婦？

匆達，即祝儷安

弟 國亮

十一月十日

第二通

羅孚老兄：

連日在《聯合報》拜讀大作，有關托派文章，回憶一九三八年弟在武漢訪問周恩來時，曾提到托派問題，周氏仍力斥托派破壞抗戰。近日整理舊作得此，特複印寄呈尊覽，聊博一笑。

即祝　筆健

弟 馬國亮 拜上

九五年二月五日

蔣芸致羅孚信（四通）

第一通

林安先生：

一別多年，十分掛念，問候您及嫂夫人安好。

自退休後，清高變清閒，散人一名。東晃西晃以度餘生。吃喝嫖賭。除了第三字不沾以外，十分腐化的了。所堪告慰的是我兒在洛城一寄宿學校念書，成績理想，而且長得也英俊高大、健康。

林老前兩星期因感冒變肺炎，在港安深切病房住了一段時間。我時去探望，上星期天（十九日）已安然出院。九十一歲的人能在清明後渡此難關，值得慶幸。

這信是我在離開前夕，偶爾尋出您的通訊處，而特意寄給老友的一個問候，*牌友也常掛念您，更羨慕您在南窗下讀書，安享餘生的福氣。北京，我從未蒞臨的一個城市。希望有一天孩子放假，我能與他一起來京見您們全家人。

我兒十多年來與我相依為命，我的友人也是他的友人。我的祝福，也是他的祝福！

七月初將返香江，地址與李在田住處甚近也，常七七戰敗後，送敗北的他歸京，就把他安置在天后廟半途。請您多多保重，書中自有您老喜愛的世界！

清閒散人

一九九一、四、二十二

第二通

林安先生：

我從LA回來，在去之前。曾有一信寄給您，問候您們全家。

回來後曾往訪林風眠老先生。在他家廊中曾聊天數小時，才告退。想不到過了幾天便在醫院中見他。以第一次見他時的壯健，怎麼也想不到會去得那麼快的。

在堂中曾見先生輓聯，也正好那蘭花圈送來時，我也在場。君子蘭成，先生心意與聯中至情至性之作，令我更懷念您——我知林老大名及畫是從先生處開了眼界。

今閱報，知有好消息，為您們全家高興。好心有好報，信不我欺。

但願有日能往北京拜訪先生，（生平從未遊過天子腳下）。

順祝您保重身體，闔府平安。

清閒散人

一九九一、九、五

第三通

史先生：

朋友告訴我，您仍在寫作伏案之中，所以一直有打攪您。而且，我也一直是北京的陌生人，從未到過。

又聽說您寫的書，其中一頁關於我。那麼，總該有點我的消息吧。

寄上一頁書的廣告影印，本來應該把這三本書寄給您的，奈何仍在海關，而且是假期。書店負責人也拿不到。只好補寄。

清秀這名字是您取的，中年以後，我也希望自己能一直「清秀」下去，要對自己的容貌負責呀，但願能不負改名的印象。

秋天時，願天假機緣，到北京一行，與您把盞言歡——或言不歡。

請多保重。

蔣清秀

一九九二、九、七

第四通

羅孚先生、羅夫人：

頃接大札，惶恐莫名，在下一向疏於禮數，出言無狀惹來先生夫人疑慮，真是太不應該了。為先生夫人高興，子女賢又孝，皆非普通的孝子孝女而已，確實非同凡響。如此福分，幾生修到，當然也是父母教導以身作則，有以致之。

今日有事，無法前來，託同事蘭花奉上此丞，稍釋心中愧疚。先生夫人待我，一向心知，請原諒、原諒。

晚　蔣芸　拜致

（時間不明）

羅忼烈致羅孚信（三通）

第一通

絲韋兄：

　　啞行者紐約來信，囑向兄及陳凡兄等致意。並寄來一首詩，題為「奉和周策縱重啞訪問祖國歸來，詩的迎之」，詩云：

　　重訪家垣半世紀，再來紐約報行蹤。
　　托缽走過十行省，八億人群面面紅。

　　啞公又謂：聞絲韋兄曾在《新晚報》寫有關彼祖國歸來之作，囑剪寄一份。查蝸居僻遠，報販不肯送晚報，是以無法定閱貴報。今事隔多日，不知*老編能找出一份相寄否？

　　暑假回國遊覽之事，⁑屢荷閱注。內人云：因肥胖畏熱，欲待寒假有機會時方欣然「命駕」，一笑，謝謝。敬候

筆安

忼烈

七月三日

第二通

孚兄：

花旗國之遊樂甚，不知亦思蜀否，何月東旋？

於《明報月刊》九月號見懷念海粟老人尊作，今日復在《明報》副刊獲睹談張充和女士之文，因影寄海翁及充和舊作寄上，俾為談助。

海翁和詞手跡乃十六年前書，張女史詞似是一九六八年作，距今二十六載矣。其時選堂兄方在耶魯大學任客座教授，共張氏伉儷通從頗多，饒兄和拙作浣溪沙秋興八首，一和再和三和共二十四闋，充和見獵心喜故亦有作。

返港後請告知，以便相約一敘如何？不一，順候

文安

宗弟 伉烈 非願

九四年九月四日

充和女士曩年來港，曾為內人書冊子，又及

第三通

宗兄：

六月十八傍晚回到香港，過了兩天就傷風感冒，幸而不嚴重，還是跑去跑來，應酬如儀。昨午和饒公、

敏之等喝茶，老曾說，聽說你已回來了。好在並非事實，否則在美國住了那麼久，是不易適應的。

昨天收到《香港的人和事》，編排、印刷都夠水準，不過有些文章閒話太多，拉得太長，而對象又不一定值得如此大書特書，是美中不足。如果還出續集，最好限制字數，留下更多篇幅，讓別人多寫一些港人港事。

過幾天影印甲子年（公元一九二四）出版的《嬉笑集》寄上（收到後請告知），內容與今本相差頗大。是老友故宮博物院研究員顧鐵符先生（九〇年去世、壽八十二），看了我在《詩詞曲論文集》（一九八二年廣東人民出版社出版，非李鵬翥說的花城出版社）裏關於《嬉笑集》的引文，與舊本有許多不同，所以影印寄給我。顧老是考古學家，抗戰時在中山大學和我相識，江蘇無錫人，念小學時錢穆先生是他的老師。原來錢老曾教小學，此事鮮為人知，所以研究「錢學」的專文都沒提及。

香港的生活程度仍然很高，茶樓酒館依然其門如市，點心的價錢一樣昂貴。租房子買房子無疑是便宜了，但舊價錢本來是天文數字，便是七折八扣也不會低到哪裏去。老兄明年歸來，若果另謀「島居」也不是輕而易舉的。仍然傷風，就此打住，祝

儷福

忼烈

六月廿五

郵件附有梁啓超飲冰室詩話一條，所載廖老絕句六首，惟見於此。

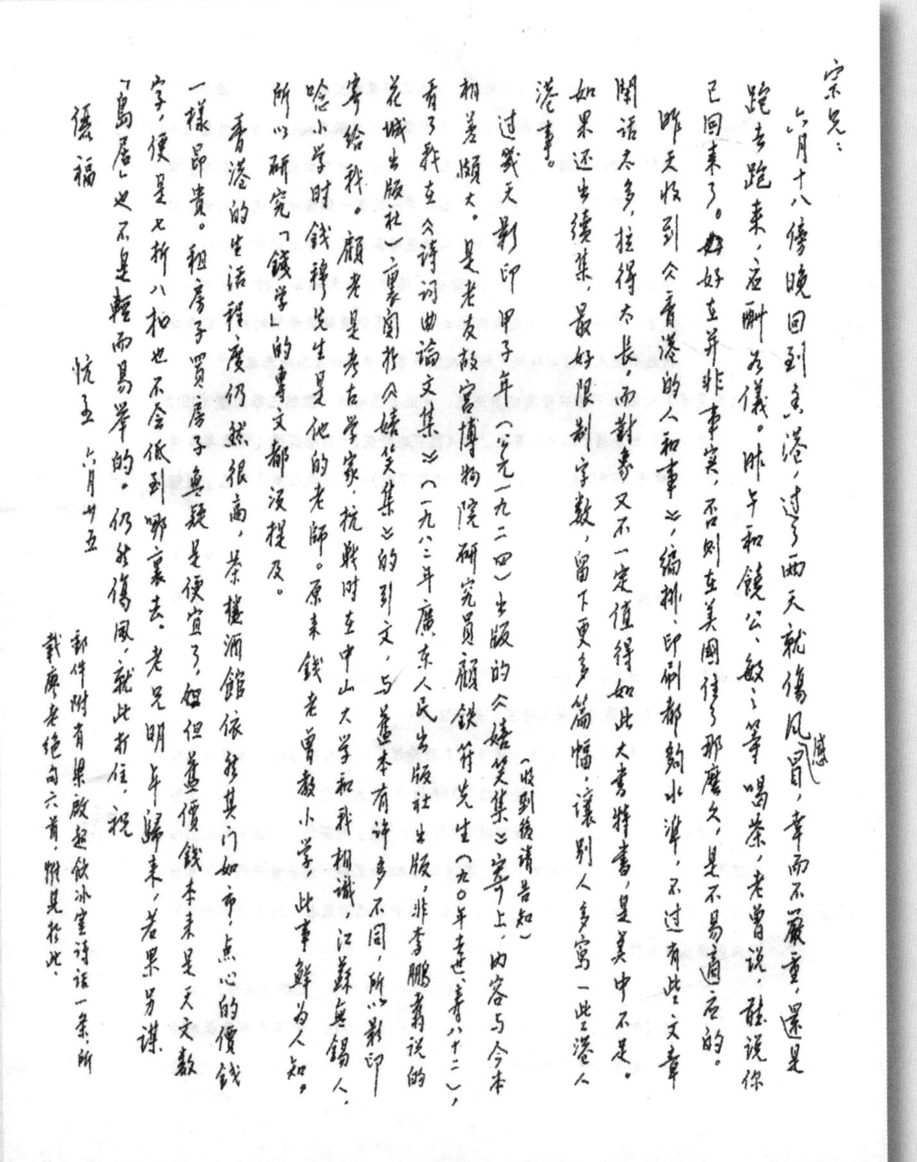

宗兄：

六月十八傍晚回到香港，过了兩天就傷風感冒，幸而不嚴重，還是跑去跑來，应酬如儀。昨午和饒公、敏之等喝茶，老曾說，聽說你已回來了。好在并非事实，否則在美國住了那麼久，是不易適应的。昨天收到《香港的人和事》，編排、印刷都夠水準，不过有些文章閒话太多，拉得太長，而對象又不一定值得如此大書特書，是美中不足。如果还出續集，最好限制字数，留下更多篇幅，讓別人多寫一些港人港事。

过幾天影印甲子年（公元一九二四）出版的《嬉笑集》寄上（收到後請告知），内容与今本相差頗大。是老友故宮博物院研究員顧鐵符先生（九0年逝世，壽八十二），看了我在《詩詞曲論文集》（一九八二年廣东人民出版社出版，非李鵬翥說的花城出版社）裏関於《嬉笑集》的引文，与舊本有許多不同，所以影印寄給我。顧老是考古学家，抗戰时在中山大学和我相識，江蘇無錫人。唸小学时錢穆先生是他的老師。原来錢老曾教小学，此事鮮為人知，所以研究「錢学」的專文都沒提及。

香港的生活程度仍然很高，茶樓酒館依然其门如市，点心的價錢一樣昂貴。租房子買房子無疑是便宜了，但其價錢本来是天文数字，便是七折八扣也不會低到哪裏去。老兄明年歸來，若果另謀「島居」也不是輕而易舉的。仍然傷風，就此打住，祝

儷福

忼五 六月廿五

郵件附有梁啟超飲冰室詩話一条，所載廖老絕句六首，附見於此。

羅忼烈致羅孚信第三通

痖弦致羅孚信（一通）

羅孚先生：

來信及范用先生代「聯副」邀約的文稿均收到。非常感謝。各家文稿處理方式我會直接與范先生及作者聯繫，敬請勿念。

多年來常聽香港朋友談起先生，敬重之情，溢於言表。您能結束羈旅北京生活回到香港，大家都很高興。如今中、港、台三岸情況改變很大，要做的事還很多，今後我們應該多多聯絡，有甚麼事要我做的，請不吝吩咐。

我的情形，戴天知之甚詳，我第一次聽到先生大名，也是從他那裏。

敬請

文安

痖弦 敬上

一九九三．三．二十一

羅孚致張敏儀信（一通）

香港廣播電台廣播處長張敏儀大姐：

您好！久違了！

現有私事相求。我去年夏天擬作美加之遊，臨時因加拿大簽證出了問題，只好放棄你所指點的溫哥華之

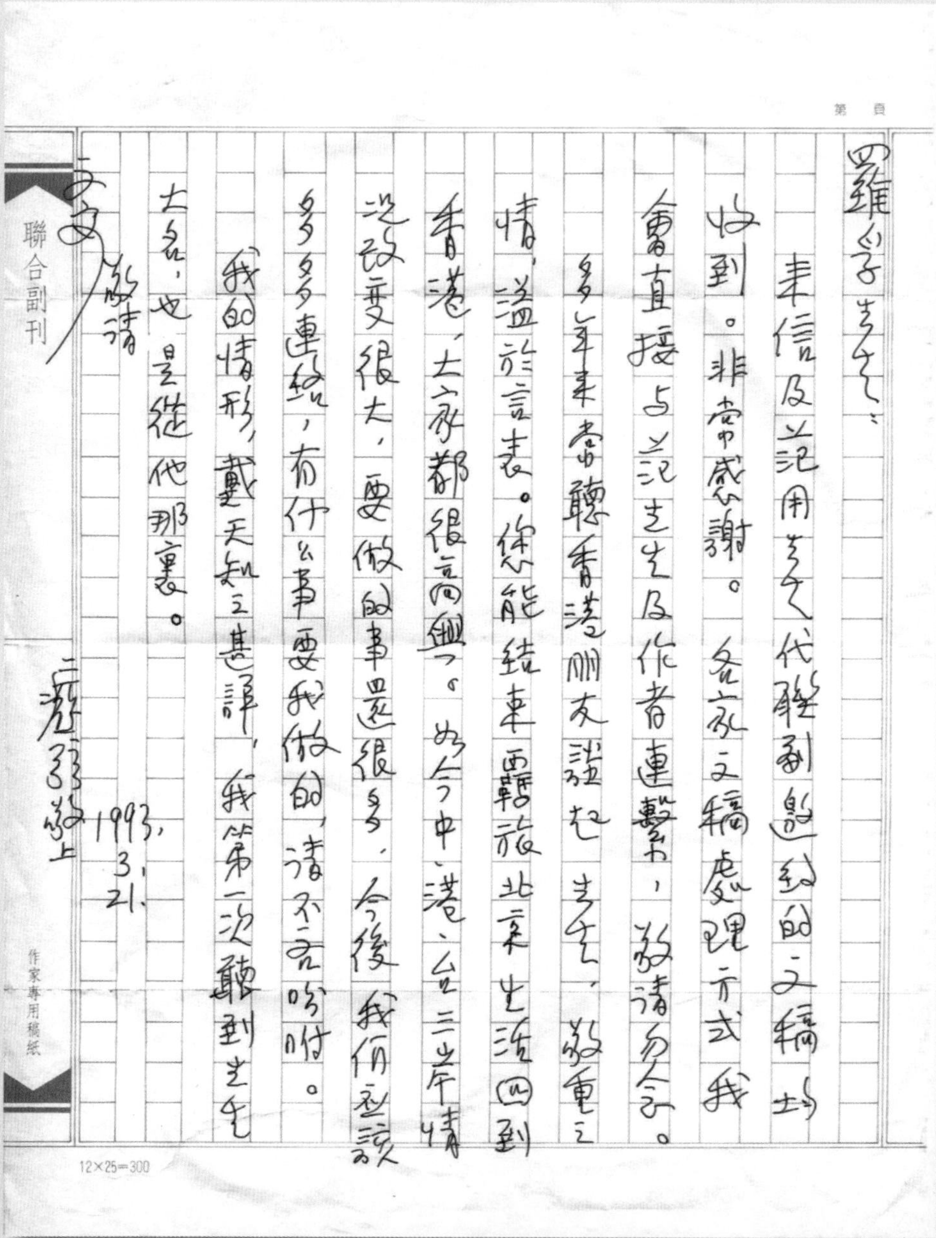

羅孚先生：

來信及益范用先生代聯副邀約的文稿均收到。非常感謝。各家文稿處理方式我會直接與益范先生及作者連繫，敬請放心。

多年來常聽香港朋友談起先生，敬重之情，溢於言表。您能結束羈旅北京生活回到香港，大家都很高興。如今中、港、台三岸情況改變很大，要做的事還很多，今後我們私談多多連絡，有什么事要我做的，請不吝吩咐。

我的情形，戴天知之甚詳，我第一次聽到先生大名，也是從他那裏。

敬請

安

弟 痖弦 敬上

1993.3.21.

痖弦致羅孚信

行。問題出在替我辦簽證的人說了一句，我在大陸吃過官司，判過刑，加領館的人因此要我去領良民證，當時時間緊迫，已來不及，只好決定暫緩去加。今年夏天又擬再作美加之行，偶與李怡兄談起，他建議我向你求助，由你出面，寫一封信向加領館說明，我在北京是一場政治官司，非普通刑事犯罪。以便去加領館辦簽證時，得到比良民證更有力之證明，不致產生阻滯。

此議不知是否可行？特冒昧陳情，請加指點。如承賜助，不勝感激！

此祝

近安！

羅孚上

九五・三・二十八

張敏儀致羅孚信（一通）

羅孚先生：

每天看您的專欄，如在左右，並無距離。

回歸六月，還是那句話，甚麼才是愛國愛港？價值觀念之扭曲，尤其於七月之前。人在香港，入世？出世？要撒手談何容易，董橋要去蘋果了，請看他在《明報》寫最後一天的專欄。（附頁）現在常見的朋友，心中都有那兩匹馬。

知道您和胡菊人、亦舒等在花徑徘徊，仍然心意相通，總還是愉快的。

祝您和家人身體健康。

敏儀 上

九七・十二・三十一

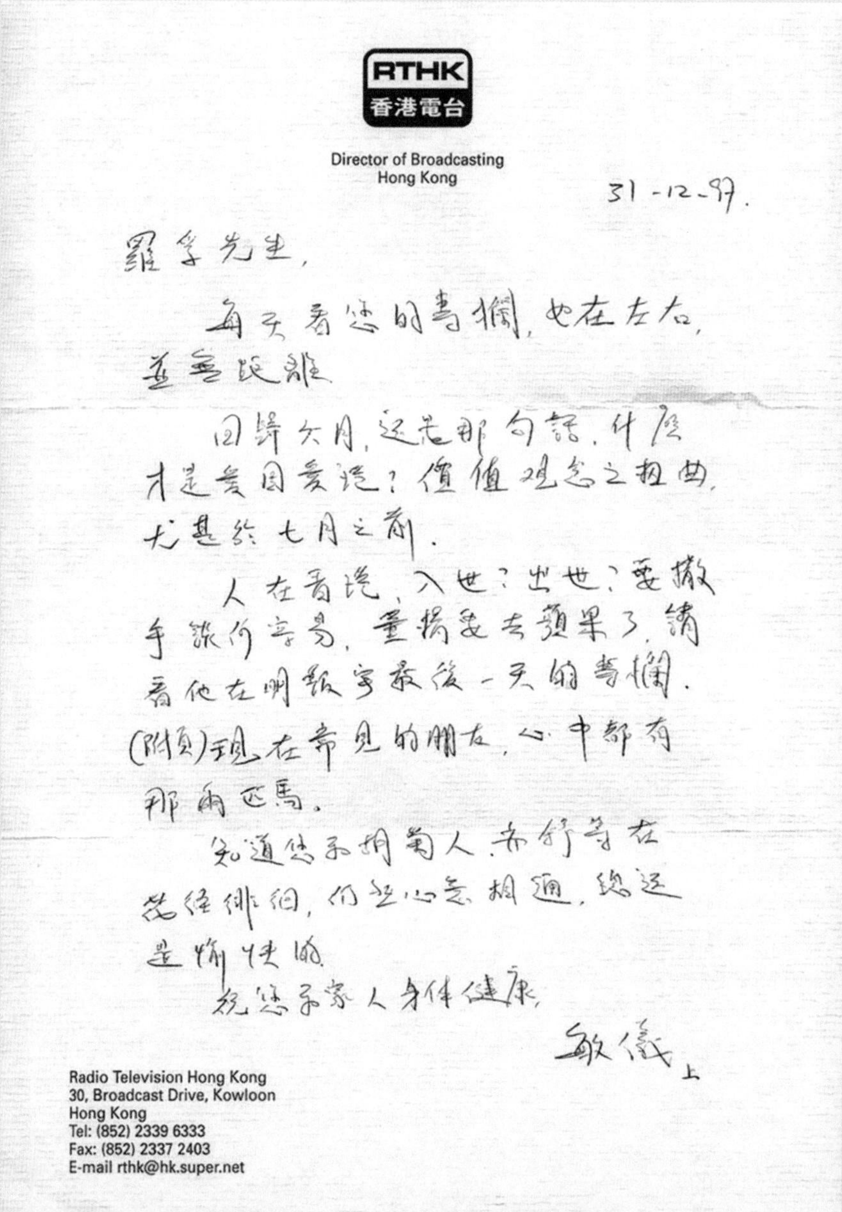

RTHK
香港電台

Director of Broadcasting
Hong Kong

31-12-97.

羅孚先生，

每天看您的專欄，也在左右，並無距離。

回歸六月，還是那句話，什麼才是愛國愛港？價值觀念之扭曲，尤甚於七月之前。

人在香港，入世？出世？要撒手談何容易，董橋要去蘋果了，請看他在明報寫最後一天的專欄。(附頁)現在常見的朋友，心中都有那兩匹馬。

知道您和家人亦仍等在花徑徘徊，仍然心意相通，總還是愉快的。

祝您和家人身體健康，

敏儀 上

Radio Television Hong Kong
30, Broadcast Drive, Kowloon
Hong Kong
Tel: (852) 2339 6333
Fax: (852) 2337 2403
E-mail rthk@hk.super.net

張敏儀致羅孚信

莫德光致羅孚信（一通）

承勳兄：

前函諒達，拙作腹聯初不愜意，改來改去，仍難傳神，蓋桂林腔偶夾數字國音，聽來十分彆扭。彆彆兩字，不易雅化。而用「半改」。又恐讀者先入為主，以為改者係我輩也。易為微變，敬叨雅教。

此致

時祺

德光弟手書

廿一日

姚拓致羅孚信（一通）

孚兄如晤：

在港識荊，懷念不已。每讀大作，具增欽佩。你的勇氣、你的觀點，足可作後人楷模。

祝

新年大吉

姚拓 拜上

九五年二月三日

李中申致羅孚信（一通）

柳蘇先生：

拜讀了您在《讀書》雜誌撰寫的《東北雪東方珠》一文，並從《讀書》處得知您的通訊處，現寫信給您，有失冒昧，請多原宥。

李輝英先生是我的父親。一九八〇年後我曾四次去港探親（最後一次奔喪，時在一九九一年五月）。一九八四年末曾與家父一同參加四次作代會。

您文章中的資料較為準確。「與內地一個單位的聯繫」的事，似乎在此之前還不曾出現過類似的記敘。一九八〇年八月，我與家父在廣州見面，就是那個單位安排的。他能向您說起此事，可見您們之間的交往較不一般，但他未向我提起過您。

關於回東北接收一事，家父在長春等待接收黑龍江肇州縣（縣長），後因戰爭等原因未能實現，而在長春市代理教育局長，兩說不矛盾。勝利後去河南做官屬子虛烏有。

您能在家父週年祭時撰文紀念，很有意義，也很使人感動，謹此致謝。

今年五月我去京時見到現代文學館的舒乙館長，談起捐贈圖書事，本已決定去看一看，後因故未去成，只好留待日後再去了。不過那些書我在幾次去港時，已大致瀏覽過，似乎王瑤的新文學史稿，只有一九五三年新文藝版；我在第一次到港時曾提起此事，他確實不知初版曾提到他。

尊作所引《東北作家群》文字（一一二頁倒第三行）「老農夫」誤為「老蒼夫」，可能是工人誤植。

順頌

夏安

中申

一九九二・八・二十

辛輯

袁鷹致羅孚信（三通）
舒展致羅孚信（二通）
潘耀明致羅孚信（一通）
黃俊東致羅孚信（三通）
羅孚致潘耀明信（一通）
羅孚致潘耀明黃俊東信（一通）
梅子致羅孚信（一通）
施蟄存致羅孚信（二通）
方寬烈致羅孚信（一通）
千家駒致羅孚信（四通）
翁靈文致羅孚信（一通）
羅孚致陳惜姿信（一通）
羅孚致盧敬華信（一通）
羅孚致董橋林平衡信（一通）
林平衡致羅孚信（一通）
羅孚致潘麗瓊信（二通）

鮑樸致羅孚信（一通）
梁愛詩致羅孚信（一通）
袁良駿致羅孚信（二通）
巫寧坤致羅孚信（一通）
左冠輝致羅孚信（一通）
巫寧坤致北京大學校長信（一通）
北京大學校長辦公室致巫寧坤信（一通）
范泉致羅孚信（一通）
何永沂致羅孚信（一通）
李暢培致羅孚信（二通）
趙麗雅致羅孚信（一通）
余秋雨致羅孚信（二通）
胡石如致羅孚信（一通）
劉啓陶致羅孚信（一通）
廣西師範大學中文系致羅孚信（一通）

袁鷹致羅孚信（三通）

第一通

柳蘇兄：

函稿先後奉悉，得兄大力支持，甚為銘感。諲老大作尚未到，有些重複處亦無大礙，在所難免也。補上的一段甚有必要，亦有意思。那位收藏家事，我曾聽宜興陶瓷公司梅南頻（亦一青年散文家）說起過。梅君到舍下小坐，見我書桌上紫砂筆筒（梅椿形）和紫砂小煙灰缸（扇面形，戰用以放曲別針、大頭針），勸我收起來，免得擦桌時不慎摔碎，他說是名技師所作（底部鐫有小印），如攜去香港求售，可得數萬港紙云云。他怕我掉以輕心，二次來京時，特以一中檔紫砂筆筒相贈，將梅椿換下。盛情可感。其實此二物我置諸案上已二十年，從未摔過，亦從無當古董出售的念頭。平時只覺別致有味，經他一品鑒，倒真發現其精美處。

天氣漸寒，諸希珍攝。順請

秋祺！

弟　袁鷹

十．十八

際坰、敏之二兄先後去美、加，均有信來，想我兄已知道了吧？

又上

第二通

史兄：

（「史」字之後，應加「公」字，較貼。）

大函並惠贈《讀書隨筆》三冊均收到，至以為感。編成它三巨帙問世，葉先生可以含笑九泉矣。因想到我兄能否另作一文，就此書問世，介紹葉先生其人其文，給《散文世界》發，略長點無妨。這樣的題目，在您是不需費多大力氣的。大約幾個燈下之暇，即可完成。您看如何？倒不僅因為這三本書，而且國內許多成人讀者大約還有「反動文人」的印象，故青年人（尤其是新潮青年）則更茫然矣。

盼示覆。呈祝

暑祺！

弟 袁鷹

七月二日

第三通

史復兄：

大函並《懷念秦似》大作均收到，正值發《散文世界》第四期稿（出版週期一個半月），尊作來得正是時候，到以為感。已編發，請釋念。

日來暇時展讀《香港、香港……》，獲益匪淺。兄下的生花妙筆，隨手拈來，俱成妙諦。畢竟留港多年，「鄉裏鄉外」地熟透了，非內地去港十天半月寫些浮光掠影之作者所能望其項背也。

其中兩三次引「飲茶粵海……」句[74]，後三字「未能忘」誤為「最難忘」，此處筆誤，最好於重印時改正之。但不改亦無礙，因並未注明何所來也。

倘有雜文隨筆，仍希源源賜下。此時此地，能寫到甚麼邊緣，兄下自能意會。

囑轉交之大作，已面交，並代為致意，他亦囑代改謝忱。

即祝

春祺！

袁鷹上

八七・二・十九

舒展致羅孚信（二通）

第一通

史復兄：

尊作《蔡墓》已付排，大約不會碰到上司的紅燈。

74 「飲茶粵海……」句，羅孚在其作品《香港，香港……》的引述的毛澤東詩《七律・和柳亞子先生》中第一二句。其詩原文為：飲茶粵海未能忘，索句渝州葉正黃。三十一年還舊國，落花時節讀華章。牢騷太盛防腸斷，風物長宜放眼量。莫道昆明池水淺，觀魚勝過富春江。

老兄《寄語總編》一文，本月二十一日《中青報》於頭版短評中曾引用；可見只要有新意，不愁無知音也。

袁鷹早就向弟介紹閣下情況，心儀已久，待他南歸，當共同趨府拜望，順道亦可向本家冒老領教。順頌

大安！

舒展

十月二十四日

第二通

史復兄：

尊作《蔡墓》已發，寄上樣報二份。

本報劉夢嵐同志在苗子先生府幸會吾兄。歸來向袁鷹和弟轉致問候，謝謝！我們年前正為明年副刊的小改小革而瞎忙，待稍暇，定登門拜望。

《蔡墓》文肯定會引起有心人反響並問及作者，現與袁鷹商定：稿係港老報人轉來，以此搪塞之。未知合適否？請便中見示。

副刊雜文合格品大大的有，精品奇缺。還望吾兄大力支持，定期（一月二篇？）贈稿為感。

祝好！

舒展

十二．十一（一九八六年）

潘耀明致羅孚信（一通）

羅孚兄：

弟赴美度假半月甫返，見到的友人如聶華苓等，均問您好，她說，她赴大陸還是您出的力。

返港後，在《文藝報》發現一篇介紹《絲韋卷》文章，這篇文章立論尚公允，卻在極左派控制的報章出現，令人訝異。

便中如給范公寫信，可否請他為《明月》寫一篇吃酒文章，他道行甚高，且是真正好酒、愛酒之人。

容後再敍。匆祝

文安

弟 耀明 頓

九三年元月十五日

黃俊東致羅孚信（三通）

第一通

孚兄：

你要的《「文藝復興」的胎動》舊作，已檢出複印寄周蜜蜜。《懷人集》上篇排出後，張先生抽起，說

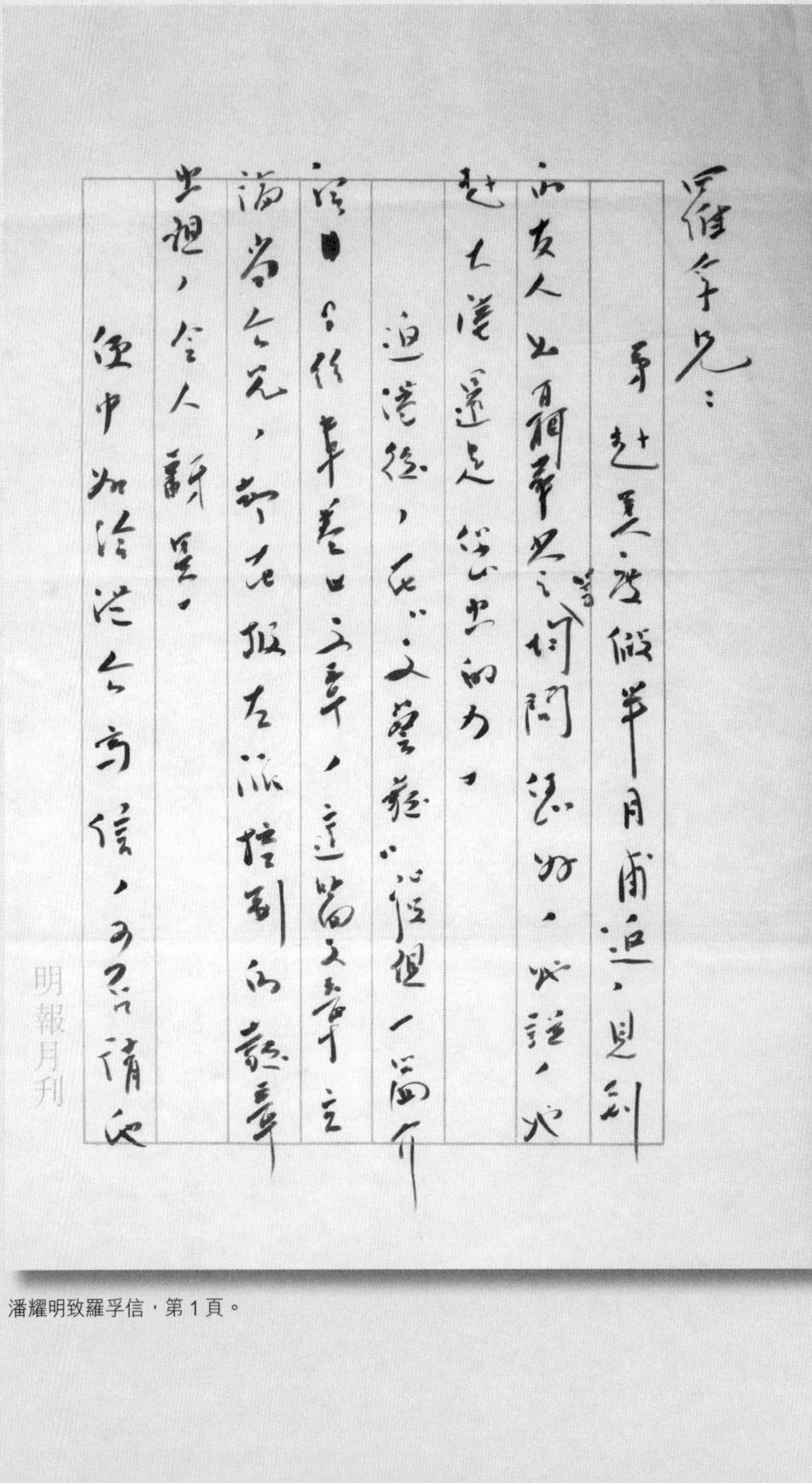
羅孚兄：
弟赴美、歐做半月旅遊，見到
兩友人也有相當兄之詢問，（等）好，必談，以
赴大陸還是從此的方。
回港後，知以文學藝術經理一篇介
紹[illegible]日本作家些文章，這篇文章主
論者今天，可在報上派控制的藝事
此想，令人驚異。
但中如結法今有信，可否請你

潘耀明致羅孚信，第 1 頁。

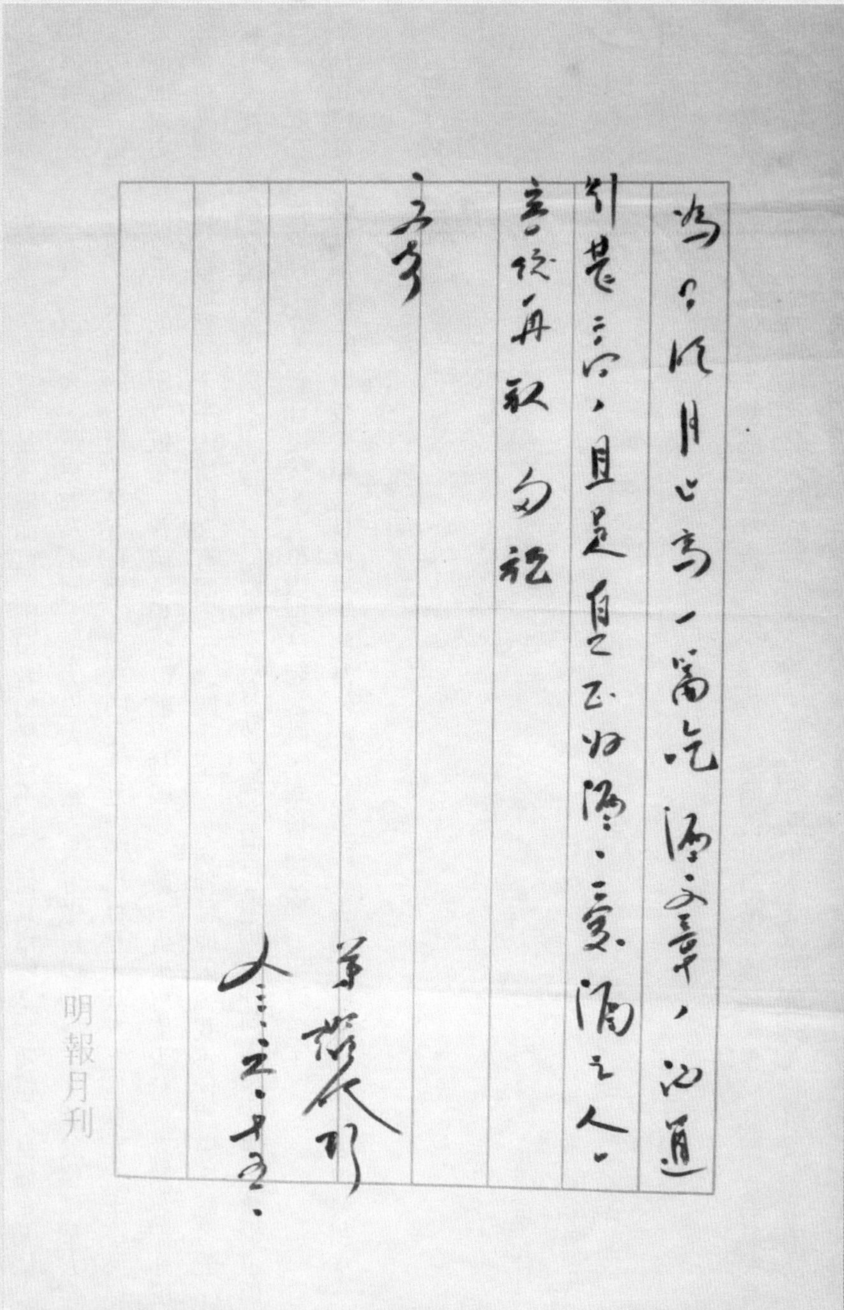

潘耀明致羅孚信，第 2 頁。

下期連同下篇一次過刊出。關於詩話，已通知出版部考慮，迄未答覆。上次舒諲的文集，後來查先生批了字條給出版部的主編考慮，結果也是考慮而已。因編者怕銷路不佳，何其市儈？《明報》自從企業化之後，情況大為改變，主事者多為新人，意見大為不同，權力也大，舊人只好做份內的事了。關於梁碩華大作的稿費，可能海雷兄弄錯了，以前的一篇才是五百元，這次的長文是一千二百元，基本上是百元一千字。你的因為是從前我與董橋所定下的，所以依舊。黃苗子先生以前也是與你一樣，近來可能少寫，老編忘記亦說不定或另有新決定，也只給百元一千字，所以僅有四百元（四千字）。因種種原因，我不便說破，諒黃先生也不計較吧。據知主編將調日報工作，明年一月開始，當有新主編，但目前仍不知何人來主事。董橋重返《明報》，主要在日報展開工作，新任之後，人事處理已夠繁亂，編務只好遲一步改革了。

月刊已全部改電腦植字，以後大作盡量提早一些為佳。北京多雨，香港則反常，今年恐怕要制水也說不定。

匆匆祝文安

俊東

八八年九月二日

第二通

孚兄：

大作剛收到，可以趕得上，當盡量照尊意不刪，請放心。聞已可為港刊撰稿，至感高興，詩話照尊意仍舊用那個筆名。舒諲先生的書稿《藝人藝事》應是好書，當大力推介，唯要等負責人的回覆，請稍候。劉賓雁的報告文學兩冊，請笑納。又周健強《柳無忌北京會羅念生》一文稿費港幣五百元，在該期已一併寄給羅海雷兄。原則上由您轉來的文稿，一經採用，都把稿費寄交雷兄，可能會計部沒有說明，以至雷兄不知情。

去年秋天，家居被地主收回，迫得搬屋，仍在沙田，但因上樓，藏書放棄了一半，實在無可奈何，迄今仍心有不甘。

匆匆，祝　文安。

俊東

八八年九月二日

第三通

L先生：

輝揚兄日前返港，轉寄來您的信稿及贈書鄭超麟老人的《玉尹殘集》，至為感謝。

近月來，月刊寄范先生的信箱，但看來您不曾收到，可惜。

關於稿費之事，一言難盡，您的提出是必然的事。如不提反而沒有坦率的表示而已。

自六月新主編上任之後，他對選稿自有他的主張，首先他聲明談魯迅的、談紅樓夢的、新詩、舊詩的均在不歡迎之列。其時我手上有柳存仁的關於魯迅的舊學，有您的談舊詩的，他無可奈何照發，卻動筆改了。直至九月號，確也退了一些詩稿，但中大的老師寄來的，卻照登，因新主編是中大畢業的。至於上回的即事。如果不是董兄轉來的，一定登不出，既登，已被刪削至很短了，因此，稿費也不會高了。現在由新老總計算稿費，我以前的標準已被推翻，無可奈何，除非向查先生說明，但我不想這樣做，人家請他做主編，自然賦予權力，我自然不便做小人了。這就是您的「創作」，反而不及抄詩的原因了。

現在收到的二首，我已不便呈上，因怕受辱也。

包立民先生的稿費，除以前發表文章時已由海雷兄轉，因為凡是經您轉來的，我都如此，每次隨支票也附上各人稿費的複印本。至於他說尚有一二篇，則該兩文迄今尚未刊出，故稿費也未計算也。

又周健強談沈從文，已發表的一篇早已寄海雷兄收了，後來的一篇則延至下期十一月前才發表，屆時當由蜜蜜轉去，勿念。

匆覆　即頌　大安

俊東

八九年十月十六日

羅孚致潘耀明信（一通）

耀明兄：

蒙贈大著《楓楊和野草的歌》，正是這兩天要找的書，思然得之，快何如也！謝謝。謝謝！「收集文學史料」中有一點錯了，我獻出的是魯迅給徐懋庸的最後一信（全集十三卷三六五頁，五月二日寫），不是那副對聯。便中能在「小語」中更正一下最好，否則知者以為我在撒謊。關於「馬伯樂」的事，實在不妥，不知哈爾濱後來有補救否？我的事是不能與劉以鬯先生相比的。

談到葛浩文，不是他在《明報月刊》的一篇文章，我還不記得曾為遷葬蕭紅事寫過詩，寫過報道，因此而查出，對於個人倒是有意義的。

匆匆，祝

近好

孚上

十一、四

羅孚致潘耀明黃俊東信（一通）

耀明、俊東兩兄：

拙文擾攘了兩天，總算趕上。今天才知，附近友誼賓館也可收費代傳，以後就不必奔波進城了。

徐鑄老孫子回京來談，我的輓聯和徐四民的輓聯都被免掛。好在我已掛在悼文裏，無奈我何！從這裏也可略知氣候。不過，劉賓雁、千家駒的花圈倒是擺了出來的。但劉有一個文字的東西，也被免了。一位不知何許人的人，來送輓聯，親自掛上，未受干涉。聯語：「大文有力推時代，另冊無端記姓名」。正是我為徐老八十祝壽詩的一聯。一笑！

祝　新春如意！

羅孚

九二．一．十六

梅子致羅孚信（一通）

羅先生：

您好！拖了相當時日，《絲韋卷》終於發稿了。只抽去寫四屆文代和《有冷風，更有闖將》二篇，換上

《像西西這樣的香港女作家》和《無人不道小思賢》，置於最後。全稿共一百大題，列為三輯。輯名原是「散文」、「雜文」、「文藝風景」。考慮到前二者以體裁名，第三輯以性質名，不統一，暫改為「大地和人」、「雜感」和「文藝風景」。

另外，按其他「卷」體例，書前有「前言」，問過周蜜蜜，她說原來的「後記」可作「代前言」，因此照辦。臨時從文首取四字「感慨萬千」為題。以上兩項（即關於輯名和「代前言」題目），您若覺得不妥，請示，當改。

寄來的照片選了八幀，包括訪溥儀、聶紺弩、林風眠、巴黎、黃賓虹紀念館及九寨溝，和在中大研討會上發言等，手跡取寫夏果、張千帆那篇的首頁。照片用後會與沒選上的一起「完璧歸趙」，放心。

寫了一則「內容簡介」，影印附呈，可改。

出書時間估計在九一年夏間，遲於《劉以鬯卷》一個季度。今年文叢只出《梁秉鈞卷》，明年可能就只有《劉》和大著了。三校後，可能得請您過目一次，屆時再告。

專此，即頌

著祺

梅子 敬上

九〇．十一．十五

又及：附錄收「自傳」、「作品一覽表」和易明善文。曾敏之先生曾允作一文評論。您若同意，三校後，擬送曾老看一次，文成後入「卷」為附錄，同時發表。

施蟄存致羅孚信（二通）

第一通

羅孚先生：

周清霖帶來大函及書三冊，謝謝。

我對足下情況不甚了解，十載京華，原來是被「軟禁」。

蘇曼殊詩，我曾編印一冊，收同時諸友的題贈及和作，過春節後當找一冊奉贈，手頭已無存書。

我多年不能寫毛筆字，承索拙書，請待天暖。

今年九十二，雖無病，氣力日衰，寫字不便，不多述。

如有大陸禁限之書，乞惠假數種，閱後即託便人歸璧。

此賀，夏正

施蟄存

（原信未寫日期）

又及

十多年前，閱有《紅色皇后》一書，尚可得否？

第二通

羅孚先生：

久仰大名，未得一晤，甚為憾事。

承關心拙作，尤感。拙作已出版者，只有《北山集古錄》（巴蜀書社）一種，乃是碑版文物題跋之作，足下所要《北山樓集》，大約是詩集，至今未嘗印行，無從奉贈。今年或可自費印一小冊，此時尚未決定。如果即出，必當呈教。

施蟄存

一九九六・八・三十

（耳近乎聾，無極重要事，最好不打電話）

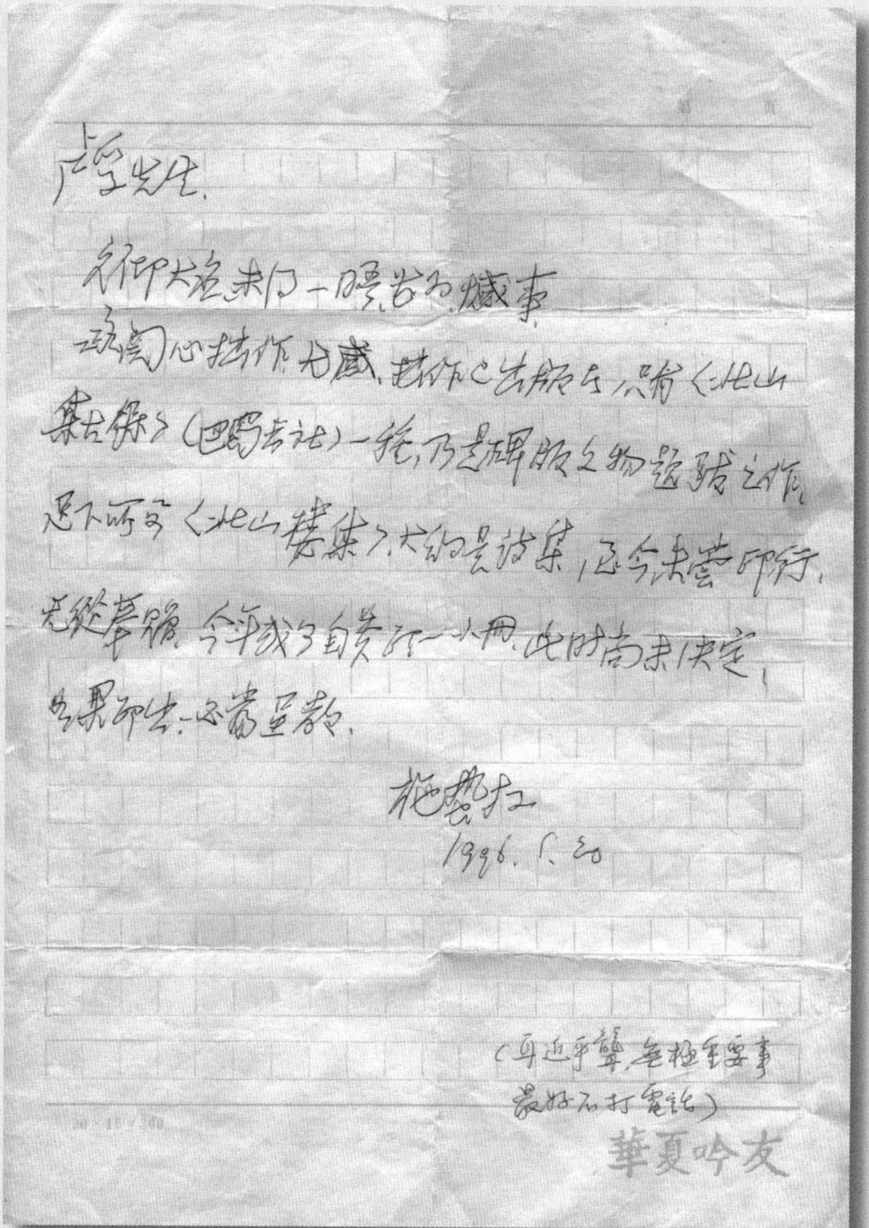

孚兄先生：

承枉大駕，未得一晤，甚為憾事。

又蒙關心拙作，尤感。拙作已出版者，只有《北山集古錄》（巴蜀書社）一種，乃是碑版文物題跋之作。還有所寫《北山樓集》，大約是詩集，迄今未曾印行，無從奉贈。今年或可自費印一小冊，此時尚未決定，如果印出，必當呈教。

施蟄存

1996. 5. 20

（耳近重聾，無極重要事最好不打電話）

施蟄存致羅孚信第二通

方寬烈致羅孚信（一通）

承勳老兄：

陳凡稿拜讀，資料甚佳。其中有一些可補充者就所知奉陳如後，如同意可補上也。

（1）關於《至樂樓》出版文學書一事，敝友汪宗衍曾告我，何君有意宣揚中國文化，汪建議刊書，何同意，故所出版均係汪提供及建議，故我認為可加志數言：

「《至樂樓叢書》著者均為廣東名家作品，其中不少是清史專家汪孝博所提供，汪的父親是詩人汪兆鏞，叔父是汪兆銘（精衛）。」

（2）關於《大公報》藝林版內容，商務和中華都有選錄成單行本發行。據我所知，商務刊印《藝林叢談》十冊，不久售罄，曾再版亦售盡，數年前將其中分類精選，刊成《名人談文學》、《名人談書法》和《名人談繪畫》三冊，現仍有書出售。中華在商務刊行《藝林叢談》後，亦選出商務所未選的，出版《中華文藝叢錄》十二冊，但銷量較商務為小，現也絕版了。

以上補充可能在排版後由兄決定，如何？

即頌

時安

寬烈敬 上

二〇〇七．十一．十二

奉上剛排好的尊稿，陳凡那首長詩用僻字多，請仔細一校，然後約時茶敍。賜回付梓，是盼。

千家駒致羅孚信（四通）

第一通

羅孚兄：

讀《林風眠裸女風波》一短文，勾起了我對劉哲的回憶。劉哲，東北人，在一九二七年張作霖組織安國軍總司令部開府北京時，任命劉哲為教育總長（非部長），他把原北京八個大學合併為一個京師大學，自兼校長。北京大學亦被取消，改為京師大學文科，文科學長聘前清遺老江瀚擔任（這是一個好人）。八校學生反對合併，派學生代表去請願，有一日劉在教育部總長室接見，擺好八副紙筆，學生代表進去後，劉先問年齡籍貫，再問在北京有無親屬？問後，把桌子一拍，命他們把遺著寫下來，叫親屬來收屍。代表們面面相覷，無言而退。這就是劉哲的作風。我當時正就讀於北京大學，一九二七年冬，亦為考試請願事，被劉哲臭罵一通，（幸而沒有叫我寫遺囑），次年三月（一九二八）我被張作霖政府逮捕，劉哲隨即把我掛牌開除學籍。終算天有眼，北伐軍打進北京，奉軍逃出關外，劉哲亦倉皇逃走，京師大學亦取消，北京八大校復校，凡被劉哲開除的一律恢復學籍，凡未經正式考試由劉哲批條子進來的一律退學，這是六七十年前的舊事，真如「天寶宮女話明宮」時舊事了。

祝好！

千家駒

九三·四·六

第二通

羅孚兄：

讀「殺人要收子彈費」一文，說是「普天之下，從古到今，從來沒有過的，……說起來，至今還令人毛骨直豎，真是奇哉怪也，慘而又慘。」

其實，古今聞所未聞的「從來沒有過的」怪事，何止「殺人收子彈費」一項。我最近在拙著《從追求到幻滅》一書中（台灣中國時報出版社出版，僅寄到樣書，香港書坊尚未有出售）其中有一節：「沒有『死』的自由」，特摘發如下，恐怕古今中外亦所未有的吧。

祝

好！

千家駒

七．九

附拙文（略）

第三通

羅孚兄：

您在《聯合報》寫的小品文，我每篇都拜讀。今天那篇「轉三十萬言的人」，最後提到聶紺弩得名句「哀莫大於心不死」，實在太好了，只加一個「不」字，意思就完全不同，真可意會而不可言傳。（其實你那篇

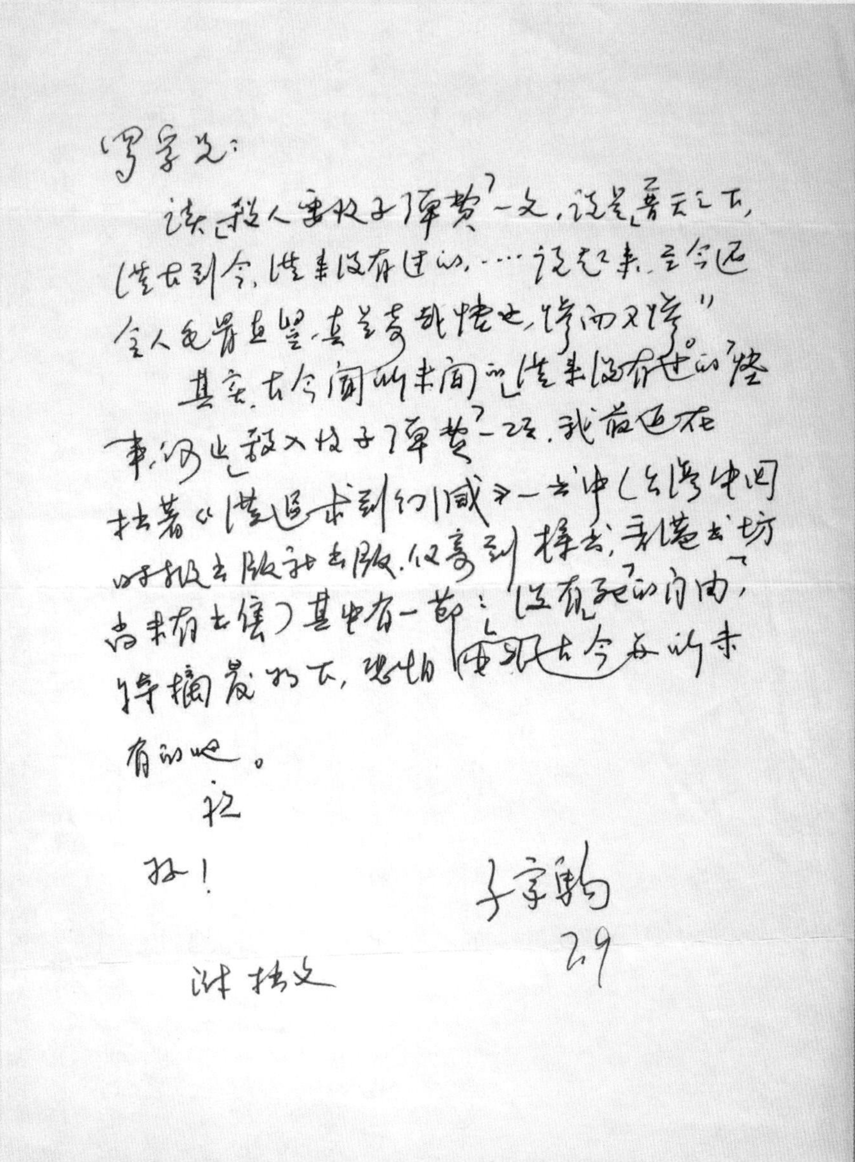

罗孚兄：

读"杀人要收子弹费"一文，说是"晋代以下，从古到今，从来没有过的……说起来，至今还令人毛骨悚然，真是奇耻惨史，惨而又惨"。

其实，古今闻所未闻的"从来没有过的"怪事，何止"杀人收子弹费"一项。我前些在拙著《从这里到门城》一书中（台湾中国时报出版社出版，仅寄到"梓书"、"新苑书坊"尚未有出售）其中有一节："没有死的自由"，特摘录如下，恐怕是古今所未有的吧。

祝

好！

千家驹

2.9

附拙文

千家駒致羅孚信第二通

文章可以此句為標題更好)。

說到習仲勳，他倒真是個好人，近幾年病了，我已好幾年沒有見到他。當習仲勳初調到廣東做省委書記時，我有一次在佛山開會，他派秘書長來看我，並請我吃飯。他對我說：「您知道我那案子株連到多少人嗎？有三萬人之多。」又說，「汪東興是完全了解的（按當時汪尚任中共中央副主席，他可能是習專案組組長——千），我這次來廣東，我對汪東興說，『我是準備再犯錯誤的』。汪趕忙說，『哪裏，哪裏，不會，不會』。」當時習是廣東省委第一書記，而楊尚昆是廣州市委第一書記，習的地位遠在楊之上，而後來楊任國家主席，習僅任人大副委員長，其中原因想因習此人思想較開明，且為人十分正派。一九八七年，習有一次來深圳，見到我時說：「您在政協大會上的發言真好（指一九八七年那次，非八八年），我一直為你鼓掌。至於姚雪垠（《李自成》作者），他說的甚麼呵，我一次也不鼓掌。」（這是指姚在政協大會上大事攻擊資產階級自由化的極左發言）。我說：「仲勳同志，您對我的發言感興趣，謝謝。但當第二天人民廣播電台廣播時，介紹我的發言，只用了一秒鐘（千家駒委員也就經濟問題發了言），『經濟問題』不是一秒鐘嗎；而對姚的發言介紹了十分鐘。又《人民日報》對我的發言，一字不登，而對姚的發言，則全文照登，一字不漏。」習聽後苦笑而已。由此可見，習對極左言論是深惡痛絕的。

寫此以供一笑。

千家駒

八．五

第四通

羅孚兄：

最近一段時期，我都住在深圳，甚少來香港，但來港時總買《聯合報》一份看看。昨天又來港，今讀大作「章士釗被批得拍案而起」一文，勾起我的回憶，按章老提出「物必先腐而後蟲生」是在反右之前，我和章老同一小組，同組的好像還有些老先生，其中有毛的老師符定一、李任公等人。行老提出後，受到同組一些左派朋友的批評，（我也算左派，但我未發言）。行老說，「我要把我的意見寫出來送李維漢同志（中央統戰部長）看。」第二週（學習會每週一次），同組的人問行老，他說，「我已經把我的意見送給主席看了。」主席看後就找行老談話，笑說「你在小組大概挨批了吧」，但毛亦未表態，既未表示支持行老的意見，亦未表示反對。不過此後小組也沒有人再批評行老了，大概毛已打了招呼，左派的朋友就不再批行老的「物必先腐論」，行老亦未做過甚麼檢查。這事發生在反右以前，與反右無關。這事我是親歷其境的，與外界傳「拍案而起」不符。

開會地址在南河沿歐美同學會（後改為文化俱樂部），當時人民大會堂，尚未落成也。

特供您參考。

我已搬家，搬到（地址略），電話（略）

祝好

千家駒

七月七日

翁靈文致羅孚信（一通）

羅孚先生道鑒：

日前讀到「島居新文」中所寫《冷僧老人的一生》，對張同兄尊人張宗祥先生資料有詳述。您文中：「他抄校古書，日寫一萬五六千字，多的時候達二萬四千多字……。」想係指張老先生在五十年代所校注的那部談遷所著的編年史書《明権》（國榷）。

《明権》（國榷）在五八年出版張校注的新版後，我曾買了一部，計有六大冊，每冊頁數均逾千字排得密密麻麻，這對七十歲老人來說，工作量是頗大的。（這部巨著第一版僅印一千部，真是太少，我曾向張同兄道及。文革後像是又印了一版。）

我這樣想：您手頭不一定有這部《明権》（國榷），惟張老先生在此書中寫下的題記對您行文時或有供參考之處，特複印奉上。

敬頌

撰祺

翁靈文 拜上

九六．一．二十五

有關張同兄資料補充：①曾在抗戰勝利後，任「軍調處」（在北平時期）主持英文文件及翻譯事項。②在美新處（香港）離職後，曾任樹仁書院新聞系系主任。

羅孚致陳惜姿信（一通）

惜姿小姐：

我六月初匆匆來美，只是因為這邊的女兒已經為我們修好房子和機票（房子是她找了兩年才找好的），我們只有依時前來享受，就像人家準備好一桌菜，我們只好依時去吃。心想先來住它一年半載，看了再說。合適就住下去，不合適就回香港。

當時並沒有甚麼緊迫的原因，迫得我非馬上走不可。走，就是上面說的私人原因。

我也沒有認為回歸後馬上就會有大變，變得很壞。我的看法是：「一國兩制」是比較好的，北京不會自己有意破壞它，但有些人或出於既得利益，或出於一貫「左」的作風，有意無意作了破壞是可能的。這不會是馬上。得看它兩三年。

香港最大的好處一是自由，二是繁華。自由首先是新聞、言論自由，回歸後必然有些收緊，首先是自律，傳媒老闆要因住；中共也會有滲透甚至收買。其他的自由慢慢也可能收緊。繁華是經濟的成就，這次一回歸就碰上猛烈的衝擊，抵擋得不錯，但股市、樓價、失業的現狀和前景卻不免令人擔心，更艱苦的考驗能不能頂得住？

我希望香港好，希望「一國兩制」成功。這首先要希望中國好。中國如果不好香港必然會有麻煩。希望中共能自我完善，和平演變，走資，這樣就和香港更加「夾得埋」，走在一起了。

舊金山灣這天氣好、自然環境好，中國人多，中國氣氛也濃，適合中國移民住，尤其是老年人。香港沒有這樣好的條件。但香港到底是住了幾十年的地方，又有很多熟人，因此有感情，不必懷念它，還是想回來。最好是一年之中，每邊都住幾個月。

洛杉磯台灣味多些，三藩市香港味多些。從報紙、電視、飲食到左鄰右舍，不少都是「香港的」，如同人在香港。但因此也更懷念香港了。

現在還不讓《蘋果》記者採訪，在香港也有歧視，毫無道理，這裏也就看到新聞自由的隱憂。

就寫這些供參考吧。另傳地圖，請轉David，還來得及轉他吧。

祝好！

羅孚

十七日晚十一時許（一九九七年六月或七月）

羅孚致盧敬華信（一通）

敬華兄：

茲將你所要的兩類文章傳上。

徐鑄成的《他站在哪裏》原刊於《新晚報》八〇年十二月初，後由文藝書屋收入《海角寄語》一書中。

我的有關西單民主牆的文章原刊於七九年十二月初《新晚報》的《新語》專欄。《新晚》原有時事說明專欄「夕夕談」，是專談國際問題的，文革結束後因感國內問題更為讀者需要知道的，乃增加不署名的「新語」專欄，《新晚報》的語言，即《新晚報》的社論之意，寫來較為放手，自己也覺滿意，但「夕夕談」仍保留他人寫，作者署名仍為「單朱」不變。關於民主牆的文章前後寫了好幾篇，一併傳上，以供參考。

我年輕時因志在救國，參加了革命，晚年因事變而有所悔悟，但仍不以早年的所作所為為非，多少有些羅素所說，年輕時就參加共產黨的，是愚蠢，年老時仍參加共產黨的，仍是愚蠢（大意如此），這意思差不多也。

祝好！

羅孚上

〇六．八．卅

羅孚致董橋林平衡信（一通）

董兄、林兄：

看了今天貴報有關我談「五月風采」的報道，有些地方使人啼笑皆非。

如說我帶了孩子去放假炸彈，放了以後「嬉皮笑臉地離去」，我沒有這樣說過，也不是事實，怎麼會嬉皮笑臉那麼輕鬆？又說我帶了老二、老三和他們的同學同去，也不是事實，我帶的是別人的小孩，我家的老二、老三是參加了學校的行動了。而且我家也不習慣老二、老三地叫自己的小孩。報道又不提我們後來知道這樣做的錯誤，好像至今還是堅持錯誤。

關於燒死林彬的問題也是如此，一開始是認為幹得不錯，後來才知道錯了，而不是一直都認為「做得幾好」。

我在接受採訪時，說了許多知錯的話，卻未見寫出來，好像至今還認為「反英抗暴」沒有甚麼不對。

儘管你們報道裏也說，「曾經挑起暴亂的左派報人深感遺憾」，好像也不足以沖淡上述報道的印象。如何是好？

羅孚
二〇〇六、五、十六夜

林平衡致羅孚信（一通）

羅老總：

您好。

多謝您為《蘋果》寫《六七暴動面面觀》，論對當年香港情況的了解、對事物有深入認識、及可以公平態度作出清晰評論，除羅老總外，也難找其他人了。

《六七暴動面面觀》獲得《蘋果》內外的一些好評。

茲寄上您要的兩篇文章，若有任何問題，敬請隨時吩咐。

祝　安好！

晚　林平衡
〇六年六月六日

另，《六七暴動面面觀》稿費，《蘋果》行政部門稍後將送交。謝謝。

羅孚致潘麗瓊信（二通）

第一通

麗瓊小姐：

承蒙下顧採訪，多謝！

由於語言隔閡，思想代溝，有若干處因此有誤了，如下——

1、標題《六十年恩怨情仇》，內文找不到具體的東西，似出編者想像；

2、副題「他曾經是宣傳機器，是放炸彈的游擊隊，是統戰能手，這一切，幾十年來都幹得理直氣壯」。「游擊隊」，太誇張了。「幾十年來都幹得理直氣壯」，並不，放炸彈早就否定了，儘管放的是假炸彈；說假話的宣傳也否定了，也不直壯。

3、「策動反英抗暴」，不敢當，我也是被「策動」的，決非「策動者」。

4、「隨重慶《大公報》來香港」，不是，「隨」應是「從」。

5、「女作家楊江」，應是楊剛。

6、「是左派宣傳、言論的把關人」，一報的把關人還可以說，整個左派，輪不到我。

7、鬥委會成立，「羅孚任執行小組組長」，好像是整個鬥委會的執行小組，實際只是《大公》、《新晚報》這個小的鬥委會，誇大了。

8、「六七年死了這樣多無辜的人」，是有人死，到底死了多少我不知道。

9、「《人民日報》社論說，希望收回香港，不惜搞起武裝鬥爭。」《人民日報》只是暗示可能隨時收回香港，也沒提到動武。

10、「有否覺得使用武力和恐嚇是錯的？」我早就知錯，而不是我認為很難說，後來仍然認為這是「正義和革命」。

11、「當時外交部長黃家強」，是王稼祥，外交部副部長。

12、「打電話回港，報館告訴他，剛接到命令要他上京開會」，實際上是廣州通知我的。

13、「審了一個早上」，是一個下午。

14、判間諜，「是他統戰工作做的太成功」，我沒有這樣表述過。

15、陸鏗是請我和卜少夫吃飯，卜是立委，我是政協委員。邀我訪台的另有其人。

16、「這個反對他的人……成為《新晚報》的總編輯」，不，是《大公報》總編輯。

17、孫子羅弼士「在美國長大，說英語」，他只是旅遊去過美、加，說英語主要因有菲傭。

18、「此照片攝於四八年重慶」，是肇慶鼎湖山，年代是五幾年。

19、批判史達林的赫魯曉夫秘密報告，發表於一九五六，非五九。

20、「六十年代文革，香港有逃亡潮」，實際上是逃亡潮在先（六二年），文革在後（六六年）。

21、「我始終相信」，內地的饑荒是由於天災和蘇聯靠害。不，我是「始」信「終」不信，後來知道了，更要加上大躍進的人禍。

22、「你不是羅孚對手！」我聽了有些愕然，但不是「面色一沉」吧？我沒有想到採訪是來鬥我，我現在也不以為是。

朋友看了報紙，有人以為我不該說這麼多。已經說了，難道我還否認嗎？只是把認為有誤解或不準確的地方告訴你，另在自己的專欄中寫了三短文，你可問編者取來一閱。

羅孚

九七、一、六

第二通

麗瓊小姐：

「俯首青天愧故人」，是我當年寫的一句詩，只是一句，未有完成全篇。我的原意是出了這麼一件事，總是感到慚愧的。見了熟人，不免要說一句「慚愧，慚愧」。當然，也可以理解為自己承認做了壞事，愧對熟人。怎麼去理解，悉聽尊便了。

羅孚
一、二

鮑樸致羅孚信（一通）

羅孚先生：

我是鮑樸，鮑彤之子。昨日偶然間讀到先生《九十年代》九四年十二月刊上「京港隨筆」專欄《為鮑彤祝福》一文，剛剛讀到「這些天，我在懷念北京的一位不認識的人……」，我就已情不自禁，熱淚盈眶。在我家為我父之冤案極盡所能，無可奈何之際，先生的文章使我心胸豁開，五年裏積壓下來的痛苦、冤恨竟然得以稍稍緩解。從文章看來，先生與父親並非相識，但先生文中語語中的，深入我心，感情至誠，實在是難能可貴。

正如先生文中意及，我中國之悲劇正在於「三字五字」之間便可以決定一個人的自由、家庭的離合、乃至生死；便可以無視法治；便可以改寫歷史。

先生的文章倍增我們繼續同那不公正抗爭的勇氣。萬分感謝！

恭頌

大安

鮑樸

一九九五年一月三日

梁愛詩致羅孚信（一通）

羅孚先生：

讀今天《蘋果日報》所載「梁愛詩愈描愈黑」一文，寄上我就基本法第二十三條立法建議的講稿三份，希望您能明白政府維護人權和自由的決心。我明白，以您個人的經歷，對建議的看法是可以理解。但是正是因為這種經歷，政府下決心在內地發生的事不會在香港發生。這點希望我們能有共識。

祝好。

梁愛詩

〇三．八．一

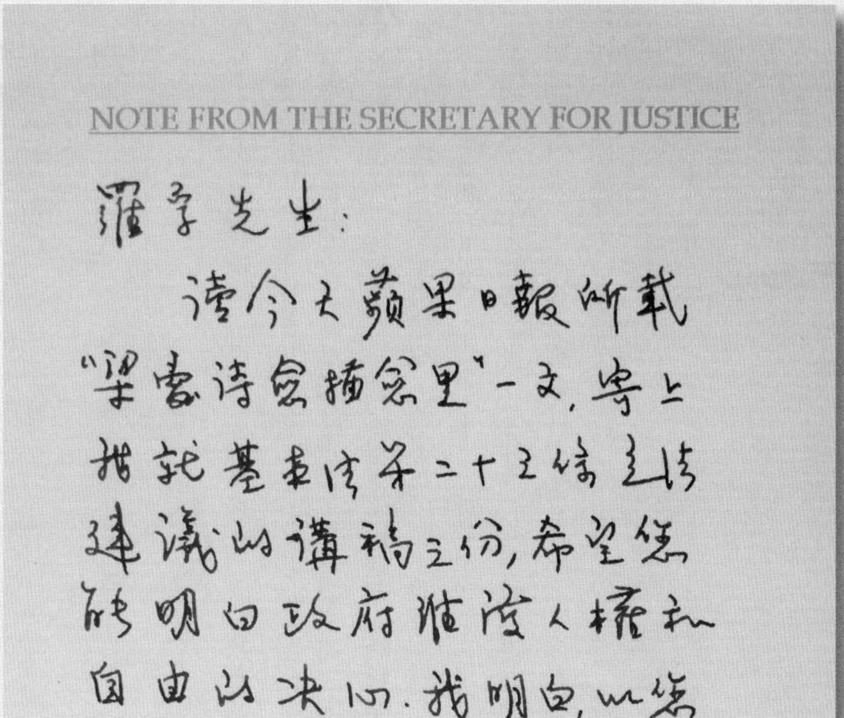
NOTE FROM THE SECRETARY FOR JUSTICE

羅孚先生：

讀今天蘋果日報所載"梁愛詩會插容里"一文，寄上拙就基本法第二十三條立法建議的講稿乙份，希望您能明白政府維護人權和自由的決心。我明白，以您個人的經歷，对建議的看法是可以理解。但是正是因為这種經歷，政府下決心在内地發生的事不會在香港發生。這點希望我們能有共識。

祝好。

梁愛詩
8.1.03

DJ-SJ05

梁愛詩致羅孚信

袁良駿致羅孚信（二通）

第一通

羅孚先生：

您好！很不巧，我晚來了幾天，竟失去了一次聆教之機！來日方長，再找機會吧。

您大力支持的《香港小說史》第一卷已經出版，呈您一冊，請您大力指教，也略表對您的謝意。

我有幸讀到了您的大文《話說金庸》，真是樂何如之！想不到您竟是我最大的知音！我的師兄嚴家炎，紅學所長馮其庸，一今一古，一西一東，帶頭搞起了吹捧金庸大合唱。而劉再復兄在美國又*了個「萬古雲霄一羽毛」，簡直越來越離譜兒，越來越肉麻！我氣不過，也寫了幾篇小文對（如《再說雅俗——以金庸為例》（《中華讀書報》九九．十一．十）、《必須遏制文學低俗化的潮流》（《文學報》二〇〇〇．三．四）、《魯迅與武俠三題——和嚴家炎先生商榷》（博覽群書九期）、《鑄件、斷魂槍都是武俠小說嗎？——向嚴家炎教授請教》等），學界反應甚佳，說實在話，吹捧者自己底氣是很不足的。

我住中大昆棟樓二〇八室（電：略），十月六日返京（寒舍電話為：略），拙著在行前留交周蜜蜜小姐。

謹頌

大安

晚 袁良駿 上

九．二十六（一九九九年）

第二通

羅先生：

您好！雖然返京已十月，但玉蝶軒的歡聲笑語、美味佳餚仍縈繞腦際。我正在拜讀大作《南斗文星高》，大有「庾信文章更老成」之感，誠難得之藝術（語言）享受也。

在港三月，轉眼而過，但畢竟有了點真切感受，不致像以前那樣隔靴搔癢。

《台港學人論魯迅》一書，我請敏之先生寫一序言，臨來將胡、黃、一丁文留給他參考，這幾位的文章要收皆收，要撤全撤，以表客觀公允。現在來看，大陸學者崇拜有餘，而台港學者貶魯有加，正可以構成文化、學術之互補也。

上月曾應邀往訪金庸先生，晤談一小時許，雖然他並（未）按我的問題「答題」，但許多看法都很有啓發，您說的很對，他不但是武俠名家，而且是個文化多面手、文化名人，是一個值得深入研究的文化現象。

梁羽生先生我也發了信，但因他遠在澳洲，尚未得到回音。

北京日前大旱、大熱，昨天下了大雨，且大有連陰之勢，又要防澇了。所以我在《北京氣象ABC》中說，北京氣*不佳，並非「妄言」也。

該請教之處甚多，慢慢再說吧。

謹頌

大安

晚 袁良駿 上

七・七（二〇〇〇年）

（雙榆樹大宅何人看管？乾脆我去司閽吧？）

巫寧坤致羅孚信（一通）

羅孚兄：

十月首返京一行，見到憲益夫婦，乃迭病體支離，憲益自然抑鬱寡歡。兆和三姐精神極佳，差堪告慰。有何近作，望傳真示我一二為感。

遙祝

全府節日康樂！

巫寧坤

李怡楷[75]

十二月九日（一九九八年）

左冠輝致羅孚信（一通）

羅孚先生：

遵巫寧坤教授所囑，附函件影印本兩通以供察閱。即頌

文祺

左冠輝

九五年二月七日

75 李怡楷，巫寧坤夫人。

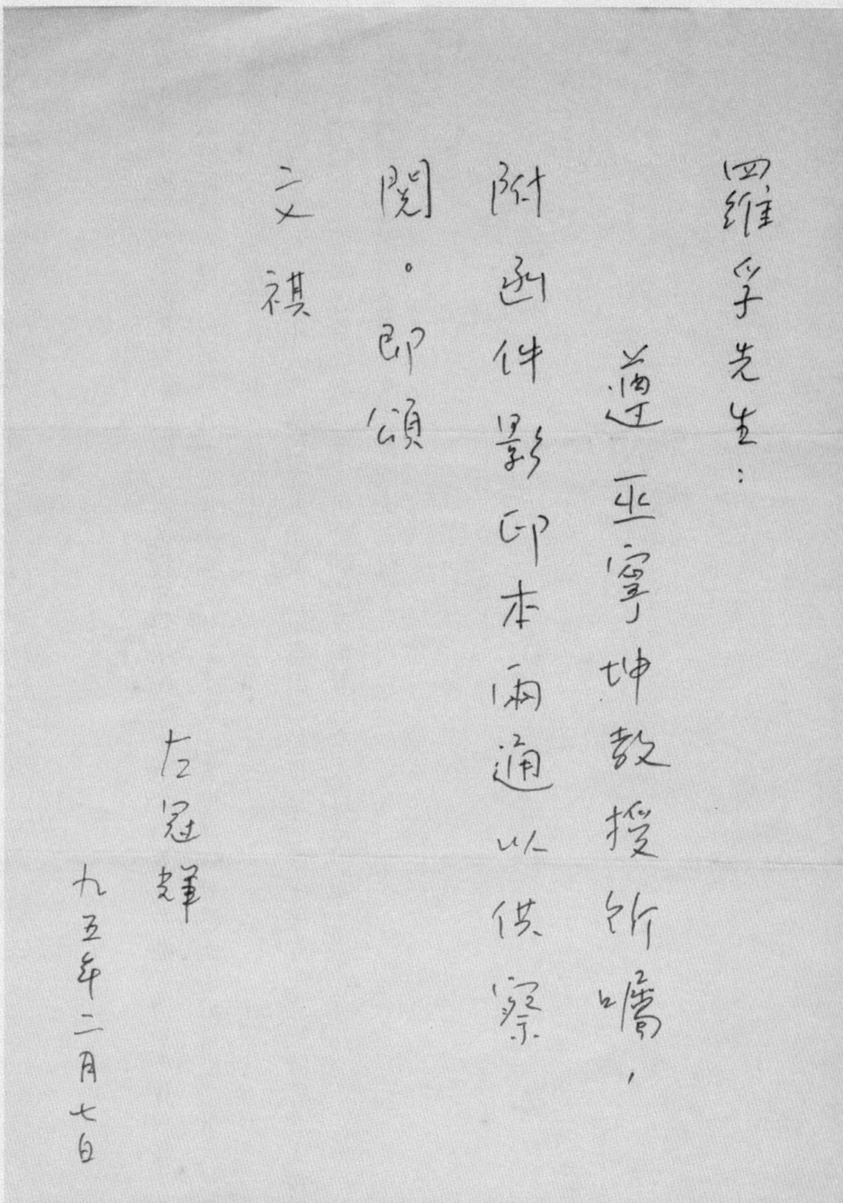
羅孚先生：

遵亞寧坤教授所囑，附函件影印本兩通以供察閱。即頌

文祺

左冠輝

九五年二月七日

左冠輝致羅孚信

巫寧坤致北京大學校長信（一通）

北京大學校長：

此次應中文大學之邀來此作學術訪問，偶然獲知蔡孑民先生至今仍葬在香港，情景十分蕭條，感到十分難過。女作家蕭紅原葬香港，已於一九五七年遷葬廣州。美國記者斯諾病死瑞士，亦能葬於北大校園。而北大一代宗師遺骸，反而淪落香江一隅，何也！

作為北大校友（一九三九年入西南聯大外語系），懇請母校早日迎蔡孑民先生之靈歸葬北大校園，供世世代代莘莘學子瞻仰。所需經費如有困難，可發動校友捐獻，本人自當帶頭。

所言是否得當，賜請寄香港中文大學逸夫書院。

耑此即頌

敬祺

巫寧坤

一九九四年五月四日

北京大學校長辦公室致巫寧坤信（一通）

巫寧坤先生大鑒：

五月四日函悉。您來函建議將蔡元培先生墓遷葬北大之事，學校領導對此進行了研究，現回覆如下：

北大現在的校園為原燕京大學舊址，一九五二年全國高等院校調整後，北京大學由沙灘遷到這裏。校園的主要部份已於一九九〇年三月，由北京市政府列為文物保護區，該文物保護區必須保存現有格局，一切翻修和興建事宜，皆需遵照文物保護法的有關規定經批准後，才得執行，學校方面無權動土。沒有列入文物保護區的校園，如學生宿舍、食堂、文體活動中心等，樓間的距離甚窄，聲鬧喧雜，又不是安排蔡先生墓葬的適當場所。蔡元培先生一九四〇年病逝於香港後在當地安葬，至今已有五十餘年，據以上情況，北大不具備遷葬的條件。多年來，北大努力繼承和發揚蔡元培先生的治校精神，並以各種方式緬懷和紀念蔡元培先生。一九八二年在校園內建立了蔡元培先生銅像供師生瞻仰；一九八六年成立了中國蔡元培研究會，由校長擔任會長，開展了多項研究和紀念活動；一九八八年舉行了規模較大的紀念蔡元培先生誕辰一百二十週年學術討論會等等，今後我們仍將盡力做好這方面的工作。

衷心感謝您對蔡元培先生和北京大學深情厚誼！

敬頌

教祺！

北京大學校長辦公室

一九九四年五月二十一日

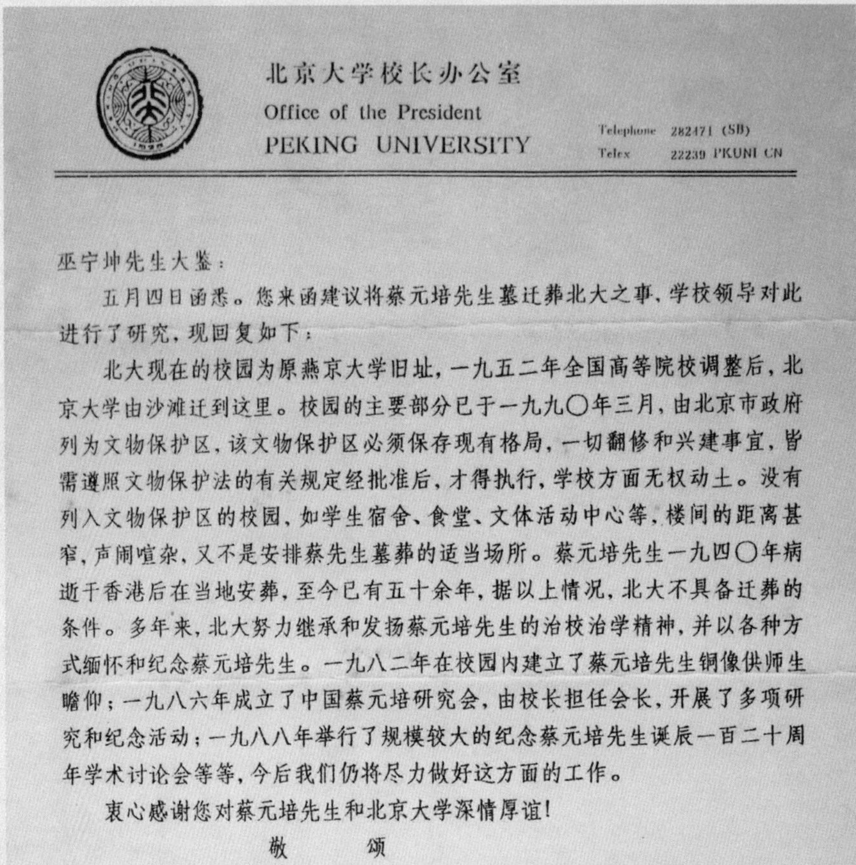

北京大学校长办公室

Office of the President

PEKING UNIVERSITY

Telephone 282471 (SB)

Telex 22239 PKUNI CN

巫宁坤先生大鉴：

五月四日函悉。您来函建议将蔡元培先生墓迁葬北大之事，学校领导对此进行了研究，现回复如下：

北大现在的校园为原燕京大学旧址，一九五二年全国高等院校调整后，北京大学由沙滩迁到这里。校园的主要部分已于一九九〇年三月，由北京市政府列为文物保护区，该文物保护区必须保存现有格局，一切翻修和兴建事宜，皆需遵照文物保护法的有关规定经批准后，才得执行，学校方面无权动土。没有列入文物保护区的校园，如学生宿舍、食堂、文体活动中心等，楼间的距离甚窄，声闹喧杂，又不是安排蔡先生墓葬的适当场所。蔡元培先生一九四〇年病逝于香港后在当地安葬，至今已有五十余年，据以上情况，北大不具备迁葬的条件。多年来，北大努力继承和发扬蔡元培先生的治校治学精神，并以各种方式缅怀和纪念蔡元培先生。一九八二年在校园内建立了蔡元培先生铜像供师生瞻仰；一九八六年成立了中国蔡元培研究会，由校长担任会长，开展了多项研究和纪念活动；一九八八年举行了规模较大的纪念蔡元培先生诞辰一百二十周年学术讨论会等等，今后我们仍将尽力做好这方面的工作。

衷心感谢您对蔡元培先生和北京大学深情厚谊！

敬颂

教祺！

北京大学校长办公室

一九九四年五月二十一日

北京大學校長辦公室致巫寧坤信

范泉致羅孚信（一通）

柳蘇先生：

您好！

您九月三日寫給柯靈兄的信已拜讀。承俯允參加《文史探索書系》一集，感激之至。賜稿時盼望能取一比較吸引讀者的書名。

附寄第一輯十集目錄。

函稿請寄二〇〇〇〇一上海福州路上海書店范泉。

專此敬頌

著安

范泉

九月十四日

柯靈兄昨已離滬，視察半月後回來。又及

何永沂致羅孚信（一通）

羅孚先生：

您好！文達兄帶回得信及贈書收妥，勿念。

首先要多謝那幾本書。

《絲韋卷》已翻閱，拙詩《京華行》第一句是「左右雲濤幻白蒼」，是否可以形容這卷大著，一笑。書中很多學問，很多性情，值得抽空細讀。蕭紅墓之「禿柯」原來是「紅影樹」，已函告侯井天先生，惜他的第三版注本已印好了。先生的舊體詩造詣很深，很有詩味，當代作家會寫舊體詩的實在不多，寫得好的更是鳳毛麟角。先生有出詩集嗎？

我是聶詩迷，第一次讀到《散宜生詩》就對卷中那位「香港朋友」很感興趣，先資助《三草》，後有《聶紺弩詩全編》，先生對聶詩的傳世居功至偉，值得敬重。

《銀翹集》有一段小插曲，今年春節前，應清遠市李經綸兄之約，與李汝倫、陳永正、梁守中、熊鑒諸兄有清新縣之行。行前，在電話中，熊鑒老告我他新近喜得《銀翹集》，我聽後叮囑他一定要帶到清遠去讓我先睹為快。到清遠當夜，酒店房間小聚，我一邊翻閱《銀翹集》，忽生靈感，當代這麼多大學者、大詩人寫打油詩，真是時代的特色，便脱口道：「我們何不出一部當代打油詩選」。李汝倫兄、陳永正兄帶頭叫好。近日出的《當代詩詞》總三十四期已出了《當代打油詩三百首》的徵稿啓事，先生有佳作或所知的佳作，請賜贈我們，以光篇幅。熊鑒的《銀翹集》尚在我這裏，現在可以把「荊州」還他了。

另，要多謝您能抽空讀我的惡詩，我非詩人，寫詩自娛而已。永玉兄説「詩是自娛文學」，乃真知灼見。《京華行》應是九首，《廣場》漏的一首是：「林花謝了太匆匆，白石斑斑幻化紅。此際去天才尺五，招魂碑下有誰同」。

近年相信「一切都是命安排」，余集黃仲則詩道「側身人海嘆棲遲，大海萍蹤聚亦奇。萬事不如知己樂，今宵杯至總難辭」。

匆匆不敬。保重。

順頌

文安

何永沂

九六．五．二十九

拙文《誰「一鞭在手」》，請抽空修正，很想聽聽您的意見。候覆，謝謝。

李暢培致羅孚信（二通）

第一通

羅老師：

您的信被夾在編輯部的報紙內放在書架上，至少放了一星期才偶然地發現了（同時有幾封信）。真是萬幸！

寄上侯井天編注聶詩的報道，《當代文學研究資料與信息》原是中國社科院文學所的刊物。這複印件是一位聶詩愛好者寄給我的。

聶詩愛好者甚多，大都是有些閱歷的知識分子和幹部。這種愛好非同一般，侯井天算是一位代表。他們苦於無處購買——詩、回憶錄、傳。像《聶紺弩還活着》那樣好的書，外地的人們（恐不僅外地）根本無緣得見，連消息都不知道！您送我的那一本被輾轉借出，至今還在排隊。連該書中收進了文章的重慶的兩位作者，也是從我這裏才知道才發現的。有關的出版社太沒有生意眼光了（姑且不説文化眼光）稍微做點宣傳和廣告，讓讀者知道書訊並知道從何處購買（郵購亦可），銷量就會上去的。

希望你們的《全編》不要忽略了宣傳和發行這重要環節。《參考消息》和文摘報紙發行量大，是打廣告的好地方。寫點文章鼓吹一下也是必要的。

五〇年聶紺弩在香港寫的雜文《論悲哀將不可想像》足以象徵三耳悲劇性的一生。這篇文章令我感慨以至流淚。我常想如果要確定一個主題來寫紺弩的一生，那就是這篇文章所表露的樂觀、天真、純潔以極的觀點；如果要找一篇文字作紺弩的題辭，從這篇文章中摘錄是再恰當不過了。現在進步知識分子命運的代表在（從五四至文革）可以找出好些人，但聶恐怕是最恰當的一位了。這樣的聶傳很能反映我們的時代、社會的某些本質方面，可以在長時期間起着至醒世的作用。

感謝您要送我（及一二轟詩迷）《三草》，這是轟詩問世的報春燕子。感謝您許諾送我《重編》！

這裏市人在老幹部處需要辦一個離退休幹部發揮餘熱的展覽，讓我們提供了隆侃師參加《紅岩春秋》工作的材料。已交了，不知何時展出。一九九一年隆侃師未寫文章（未來得及），但編輯的重頭稿子空前的多。

五一節時宗俊老師來枇杷山幾家友好串門。她一切都好。

敬祝

安好！

暢培

五·十

第二通

羅老師：

感謝您的贈書！它不僅純全是您的作品，而且刊有十分清晰的照片，更把它當做珍貴的紀念品。

這一向除日常工作外，在趕寫三篇文章（其中有一篇關於宋慶齡的，是自己也願意寫的。）但我還是快把《絲韋卷》讀完了。豐富多彩的內容和行雲流水般的文章，使我度過了許多愉快的時光。雖然文集中反應的生活並不總是愉快的。

蘇曼殊的本事詩竟可能是與陳仲子的唱和之作，但是誠如您的判斷，有的注明為「仲」的詩只可能出於曼殊上人之手。「絕句之構，獨主風神」——純係個性的自然流露，不可能重複的。

同許多詩人一樣，蘇詩亦常化用前人成句，但他點化的十分巧妙，渾然無跡，甚至超過原作。例如他有一首絕句給我印象很深：「誰憐一闋斷腸詞，搖落秋懷只自知。況是異鄉兼日暮，疏鐘紅葉墜相思。」

六十年代初，我偶然翻到白香山詩集，其中有「紅葉墜相思」的成句，想到蘇詩可能由此化出。果真如此的話，蘇詩也完全可算是自出機杼了，因為蘇詩比白詩原句的藝術境界高超許多。

羅老師，我有一事向您打聽：大約五年前北京有人擬編纂現代詩詞集，委託各地代為收集，重慶是由楊鍾岫老師主持。我應約將先父（亦報人，四十年代曾為成都《華西晚報》總編輯）得幾首詩詞及照片、簡歷交給了楊鍾岫。據楊說，主事者告訴他已收入第一集。楊後來又講，第一集，八九年初已印好，但「六四」後都不能發行，因其中收有某些人的詩。再後來又聽說，有人在廣東看見過這集子。總之在重慶就再也打聽不出此書的下落了。

先父原名李啓平，解放後曾用名李衡。八〇年去世。

我抄錄的幾首殘留的詩詞如下：

七律　一九七一年

南冠初摘步遲遲，久病頽唐兩鬢絲。
一夕難尋千里夢，六年留得幾行詩。
雞蟲得失何須問，人鬼忠邪半詖辭。
堪笑里封樓上客，猶將晚照作朝曦。

七律　一九七二年

且喜年來漸識機，心頭自有是和非。
寧餐白刃難低首，慣嚼黃連不皺眉。
深巷日長聞犬吠，小園春盡雪花飛。

鄰兒來解悶中趣，*說聊齋鬼畫皮。

菩薩蠻　紀夢　一九七一年

禿頭總管冰霜厲，揚鞭怒目驅奴隸。河下洗煤球，人人一背篼。搓搓復捏捏，顏色競如雪。匝地怪風吹，盈天煤彈飛。

臨江仙　一九六四年

祖國山河無限好，何分南北東西！算來陽朔最珍奇，無峰不挺秀，一水自漣漪。踏破「金鰲」翻碧浪，「臥雲」靜待朝曦。攜節尋調暮雲低。征塵猶未盡，便約再來期。

前兩首是從他遺物中翻到的，兩首詞都是他當年給我的信中寫的。《菩薩蠻·紀夢》原是組詩八首，原信我遵囑，當年就燒了，記得完整的只「禿頭總管」這一首了。

先父一生沒有留下甚麼，殘留的這幾首詩詞能編進集子，作為紀念，我也算忝盡了一點孝心。誰知竟渺無音訊哩！

羅老師見過此書嗎？其準確的書名是甚麼？何時何地出版？——但願已經問世了。

敬頌

撰安

李暢培

十二月十五日（一九九二年）

趙麗雅致羅孚信（一通）

柳蘇先生：

別時匆匆！別後亦匆匆！只是在送舊迎新的時候，又見笑顏依然。於是有了「開心一刻」。曾送上一位「神光離合，乍陰乍陽」的洛水之神，卻不知是否已經侍奉於尊前？

在《人物》上拜讀大作，不免心生嫉妒——因何親彼而疏我？《讀書》久不見「柳蘇」，有多少熱鬧也免不了一份寂寞！

不是約稿，只是訴説這寂寞！並非奢望對《讀書》永遠記住，只願曾經有過的，因為歲月而產生一種「美感距離」，真實的距離，令人惆悵；美感的距離，是驅動語言的符咒。我期待——我期待的，一定不是空白。

春天來了，桃花開了。

趙麗雅 上

甲戌，陽春三月（一九九四年）

余秋雨致羅孚信（二通）

第一通

羅孚先生：

您好！很高興能與您相識。您的光明磊落使我驚訝。我年歲雖還不能算老，但身處上海文壇，早疲憊至極，沒想到見到您之後卻產生了某種樂觀。一件原本簡單的事，遇到一個晦黯的人就會越纏越亂；反之，一件已經纏亂的事遇到一個透明的人卻會恢復單純。您讓我看到了後一種可能，因此也看到了文化人格的用武之地。所謂某種樂觀便由此而生。

我不知怎麼回事，身體依然不好。寫完一篇較長的文章總會嚴重腹瀉、嘔吐，頭痛如裂，血壓陡升。醫生初以為美尼爾氏症，現似不像；當然是與植物神經有關，但為何嚴重至此？這幾個月我一直在求醫問藥。為此，我將不再寫甚麼。大陸文藝界現在無序狀態越來越嚴重，文痞無賴猖獗，我更無心涉足。讓《山居筆記》在台灣出版一下，我的文事大體上也終結了。

但是不管怎麼樣，我還是會與您聯絡的，原因只在於您是一個我很少見到的非常可愛的老人。與您結交是人生幸事。

順向董橋先生問好。您和董橋先生若來上海，千萬請與我聯繫。

寒舍的電話是（略）

順致

敬禮

余秋雨 敬上

一九九五年七月廿日

第二通

羅孚先生：

您好！

振常先生來港，託他奉上拙作一冊，敬祈教正。本來我上個月會到香港觀看我任藝術顧問的舞劇《女祭》，後因簽證太麻煩，未能成行，失去了再次聆教的機會，甚憾。您身體好嗎？寒冬時節，望善自珍攝。我身體一直不太好，血壓高，腸胃問題一直未能解決。匆此。即頌

時安

余秋雨 敬上

一九九五年十二月七日

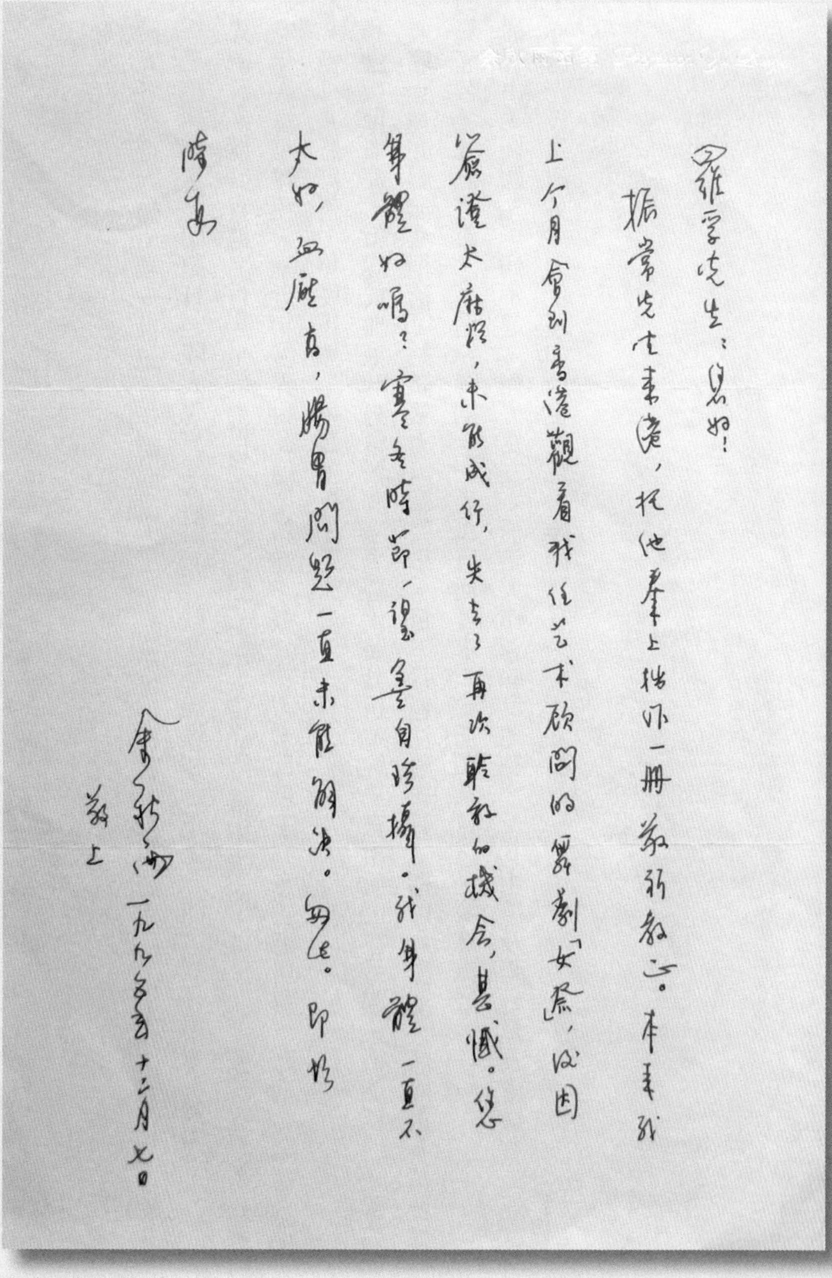

羅孚先生：您好！

據常先生來港，托他奉上拙作一冊，敬祈教正。本來我上个月會到香港觀看我任藝術顧問的舞劇「女[illegible]」，後因公務太忙碌，未能成行，失去了再次聆教的機會，甚憾。您身體好嗎？寒冬時節，請善自珍攝。我身體一直不大好，血壓高，腸胃問題一直未能解決。無他。即頌

時安

余秋雨
敬上
一九九五年十二月七日

余秋雨致羅孚信第二通

胡石如致羅孚信（一通）

羅孚吾兄：

時光容易把人拋。廿一世紀首年瞬間流逝。年初潘援世兄有電話相邀，以行步艱難（日**斷腿），怯於出戶，婉謝雅意。閱數日，陸大聲兄宴罷還訪，談及尊體違和，正馳念間，展*惠柬，具悉*。

先說，文統有香港之行，早於《世界日報》副刊上小文得知，惟不識而*港之久。茲悉兄為前列腺所困，此症老年人每每難免。幸近年醫界對此頗增新知，療效殊著。且足下有意去港居留一時期，久遊之地，諸凡便利，精神必感舒暢，早度霍然，可為預祝！

我近攖菌血症，就診於血液病專科醫師，幾經化驗分析，終於查出病因在骨髓，機能衰退。雖弗如預測之「血癌」，亦屬無法根治，姑試藥力以奉醫事。目下每週注射一針，期以八星期，然而再看情況如何。好在尚無痛苦。九五之年，早逾「歸期」，尚後有何奢求！一切順其自然，淡然處之。

潘兄由美回國，一病不起，痛失良友！前讀大作《絲韋隨筆》，其中述及張稚琴及盧廣聲二君，皆屬素識，亦已先後殂謝矣，人生固如斯也，且以達觀為宜。

專覆　敬祝

康復

嫂夫人同此

九五老殘

胡石如　頓首

二〇〇二、一、七

劉啓陶致羅孚信（一通）

羅孚兄大鑒：

近來可好！閱《明報》副刊，知司徒華先生在報上看冰心老人客廳一付對聯只看見上聯，看不到下聯。上聯是「世事滄桑心事定」，但下聯想不出來，知羅孚兄見識廣博，且又喜愛詩詞，故求教羅兄，原來下聯是「胸中海嵐（岳）夢中飛」。得羅兄而解謎！

現弟亦請教羅兄，在四十年代，中學的青年學生，非常喜愛潘齡皋以行書書寫之胡大川孝廉幻想詩十五首，字體蒼勁瀟灑，詩的內容十分可愛，今只記起四首半，餘皆忘卻，現將記得的四首半寫下：「浮沉道力未能堅，世網攖人只自憐。四海應無極樂國，九霄豈有寄愁天。無聊一作非非想，適意真堪栩栩然。誰解古今都是幻，大槐南畔且流連。」「倒影中間萬象呈，思偕列子御風行。上窮碧落三千界，下視中華二百城。」「大地有泉皆化酒，長林無樹不搖錢。」其餘者雖苦追思，亦不可得，在七十年代來港之初，曾收尋各舊書攤，字畫帖式，但亦累尋不獲，數年前亦曾去函李子誦兄，當時他在東方撰稿，筆名「云乎哉」，在專欄回答我之問，亦未得要領。故今再請教羅兄，如能錄全十五首給我，當感激不盡！如在東方專欄不便回覆的話，可寄來：（地址略），劉啓陶收即可，煩勞之處定當後謝！

即此　順祝

文祺

弟　劉啓陶　敬上

廣西師範大學中文系致羅孚信（一通）

尊敬的羅孚先生：

值此辭舊迎新之際，衷心感謝您對我系工作的大力支持和幫助。天增歲月人增壽，在新的一年裏，祝賀八十三的您如三十八，繼續鐵肩擔道義，妙手著文章，有機會回桂林，到廣西師大中文系看看。

中文系這五年有了長足的進步，全國知名度與時俱升，這都和您的慷慨解囊捐助相關，您的「柳蘇文學獎」正成為莘莘學子夢寐以求的大獎，它在系裏的管理規範，每年評定一次，對文學新人起到了很大的激勵作用，廣西明天的作家將從他們中產生！現向您彙報部份近年獲獎的學生名單。由於您的地址不詳（原美國的地址太舊），一直未能表達感激之情，今天適逢朱襲文先生告知了您的近況，得以給你發去片言以表心願。

另附文學獎名單兩份。

廣西師範大學中文系

二〇〇二·十二·三十一

壬輯

曹聚仁致羅孚信（三通）
羅孚致舒乙李今信（一通）
鍾叔河致羅孚信（七通）
聶紺弩致羅孚信（一通）
羅孚致聶紺弩信（二通）
梅志致羅孚信（二通）
啓功致羅孚信（一通）
羅孚致吳泰昌信（一通）
倪子明致羅孚信（一通）
何滿子致羅孚信（一通）
侯井天致羅孚信（六通）
郭雋傑致羅孚信（三通）
周清霖致羅孚信（一通）
陳子善致羅孚信（四通）
羅孚致范用信（一通）
范用致羅孚信（二通）

鍾朋致羅孚信（一通）
鍾朋致舒蕪信（二通）
羅孚致鍾潔雄信（一通）
葉中敏致羅孚信（一通）
樓適夷致羅孚信（一通）
樓子春致羅孚信（二通）
羅孚致鄭超麟信（一通）
鄭超麟致羅孚信（一通）
范用致羅孚信（一通）
鄭超麟致范用信（一通）
羅孚致陳松齡信（一通）
鄭曉方致羅孚信（二通）
王觀泉致羅孚信（三通）
張兆和致羅孚信（一通）
張定和致潘際坰信（一通）
陳模致羅孚信（一通）

曹聚仁致羅孚信（三通）

第一通

承勳我兄：

知堂回想錄中，弟所寫的部份檢奉，兄指正。弟也是世故老人了，不會十分走樣的。一笑。原稿，等清樣來了，即奉上，也是一種紀念。老人還有幾篇稿子在兄處，是不是*勞神找給我！

鄭子瑜兄的周作人年譜或許先出來。

弟曾找了一篇台方刊出的「暢觀樓」分析文字，在費兄處。他是不是已轉交兄手。兄看了，請還給我，因為找不到另一冊矣。

即頌

公祺

弟 曹聚仁 頓首

七月十六日（一九六八年）

第二通

承勳我兄：

兄很忙，不知可謀一面否也？

知堂回想錄，早已排好。三育這一年，實在不容易支撐，排印費也付不出。弟託李引桐兄和新加坡《南洋商報》的經理談了，一拍即合。這一來，印刷費可有着落了。而且將來單行本也可暢銷了，星馬方面的反應很好。——我也可以對得起知堂老人了。原稿，等我校對了，全部奉上，勿念。

世界出版社的新文學大系續編，是不是你們編的？散文沒有知堂、林語堂和胡適，似乎說不過去。兄以為何如？

我老了，雙腳不行。

即頌

春祺

弟 曹聚仁 頓

十月十五（一九六八年）

第三通

承勳我兄：

昨天總算把知堂回想錄全部校完了，在我總算對得起地下的故人，也對得起三育書店的車載青兄了。否則這筆排印費在他是一件大擔負，而且銷路並無把握。這麼一來，移稿費作排印費，銷路也十分穩妥了。不管別人怎麼說，我只能問心安了，就足了。可惜不及讓許廣平看到此書的出版呢！

弟先後校了三回，全書並無甚麼毛病，不知我兄以為何如？一切弟獨自擔任責任，請兄勿念。

那幾段稿和知堂的其他手稿，兄晚費神檢還。

知堂全稿（一部份在兄處）奉上，兄可留作紀念。三五十年後也許該是一份有價值的文物呢！

即頌

著祺

弟 曹聚仁 頓首

八月廿六日（一九六九年）

羅孚致舒乙李今信[76]（一通）

舒乙先生、李今女士：

終於有機會實踐諾言，託馮偉才兄將周作人的《藥堂談往》，即《知堂回想錄》的原稿，送上收藏。希望未來能在別的方面，能替你們做出些微的貢獻。

知道你們收到一批紺弩詩稿，舒乙先生且為文介紹，侯井天兄並據以查出多少幾首佚詩，甚以為喜！請李今大姐便中複印舒先生大文及紺弩原稿，交馮兄帶回，不勝感激！

匆致

敬禮！

羅孚

六六、六、十四

76 一九九一年前後羅孚在北京時，曾允諾將自己收藏的《知堂回想錄》手稿捐贈給中國現代文學館。一九九三年一月，羅孚回到香港。同年六月間，羅孚在香港將《知堂回想錄》手稿交給《新晚報》原同事馮偉才，託其往北京公幹時送交中國現代文學館的舒乙和李今。當年十月四日，馮偉才到訪中國現代文學館，將該手稿交給舒乙等人。據此，此信落款年份「六六」應系羅孚筆誤。

鍾叔河致羅孚信（七通）

第一通

羅孚先生：

您好！

上次朱正帶給我一本《憶》，說是先生所賜。因想等我的一本小書（書名叫做《書前書後》）印出後，再寄呈指教。而出版卻一拖再拖，恐怕會要拖到今年冬去，是以遲遲未作致謝，十分抱歉。

我正在編「知堂散文全編」，想在各卷之前多印幾幅知堂各個時期的照片（原片或香港印本可以翻拍者均可），現在收集到的，或為人所熟見，都不理想。想來想去，還是只有請先生幫忙，先生肯幫我這個忙嗎？

我這幾年完全在做蒐集知堂佚文的工作，現在把他四九年以前的集外文大致收齊。四九年後則尚待努力。海外鮑耀明、鄭子瑜都提供了所藏，不知先生還能指示線索否？

我的通訊處：（略）

專此即頌

文祺

鍾叔河 上

九二．九．十八

第二通

羅孚同志：

收到朱正同志帶給我的《憶》，謝謝了。

范府一面，倏忽六年，人事浮現，不勝感慨。

我正在編「知堂散文全編」，周豐一先生還肯相助，但他受旁人影響，於稿酬要求漸趨增高，（知堂之文，多屬重印舊篇，出版社先付千字十五元，我看三百萬字可得四點五萬元，亦不低了）。不知你有無好朋友為渠所遵信者，或從旁婉為解勸乎？

希望勸勸他，趁着鍾叔河還能編書，把老人的生平著作編成一個足以傳世的本子，實在是人子最好的孝道，如為了多幾個錢，任付此事告吹，就太對不起老人了。

我比你年青，但心境恐更老，幾乎到了不想幹任何事的時候了。

祝福

鍾叔河

四．二十二

第三通

羅孚同志：

你託朱正兄帶給我的《憶》，早就收到了。因為想等一本拙作印出後再「報」，所以遲至今日才寫信道謝——可是書還沒有出來。

我還在編「知堂文編」，想把集外文盡可能地收全。有件事得請你幫忙，就是蒐集知堂的照片，不論何時所照，單影合影，都想盡可能多收些，不知你能夠或願意幫忙否耶？

我八九年以來不出外活動，也不上北京了。一則血壓升高，二則總覺得沒有甚麼高興的事可以和朋友談的，正所謂乏善可陳也。編知堂書，就是我現在唯一的工作和願做得事。

匆此。即頌

文祺！

鍾叔河上

九二・十・十三

第四通

羅孚先生：

廿五日信敬悉。

張茭芳先生[77]已應允提供複印件（可能是從文學館借出再複印的），但我尚未到手，如到手後的是全稿，則不必再向先生求助了，但張先生又說她這份複印件已有殘缺，如殘缺過甚，則可能還要請先生補印若干篇頁，屆時再奉讀。

河北教育社印本，張先生送了我一套，（已轉贈鮑先生），後來我又買了一套。此種隨號稱據原稿校過，但錯誤仍多，如果先生手邊有書，請翻到上冊一八六—一八七頁，一八六頁第二行：

77 張茭芳，周作人兒媳。

石印小本《二進官》

即顯係《二進宮》之誤，這還是一望而知的，但也是笑話了。一八七頁倒數七—八行：

特別那時我所看到的那可真是太難了

這「難」字下肯定還得有個「看」字或「堪」字才通，這就不便臆增，非查原稿不可了。如今年輕人好談「學問」，而不大肯做一個字一個字認真校對的工作，此亦五十年來倒行逆施種下的惡果，無庸多說。但我已七十四歲，總不能敷衍了事，署一個「**編校」就萬事大吉吧。區區此意，幸重查焉。

即頌　著祺

鍾叔河

九月三日

河北版第一種「自己的園地」，目錄中連「綠洲」都錯成「綠州」了，可謂不堪卒讀矣。又及

第五通

羅孚先生：

三月十七日敬上一函，令保姆去郵局投寄，被勒令換用郵局出售的信封，結果被香港郵局退回了。故此

信只能請潘耀明先生轉達。三月十七日的信，仍懇垂查。

專此　即請

著祺

鍾叔河

五月廿七日

第六通

羅孚先生：

知堂回想錄手稿已送文學館，此事數年前先生即告訴我了，但先生同時又說，還存有複印件全份，可以借我參閱，故此大膽乞求。河北版的編訂者止庵先生的學識水平，素所佩服，但畢竟不能躬親校對之役，故「自選文集」仍不免有誤排失校之處，觀「自己的園地」目錄中將「綠洲」誤為「綠州」可知。所以如果回想錄手稿複印件仍存尊處，能惠借數月，則感激不盡矣。如已不存，那就自然沒有法子據以校對，解決疑問了。

我還有一事想請教先生的，便是回想錄從一九六四年八月何日開始刊載《新晚報》，旋被腰斬，究竟刊到了哪月哪日哪一節？後來《海光文藝》上是否又刊登過沒有？到一九六七年後在《南洋商報》上刊登的起止日期和具體篇目情況又是如何的？都很希望能夠得到指點。茲將印本目錄複印一份附呈，乞先生在上面批示，以便編集時據以說明。萬一還有剪報留存，得以考見每節發表的具體日期，則毫髮無遺憾，當頂禮叩謝先生玉成之仁心大德矣。

我做這些蠢事，完全出於對知堂文字的偏愛，彼此同心，先生當能諒我也。

專此，盼覆。

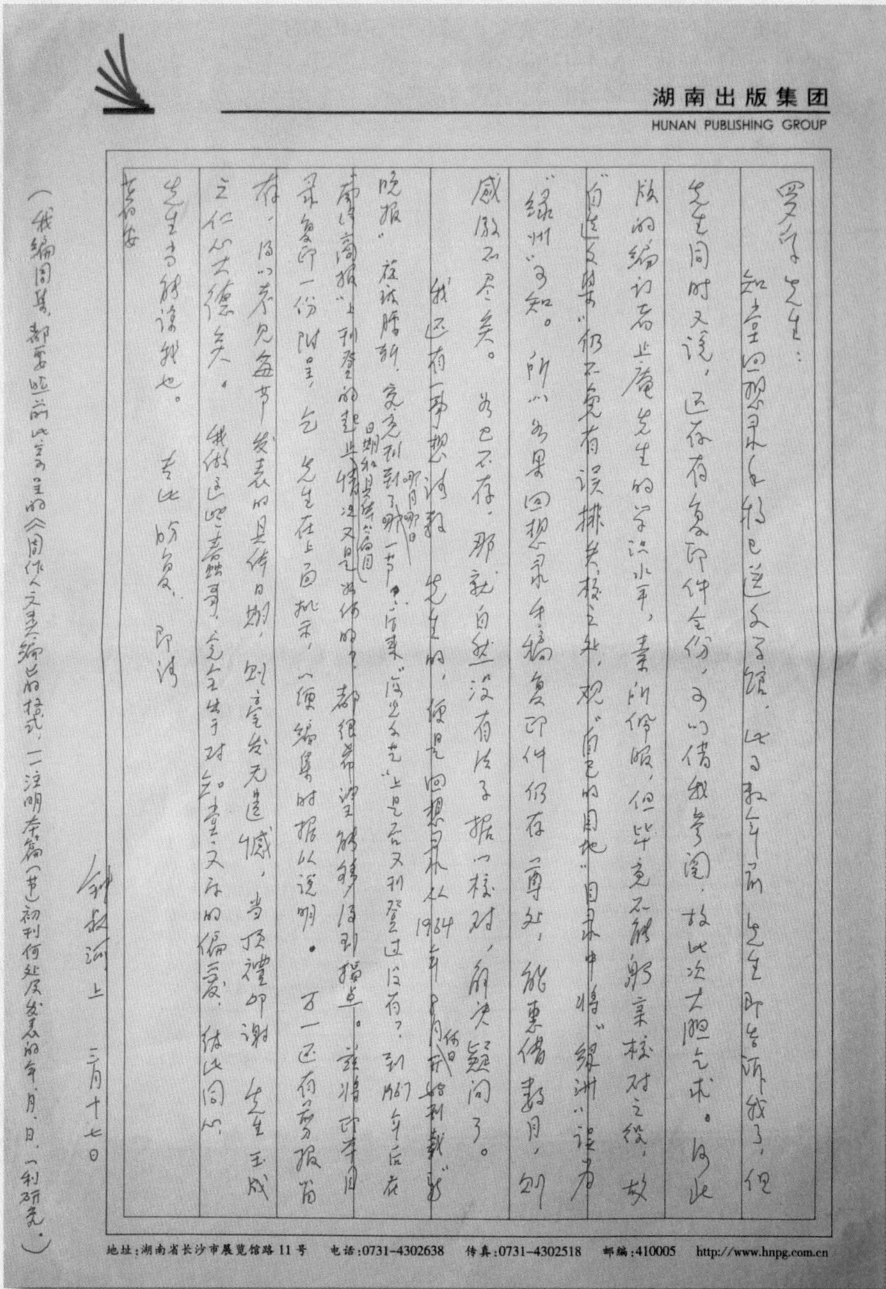

湖南出版集团
HUNAN PUBLISHING GROUP
罗孚先生：
知堂回想录手稿已送文学馆，此事数年前先生即告诉我了，但
先生同时又说，还存有复印件全份，可以借我参阅，故此次大胆乞求。因此
版的编订者止庵先生的学识水平，素所佩服，但毕竟不能躬亲校对之役，故
"自述文集"仍不免有误排失校之处，现在只有把"日本中将""绿洲"误为
"绿洲"可知。所以如果回想录手稿复印件仍存尊处，能惠借数月，则
感激不尽矣。如已不存，那就自然没有法子据以校对，解决疑问了。
我还有一事想请教先生的，便是回想录从1964年8月（何日）开始刊载於
晚报"夜读随笔"，究竟刊到了哪一节（哪月哪日）？后来"该文"上是否又刊登过没有？到1966年后在
南洋商报"上刊登的起止情况又是如何的（日期和具体篇目）？都很希望能够得到指点。前将此本
剪报复印一份附呈，倘先生在上面批示，以便编集时据以说明。万一还有剪报留
存，借以查见每节发表的具体日期，则毫无遗憾，当顶礼叩谢先生玉成
之仁心大德矣。我做这些考证事，完全出于对知堂文字的偏爱，谅此同心
先生当能谅我也。 专此 即问
著安
钟叔河 上
三月十七日
（我编周集，都要照前此寄呈的《周作人文类编》出的格式，一一注明本篇（节）初刊何处及发表的年、月、日，以利研究。）
地址：湖南省长沙市展览馆路11号 电话：0731-4302638 传真：0731-4302518 邮编：410005 http://www.hnpg.com.cn

鍾叔河致羅孚信第六通

即請

著安

鍾叔河 上

三月十七日

（我編周集，都要照前此寄呈的《周作人文類編》的格式，一一注明本篇（節）初刊何處及發表的年、月、日，以利研究。）

第七通

羅孚先生：

拙編周集十卷近七百萬言業已竣事，全書已製成膠片，即可付印。但變生不測，前月中宣部某負責人在新聞出版局大會上，談到要紀念抗戰勝利五十週年時説，「漢奸文人」的著作，不要出得太多云云。此間的出版官員，自然奉命唯謹，才是決定「暫不開印」，以俟後命。知關錦注，不敢不告。此事我十分氣悶，但無可如何。數年前，蕭滋先生和我通信時，曾提到過想在港（台？）出版周氏文集事，不知先生亦有這方面的「關係」，可為謀一出版機會否？匆此，即頌

著祺

拙作弁言凡例附奉乞教正。

鍾叔河 上

七月七日．九五年

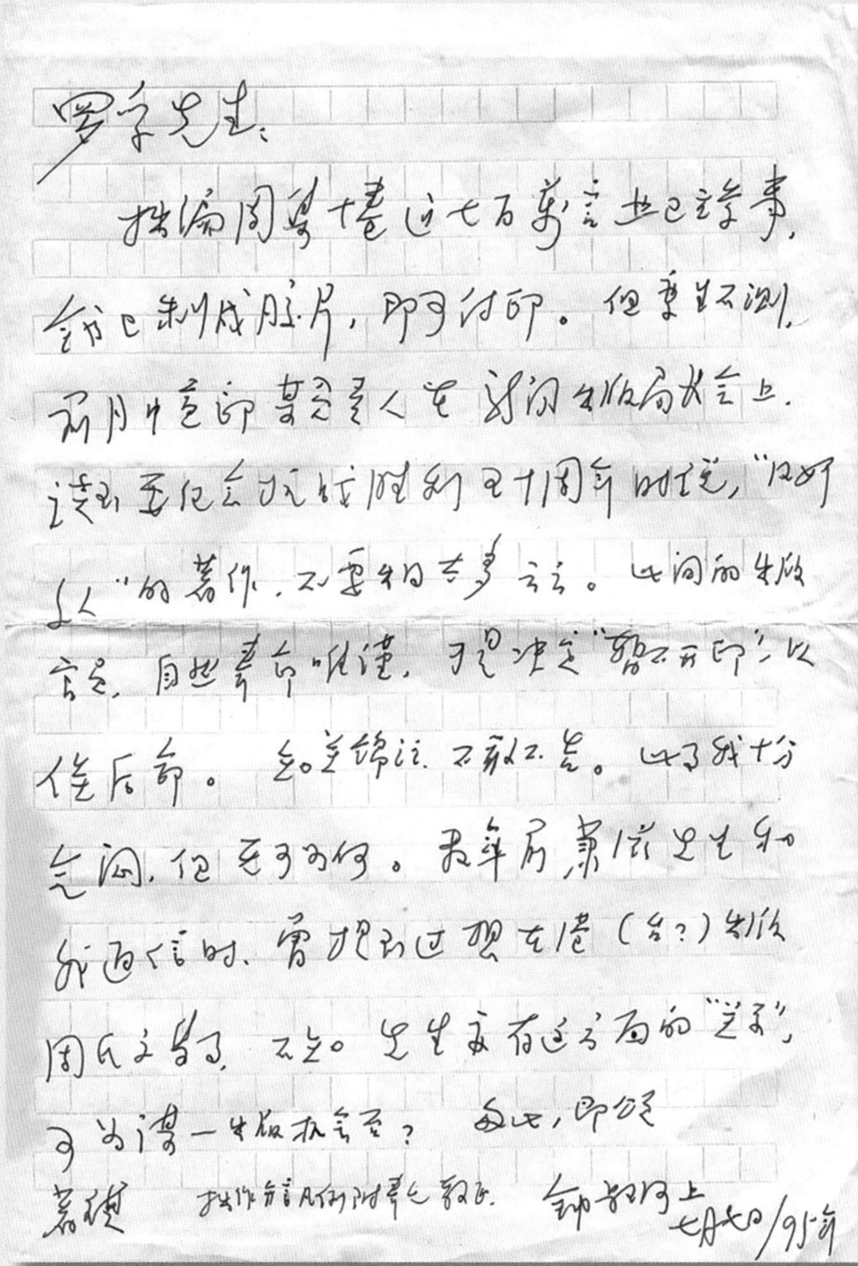
罗孚先生：

拙编周著十卷近七百万字，并已竣事，全书已制成胶片，即可付印。但突生枝节，前月中宣部某负责人在新闻出版局长会上，谈到要纪念抗战胜利五十周年时说，"汉奸文人"的著作，不要粗制滥造云云。此间的出版官员，自然奉命唯谨，于是决定"暂不开印"，以俟后命。[illegible]，不敢不遵。此于我十分气闷，但无可奈何。去年前某伦先生和我通信时，曾提到过想在港（台？）出版周氏之书的事，不知先生有无这方面的"关系"，可为谋一出版机会否？匆此，即颂

著祺　拙作前寄几册附呈乞教正。　钟叔河上　七月七日/95年

鍾叔河致羅孚信第七通

聶紺弩致羅孚信（一通）

斯福我公大鑒：

華札收到。兩詩均遵囑另紙繕呈，字只如此，要好不得，奈何。我並無寫遊記之意，邵公為我畫策，有些說渠又曾命寫蕭紅傳云，可向尊處投稿，亦尚在躊躇中。駕既將到，則此事或可面商也。南行詩中尚有二首今抄呈，或可發表。

來時請帶較好加非若干為感，又如會不着面可交潘際坰轉我。

漁民新村二首

汕尾漁民新村乃海上疍民遷陸而成。疍民歷來被賤視，不准陸居，解放後始得上陸，與陸居人平等，想他處疍民必亦蒙此新澤也。

水上人家陸上遷，區區此事政空前。
初時徑以船為屋，隨後故教屋似船。
漁網女裙曬篷頂，神龕花鉢供艙邊。
樓房瓦舍何嘗少，不似陸舟潑眼鮮。

疍家兒女疍家裝，赤腳挑魚上市場。
男子風波深淺海，母親習慣旦昏香。
田園雞犬桃千樹，蓑笠樓台水一方。
我指新村向人說，得歌頌處即滄桑。

紺弩　九月五日

年輕時期的聶紺弩

羅孚致聶紺弩信（二通）

第一通

紺弩大兄：

際坰兄來，曾託他帶上信及照片，可能他無暇造訪，轉託文藝報吳泰昌兄送到尊處。詩集已付排，爭取年內出來，最遲也可作春節獻禮。永玉兄自美歸，已請他專為此集作一天問封面畫，但望你將書名早日寫寄。詩稿只有北荒草、酬答草、南山草之名，未見總名，莫非就叫「紺弩三草」或「三草集」？「北荒」之前所作似少收入，不知何故？匆匆，即問

近佳！並祝

周大姐好！

（一九八一年）

第二通

紺弩大兄：

「三草」終於爭取在六中全會前夕出版，昨日取得樣書，先行航寄一二冊，數日後再寄上一百本。書印得還可以，希望能滿兄意。你面對時最做不出詩之人，卻是為你的詩集促成最力之人，亦意外事也。天下事每多如此，然乎？

收到近日一信時，書以在印，懷奚禾曙一篇已無法抽出，歉甚！

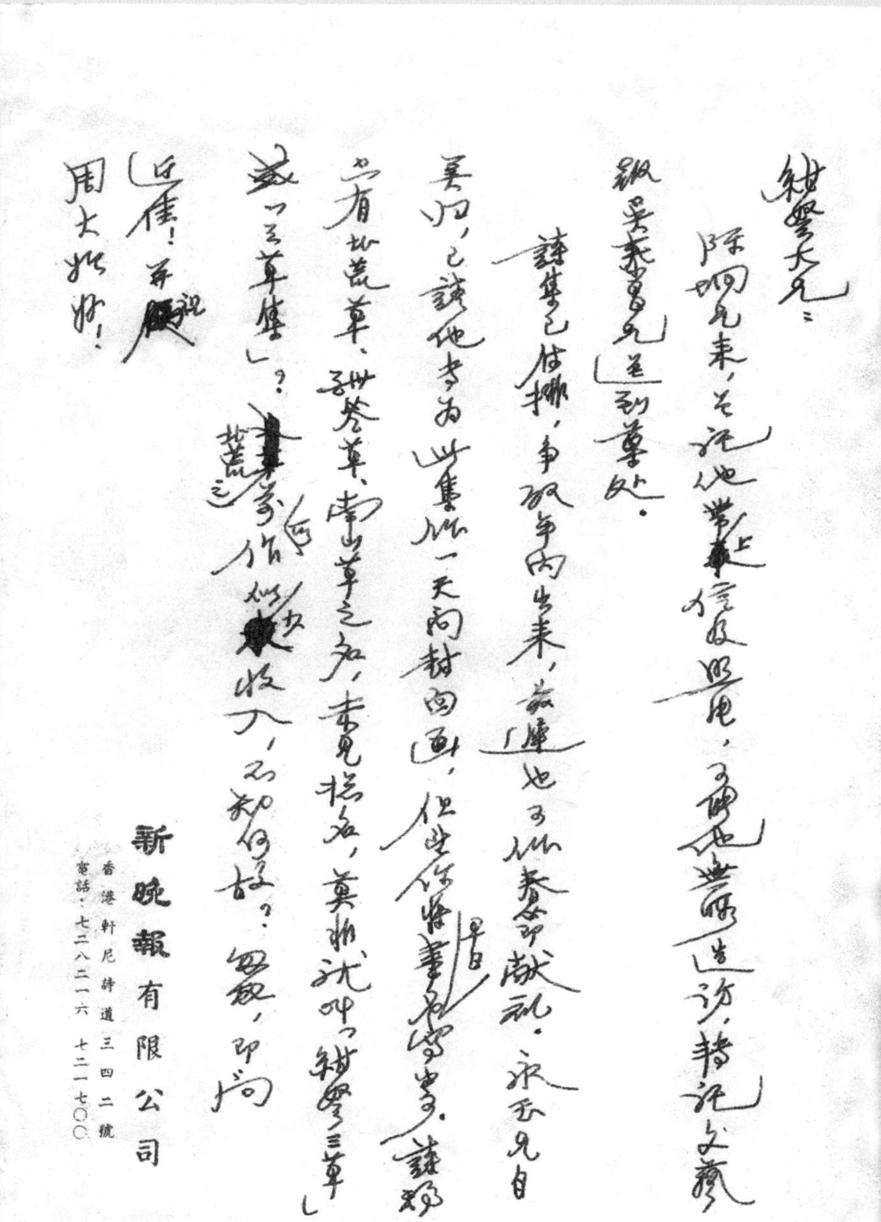
新晚報有限公司
香港軒尼詩道三四二號
電話：七二八二一六　七二一七〇〇

羅孚致聶紺弩信第一通

書出時恰為我赴英旅遊探子女之時，一切宣傳等等，已來不及部署，先聽其自然，待七月中返港再說。不是因旅遊，頻催印刷，此時或仍看不到此書也。

收到新文集，可喜！扉頁諷語，想可成過去矣。祝四喜臨門！前後四書出版。祝健康長壽！

弟 承勳上　一九八一．六．二十一

梅志致羅孚信（二通）

第一通

承勳同志：

您好！

寄上拙作「一生肝膽人間照」，是為聶兄的佚詩所作回憶和注釋，看對你們的聶兄詩集能有用否？聽姚錫佩同志說，聶詩集恐怕要明年才能出書，這材料你們還是能用上的。

匆匆　祝　近安

梅志

五月十日（一九九二年）

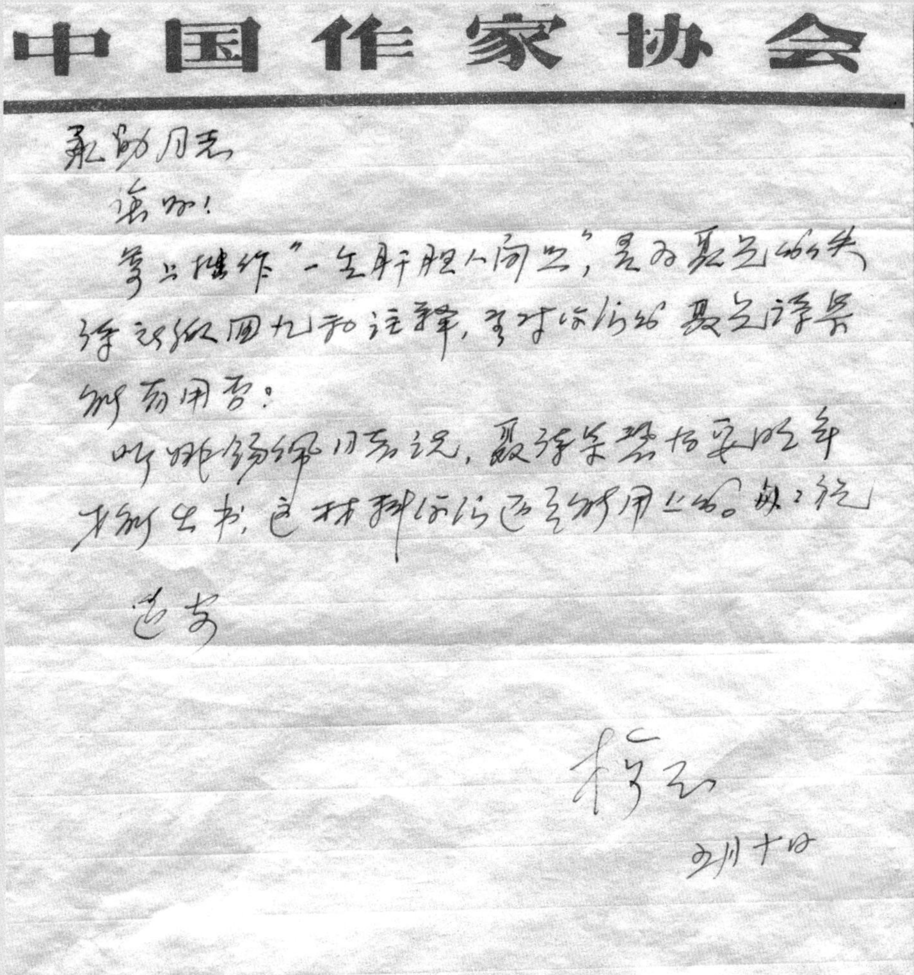

中国作家协会

羅孚同志：

您好！

寄上拙作"一生肝胆人间照"，是为聂老的失落诗做回忆和注释，不知对你们的聂老诗集能有用否？

听姚锡佩同志说，聂诗集恐怕要明年才能出书，这样对你们还是能用上的。匆匆，祝

近安

梅志

二月十日

梅志致羅孚信第一通

第二通

承勳先生：

收到你的信，十分高興。我沒有想到你會走得這麼快，所以現代文學館為聶紺弩開的座談會我沒有參加。要不我們還可以談談天的。

今年我們為胡先生舉辦了他的生平與文學道路展覽，得到新朋舊友示好，還博得了好評，至可告慰的！現已託艾曉明同志，將「我與胡風」一冊及展覽會說明一份交她，她說你那裏經常有人去看她，請她設法轉你，想來能收到的。至於我在會上發的「少年胡風」（傳第一章），因大批書未印好，暫不能送你請教了。

你託我打聽的李漢霖先生，解放後我們也一直未能找到他，只知他曾回老家。他從桂林逃難到重慶，就在南天出版社工作，後抗戰勝利了，就與胡風分手，一直未通音訊。他沒有被牽連是萬幸，但人在何處可一直不知。他有一個同鄉人，八六年我去深圳創作之家時，曾到廣州看朋友，見到過他，說起李漢霖。他的地址是「廣州酈雅街復社三樓六號林紫（即米軍）」，可能還未搬家。另外就沒有人知道他的情況了。不過我見他面時，他也不知李的詳細地址，又傳因病去世，這都不確。另一他們的朋友陳志華（南天出版社工作人員）聽說他在汕頭某報館，也無確定地址。我只知道這些情況，請你信中告她，我不另寫信了。

從艾曉明處知你為老聶的詩全編，真是又勞心勞力還出了不少錢但書商可不講信義，至今連我們有文章的作者都未送書，更不用稿費。方瞳那裏他們是否給了稿費，也不得而知。第一版印七千冊是不會賠錢的，只因你這主要人物離開他們就弄成一筆糊塗賬。我覺得你應該去信詢問甚至責問，為朋友盡心力是可感的，但為出版商賺錢就大可不必這般慷慨，你以為然否？

說得太多了，很對不起。專此　即祝

健康與順利！

黃偉經來信告訴我，你將我的一首小詩，交《星島日報》了，謝謝。

梅志

七月卅日

啓功致羅孚信（一通）

孚翁同志：

紺弩……書籤[78]，擬為幾條，似都未妥，望不吝賜教！如不合用，請速示再寫。鄙意覺得「紺弩不死」一題似較恰當。原意既用「死」字，則「不死」義同「不朽」矣。未悉尊見如何。

拙作輓聯，曾懸於八寶山禮堂，當散後出來將上車時，有一人來相攔問曰：「你那聯中『門中』指甚麼？」功答曰：「即是門裏邊」，其人方自思，功即上車而去，可見此聯之讀者戟指者多矣。承垂詢，敬錄呈，但望不必編入冊中，以免麻煩。今更聞已編成，自更不虞編入，即錄於後，以發一粲或增一慟也！即頌

冬安！

弟 功謹上

廿九（一九九一年一月）

革命抱忠心，何意門中遭毒手；

吟詩驚絕調，每從絃外發奇音。

78 此處指啓功應羅孚等人之邀，為聶紺弩紀念文集題寫書名。

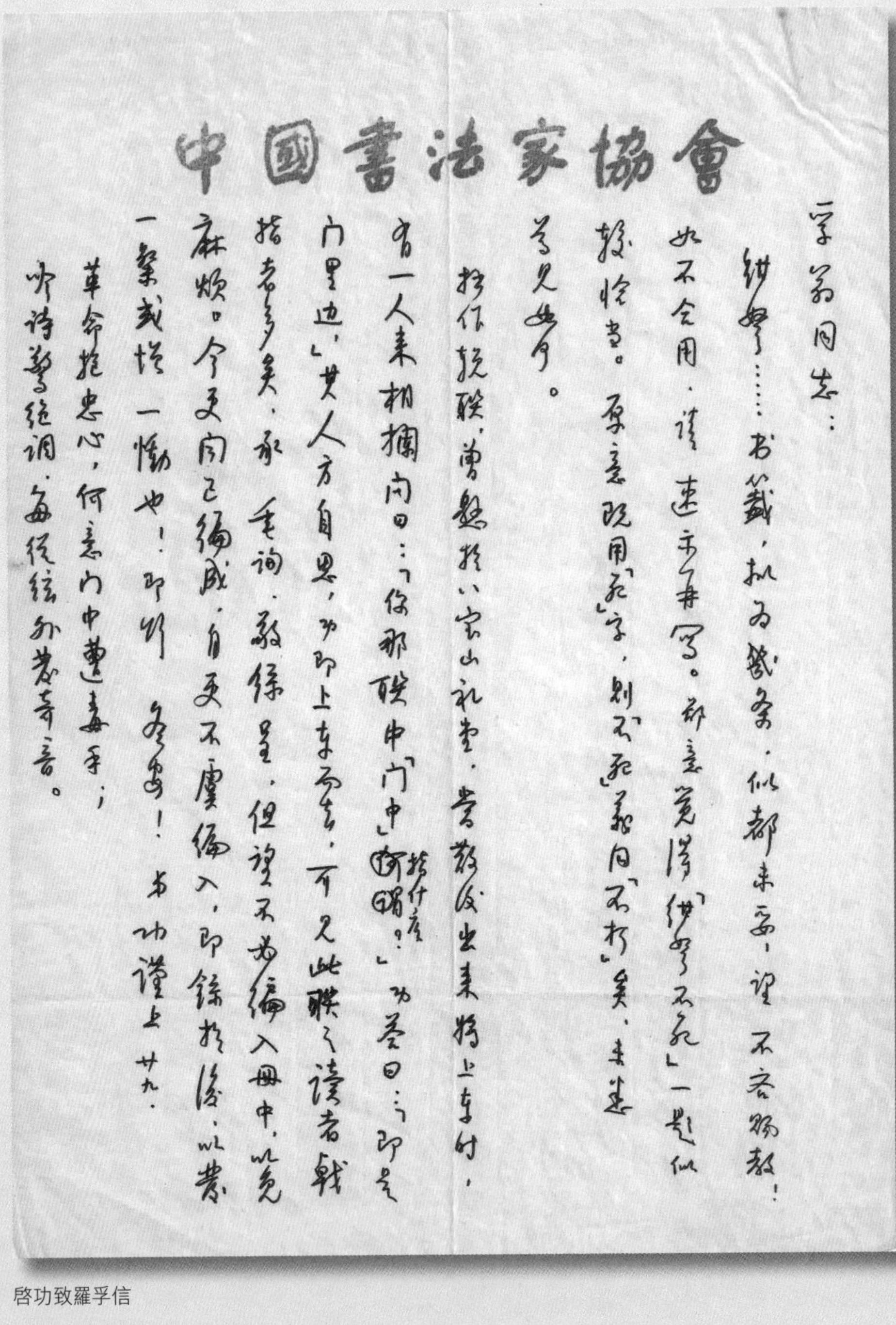

宇翁同志：

绀弩……书签，拟为数条，似都未妥，望不吝赐教！如不合用，请速示再写。鄙意觉得「绀弩不死」一题似较恰当。原意既用「死」字，则「不死」义自「不朽」矣，未悉尊见如何。

拙作挽联，曾悬于八宝山礼堂，当移灵出来将上车时，有一人来相搁问曰：「你那联中『门中』指什么？」功答曰：「即是门里边。」其人方自思，功即上车而去。可见此联之读者戟指者多矣。承 垂询，敬录呈，但望不必编入册中，以免麻烦。今又闻已编成，自更不需编入，即录于后，以发一粲，我亦一恸也！即颂 大安！ 弟功谨上 廿九。

革命抱忠心，何意门中遭毒手；
吟诗惊绝调，每从弦外发奇音。

启功致罗孚信

左起：啓功、張中行、羅孚、許覺民。攝於北京。

羅孚致吳泰昌信（一通）

泰昌我兄：

久未見，你好。

紺弩紀念文集《紺弩還活着》一書新由京山出版（京山出錢、印刷，人民文學出版社出書號），送上一冊，請收下作紀念。

附新聞稿一則，擬請賜刊於貴報，以廣宣傳，文字請斟酌。謝謝。

匆匆，祝

近安。

弟 羅孚上

九一・七・十七

倪子明致羅孚信（一通）

羅孚同志：

在何滿子選編的《胡風格律詩選》稿本中，附有聶紺弩一九六六年贈胡風七律十三首，其中有五首未收入《散宜生詩》，抄送一閱。聽説聶老贈胡風的詩，過去香港《文匯報》也刊載過若干，這五首可能你已見過。《胡選》是個抄本，有筆誤，易發現者我已改過（如把「絳灌請封侯」誤為「降灌」）。你如看出還有其他筆誤，亦請見告。附沈西城《香港名作家韻事》，閱後請交范用同志。祝

好！

倪子明

八七．十一．二

何滿子致羅孚信（一通）

羅孚先生：

四月廿五日尊示昨方由學林出版社轉來。所詢奉告如下：「玉露凋傷」一詩寫作時期，係八三或八四年親聞，聞之於紺弩。因前一年（八二年初）他曾給我一信，說他有從未示人的《無題》數首，可以抄半首給我看看。因抄示後半首：「風雨有情吾健在，江山無恙子前來。一聲何滿誰家曲，老落鶯花對惘然。」但請勿告旁人。我即猜到抄來半首，係為石聯星而作。故面時曾詢之，他含糊支吾，實為默認。因說，他早年少作舊體詩，因舊體詩只適於不宜直說的私事。並說在桂林時期曾作幾首，念了「拋卻紅塵」一句。我求他念出，我可錄下，他說「無聊無聊」。不肯告我。不想此詩竟寫給了馮英子，終為我錄下。*按詩意「抽簪劃地成銀漢，背水施屏障錦衾」句，當係怨周婆反對他與石的關係而言。「二十六個和一個」，取高爾基小說名，當係指石曾於多人有關係也。

又，八五年相晤時，時石聯星已死，我問他是否有詩紀念？他屢屢搖頭，說今日哪有這等情懷，不比當年了。因周婆在隔壁，他有所顧忌，囑我勿談。

由以上兩次面談，兼詩意所屬，故可斷為桂林時（四一—四三）的情詩。馮英子不知就裏，所說六十年代作，實非。這類《無題》他自承有多首，均早年作。六十年代無此情緒也。

但閣下注詩，恐只可含糊一提，不宜將當年羅曼史和盤托出。因牽涉頗廣，亦甚無謂也。又，此事為僕與紺弩私下交談之事，他在抄示「風雨有情」半首之函中，曾鄭重告我勿示他人，估計此詩前半首詞意當更直露。當時因周婆尚在，他或有顧慮。今日僕將此事及「風雨」四句抄示，已覺對故人食言矣。

匆匆不盡。即頌

文祺

何滿子

五．九二

侯井天致羅孚信（六通）

第一通

羅孚兄：

番禺的醫生、詩人何永沂前來信說，香港某報載我兄文章，談新見聶四十二首佚詩，問我要不要複印件，我回信說要。五月一日何信、兄三文同封郵出。弟得讀《島居新文》祭、杯、詩，如晤……何信說兄在港上的「街坊」到國內時先取出贈何並附信，四月二十九日貴「街坊」與何通電話，「羅太卻道羅孚先生因病入了院」。

細情不問，弟但注意一點——兄因病入院了。何先生「估計是腦血管問題」。至為繫念，祝兄早日康復。

《聶紺弩舊體詩全編》第三次印本，沒有趕在三月二十六日前頭，以紀念詩人逝世十年。遲於五月四日上午才送到家。印得比前印本好，已郵羅海雷轉兄。可惜兄三文未能收入該編。

《柳亞子詩詞選》上有詩，詩有序；詩與序名有「綠宮」二字。一九四三年柳在綠宮宴請國際友人。——弟得到解放軍報社朋友函告時，書已入廠。

南京化工大學李飛同志五月二日信說他讀聶詩，知弟尋張先怡。張先怡現年七十一歲，住北京朝外工體西里。張晚兄張吉來已逝。她一九四八年畢業於中央大學。當晚（得李信當晚）我與她通了電話，確是《伐木贈張先怡》的張先怡。

弟粗健。兄如不北來，就算明年香港回歸，弟也無望與兄一見。有照片，常常找出來一望。敬祝早日出院。嫂夫人並候不另。

弟 侯井天
一九九六·五·十三

第二通

羅兄：

五月二十六（日）信六月二日奉悉。

兄小住醫院後寫的島居新文，由何永沂複印惠我。知兄平安，甚為欣慰。為與友人通報信息，該複印件隨即轉郵舒兄，讓他知道兄況。

第二印本欲贈黃永玉（吳祖光因告其女雙雙略歷順便告知黃先生港上通信地址），書退回，不允許郵出。第三印本四月四日印成書，所以煩海雷轉上。這怎麼辦？請示老辦法。信好辦、好通。

這次精裝五十冊，那就拖後點，等精裝本送到手時郵兄。怎麼郵呢？

高旅同志曾贈手鈔——複印的《危弦集》，弟也欲奉贈第三印本的。

兄總是掛着我，總是怕我因注聶負債。謝謝誠意、美意。弟為副廳級，每月可拿進人民幣一千零三十元。昨晚買豬蹄一隻，付十元，找回一毛。——物價為此。

弟未參加學林本工作，弟再次向我兄申明，錢多錢少，均不應給弟。——幾年前就說過了。

近，馮伯恆夫人郵來聶函手跡、詩手跡，其中又有三首未見詩。層出不窮了。

順頌

安好。

弟 侯井天
一九九六·六·二

1993 年，羅孚與黃永玉（左）攝於香港。

第三通

羅孚兄：

今天上午收到學林出版社所匯的六千元。要我回信說收到了。我回信說收到了。這怎麼辦？弟實在不該要，那本書的編成實在無弟之功！皆羅、郭[79]二兄所為！錢當然是有用的東西，取之不當，六神不安，如何是好？弟之真心，非忸怩作態也，祈明示辦法。順頌

大安。

弟　侯井天

一九九六・十・二十三

第四通

羅孚兄：

小弟好想念你！為今我也不知道你在香港？在舊金山？在加拿大？我問過何永沂，得知香港你家的電話號碼，可是怎麼也撥不通。

何永沂說你進了醫院、說你出了醫院、還安好。

我兄生於一九二一年，今已八十一歲壽翁了！弟不可能遊香港，兄又不會北來，今生相會無日矣！在雙榆樹、皂君廟、三環東路包家，幾次相聚，永世不忘！

去年六月印成第五稿印本，把我兄寫在學林增補本裏的評語、解語，盡行抄入。我兄讀《高旅詩集》後

79　郭，指郭雋傑。

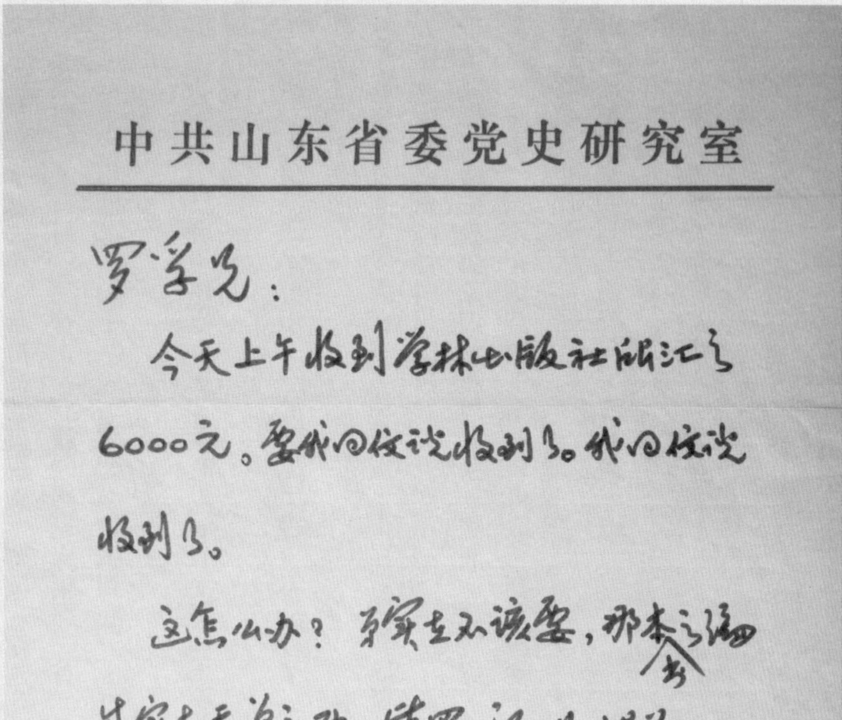
中共山东省委党史研究室

罗孚兄：

今天上午收到学林出版社所汇之6000元。要我回信说收到了。我回信说收到了。

这怎么办？弟实在不该要，那本书之编集实在无弟之功！皆罗、邵二兄之所为！

钱当然是有用的东西，取之不当，心神不安，如何是好？弟之苦心，非忸怩作态也。祈明示办法。顺颂

大安。

弟 侯井天 1996 23/10

侯井天致羅孚信第三通

寫高與聶的文章弟亦得讀。近日已將《臨潼古蹟次壁間郭沫若韻》、《和邇冬〈雨夕〉（第二首）》、《贈貓畫家張正宇》、《失題（雅擅長談復短談）》、《輓劉芃如兄》（在第一稿印本上無「句解」）、《訪丘東平烈士故居》，（另稿三首——有聶贈羅兄條幅那一首），共八首句解、詳清和集評一道，已請舒蕪兄閱正。舒已八十，弟已進入七十八歲，總要「抗戰到底」！打出清稿，「存照」。弟視力漸退，故抓緊時間把八首清出。

這一新印本，已發現錯處百處，已有勘誤表。新印本一年半後，又獲注聶詩補充資料二萬多字，也正印後隨書分散。

這次決心把這新印本郵出，至於到兄手否，不計較了。曾敏之、黃永玉、弟均有贈書郵港上。曾敏之、張梅溪先生均有信答問。

今年五—六月間十多天在京，約朱正、王存誠、郭雋傑、姚錫佩、陳明強、吳方到舒寓一敘。

去年方瞳來濟南時曾與我處談一上午。

曾敏之先生信中說劉芃如是四川世家。劉湘？劉文輝？無法從「劉」字上猜。梁羽生《筆花六照》一書內、《高旅詩集》內均有劉芃如生平資料可取。劉之次女——天蘭女士在香港電視台，弟已致函詢求劉的略歷。不獲答覆，也已知大略了。

近《清華詩詞》刊王樹聲長文評聶詩。

弟通信地址：（略）。

新世紀第二個春天即將來到，敬祝

我兄健康長壽！

弟 侯井天

二〇〇一．十二．二十七

二〇〇二年八月十二日侯收到退件

第五通

羅孚兄：

除夕日即聶紺弩百歲誕辰，我們通了電話，叫人高興！九三年一月紀念聶九十歲誕辰後，你即離京去香港，十年了。

今郵上第五印本三冊，一冊簽贈，把已發現的錯字改上了，另兩冊未改。如贈友多要時，望電話通知，即郵。分文不匯，千萬千萬。省去煩勞最重要。

寄郵第五印本轉遊大半年又退回濟南，我郵東方台嫂夫人收轉的。

去年四月間我曾遊海南島半月，回程逗留廣州、長沙、鄭州、開封又半月。十月初去成都、襄樊、南京三地二十天。六月下旬到七月上旬在京二十天。訪背向打火的胡考的宋國英和聶「怕聽收音機裏唱，梁山伯與祝英台」——高抗女士（宋向*），老是一個跑不到便不知底細。十二月十八日北京大雪五日，我在京訪問了黃苗子、李銳、周紹良、周汝昌，然後經保定到石家莊訪問了韓羽和方瑞。

去了歿了郭雋傑之妻陳初。蔡若虹、鍾敬文、胡繩先後作古。

姚女士春節前離京去滬時擬一名單示我，說今年九、十月間由武漢出版社、人民文學出版社、中國現代文學報、魯迅博物館舉辦《聶紺弩文集（八卷）》首發式暨聶紺弩百歲華誕紀念會。如果邀兄，兄能來京與會否？

郵上幾首五印本後新得佚詩的注解。另外還有四、五首。《當代詩詞》已連載了兩期，三期可刊畢。第六次印本，如果假我以年，二〇〇四年可印出。詩評資料約增二萬字、佚詩增十四首。

黃永玉給屈原天問圖、張光宇貓圖、一緣居士臨郭省道碑贈聶書法都到手。可納入第六次印本。至於正式出版與否，弟不問。盡力託此事辦的更妥一些。

弟粗健。敬煩我兄
健康、長壽！

弟 侯井天
二〇〇三・一・三十一

第六通

安林（林安）兄：

（以我們最初通信時的名諱）海雷那裏匯我千元。兄說要五套，我想了半天，還是十套吧。弟之經濟情況並不壞，副廳級，自六月起，每月可以拿到五千五百元。一九四二年以前參加革命的，每年還多給一個半月的工資——大約二千元左右。每年另有五千元的四個節日「費」。全年，這就有自己支配的七萬五千元。我的日常衣食住行都儉樸慣了，錢夠用，用不完，有存餘，以備有意想不到的開支。「保健醫療」證，因為年過八十，是「特」字號的，每年一萬四千元醫療費。有大病住院另說。已到老年，不再置辦傢具衣物，圖書也少進了。報告情況，祈兄勿念，不必再資助我。多謝！

隨便翻翻，印堪※正誤表，仔細校讀，恐怕不少，心力不足了。像「悴」字錯成「翠」字，讀時，一看便知錯了，因為前頭有「憔」字。詩句本身則不行，「官迷」錯成「農迷」，便難解難猜了。

《斷句》的第十三，「沁園春雪蔣山青」，四三七頁有了《贈電長小蔣》整首。這叫顧此失彼。這一則倒可以換上「三人同照一張相，所失文章共幾多。」見二三九頁第十六行。

五六一頁上的《丁玲未返雪峰窮》，是山西高級法院院長李玉臻在司法檔案裏見到寫文章介紹的。李收到第六印本後來電話說，他近翻手跡，實為兩首，而且他說她的文章也不對，是要寫給黃苗子的。李說容後郵我那詩第二首。

《北大荒歌》尾之插圖，丁畫出自李輝編，大象出版社的《丁聰畫傳》；八五〇場的花園式居民小區，是八五〇場《場志》大批彩照中的一幀。

書尾那四十幀照片，意在告訴後世、今世讀聶詩者，有這些照片。這些都與聶詩聶事聶編大有關係。立此存照！最早訪劉尊棋，沒想到「合影」，故缺。及至要訪周而復、馮亦代時，周馮已故。去京過津訪張作良，張去協和開刀；找到協和，張又轉院。王其力現在深圳，他訪《北大荒》文藝編輯部小樓，與聶有意義。與顧學頡、胡考通信解詩，所以不見人、無合影。李健生先生贈我照片並簽名，用時怎麼也找不見了。趕車的王琦，第一書記上馬記的張惟，一在黑龍江肇東，一在福建龍岩，雖通信，但無片。曾敏之、吳羊璧、黃永玉在香港，我雖遊罷海南飛廣州，但不能去香港，也無片。

這幾年間，特別關心聶詩又有研究的人，從南往北說：香港的我兄、廣州的何永沂、湖南的朱正、武漢的李師金、天門的楊**、成都的劉友竹、南京的季龍華、北京的姚錫佩、王存誠、郭雋傑、陳明強、包立民、邵燕祥、**以及太原的李玉臻。好像有二十人連上兄與我。另有一日本人。

第六印本之後，王存誠教授答應我，他來管與聶舊體詩有關的事。

濟南——香港雖不遙遠，兄我恐難再會。

曾敏之、熊笑年、黃永玉都該贈第六印本，可是我都未贈。內心不安。

謹頌

康樂！

弟 侯井天

二〇〇五．十一．二十七

郭雋傑致羅孚信（三通）

第一通

羅叔叔：

九日來示拜悉，遵囑將晚手邊所所藏紺翁逸詩抄奉。原詩除《題開濤畫竹》一首係抄存者外，餘皆有紺翁手跡。標點係晚所加，不當處請您改定。

聶詩改來改去，《邇冬六十五索詩》一首即有三份手稿，所抄當是最後一稿。

一九七六年後直到紺翁去世，晚經常去看望他老人家，每去必言詩，每有新作也要我帶呈愚岳，雖大多已發表，恐亦有逸稿。愚岳書札極亂，容日後清理，當會有所發現，惜目前尚無暇顧及。待一有發現，即抄呈您。

昨日晚去拜會了鍾敬文先生，也曾詢問到聶詩。他說「文革」前寄詩極多，惜動亂中均不知所往了。「文革」後聶與鍾之間詩交極少。鍾老提供了一個情況，言聶在二十年代即寫過舊體詩，類似打油之類，曾寄他看過。

您寫的紀念先岳的大作拜讀了，大家都非常感激您的深情，囑我向您致以衷心的感謝。不知去您處拜訪方便否，若可，則希望當面多聆垂教。

即頌

冬安

晚 雋傑 頓首

十二月十日（一九九〇年）

又：赤示請寄（略）

第二通

羅孚叔：您好！

聽說您抵港後忙於應酬，現在閒些了罷？因不知您在港居址，疏於問候，近桂林朱襲文先生見告，方貿然與您聯繫。

四月份侯井天先生來京專尋老聶四首佚詩，深以一晤，相談甚歡。此四首「全編」未載，不知您得見否，現奉上一份複印件，附後。

老聶九十誕辰座談會，吳祖光先生言「右派完人」當改，蓋因不知其中有「典」。典源於戴浩，文革中批鬥他，謂是徹頭徹尾，貨真價實之右派分子。待戴檢查則云：從教方知我是個右派完人，深以為榮，這頂桂冠就當仁不讓了。後遂自稱右派完人。當時未能面告您。又，座談會上我的老師王景山先生送您一書，深望得到您的批評，屢囑致意於您。

聶的書信晚以為很有匯集的必要，不知您有暇顧及否。

順候嬸娘好，初初並此。即頌

撰安

晚　郭雋傑　頓首

七月廿六日

賜函請寄家中。

第三通

羅孚叔、嬸：

您們好！

元月底收到您的賀卡，十分感激。彼時晚正在醫院中，因心肌梗塞進行搶救，未能及時地覆謝，請見諒。經過心臟介入手術治療，今已痊癒出院，在家休養，請釋念。

拙文《關於柳亞子的牢騷》發表後，反響頗多。《隨筆》去年第六期有讀者函稿，云柳之牢騷與總理無關，言拙文與事實有出入。臧克家對初初講，拙文所說是事實，但他不願出面證明，並囑我今後莫談此事。徐文烈先生大作是何看法尚不知，如能賜一份參考，則不勝感念。

大陸出版界尚不景氣，先岳詩集一時難以問世，只好等待時機。晚與愚岳校注之《二刻拍案驚奇》已拖五年，今年有望刊出，出版之艱可見。晚全家尚好，勿念。

即頌

健康長壽

晚 郭雋傑 敬上

一九九五年三月十日

周清霖致羅孚信（一通）

羅先生：

您好！照片收到，只能剪載了用，真是十分遺憾！

因陳子善先生取消深圳之行，只能郵寄《聶詩》，請查收。

《中國圖書評論》雜誌今年十月刊出上海外國語學院陳福康對「聶詩全編」和「周作人詩全編」的評論文章，現寄上，供參考（我社複印機有毛病，故複印兩份，是放大的）。「聶詩」初版精裝本已售罄，平裝本尚有庫存二百五十八本，已可重印。若近日有暇，請將修訂意見增補稿寄來，以便着手修訂重印。

「周詩全編」亦請「對知堂素有研究」的您老「再補正一番」（陳福康語），未知能俯允否？

專此盼覆，順頌撰安

清霖

一九九六．十一．二十七

陳子善致羅孚信（四通）

第一通

羅孚先生：

您好！久疏問候，想必起居安泰。

日前閱港報，得知尊著《絲韋卷》（香港文叢之一，三聯版）已經問世，可喜可賀！我一直愛讀先生的作品，不知有可能惠寄一冊否？先此致謝！

我一如既往，除了教學，仍在從事現代文學史料研究。《知堂集外文·四九年之前》費時四年，總算大體編竣，已交出版社，如順利的話，明年年中可出書。此書篇幅巨大，約七、八十萬字，分上下兩冊，有不少重要佚文首次與世人見面。至於《回憶周作人》一書，今年五月責任編輯來信説已發排，但他八月份去了美國，目前情況不明，但願不致節外生枝。

記得不久前讀到夏公為曹聚仁一本遺著所作的序，友人説是您代為執筆的，我看也像。此文中提到魯迅從未在文章中批評曹聚仁（大意），其實不確。魯迅晚年與曹聚仁幾乎鬧翻，特別是為編印《海燕》事，曹原答應出面當「印刷人」，後變卦，引起魯迅很大不滿。此事胡風有過回憶。魯迅《半夏小集》第五則就是諷刺曹聚仁的。但這已是陳年舊事，奉聞而已，不足為外人道出。

匆請

文安！

後學 陳子善 拜上

十·四（一九九二年）

第二通

羅先生惠鑒：

您來電話的當晚，徐小姐就來了電話，她抵滬過海關時，《傾向》被暫扣下，只能返港時再帶回去。真是不巧，很遺憾，也很抱歉，給徐小姐添了麻煩。據她說，如以後到深圳時再從深圳寄給我，但願一切順利。您的信已由徐小姐從郵局寄給我了。

另外，也希望託施兄帶來的刊物能順利過關。託他帶來的東西我會及時分送施、葛兩家。送施老雪茄煙甚好，但他老人家已久不寫字，我會盡力爭取，尚無把握也。

您的《燕山詩話》何時可由牛津出版？願先睹為快。

您以前提供給我的知堂老人晚年佚文，原擬編入《知堂集外文．一九四九年以後》增補本，但這項計劃已擱淺。鍾叔河先生得到我寄給他的複印件後編入他主編的《知堂分類散文全編》，本已交湖南文藝出版社，現在也已擱淺，可嘆！

煩便中把沈鵬年談知堂老人文複印一份寄我，謝謝！

希望董橋先生十月份能成行。我明年一月可能會去台灣開會，如成行，過港時當可謀良晤。

餘言後敘，匆請

文安！

晚　子善　九．三

第三通

羅先生惠鑒：

前信並《大躍進親歷記》一冊諒先後達覽。

葉靈鳳先生夫人和葉中敏女士日前來滬，我和陸灝兄與她們見了面，談得很好，她們完全同意由文匯出版社出版由我編選的「葉靈鳳散文系列」，這項工作已着手進行了。因此，上信所說您的總序盼撥冗撰就寄下，不勝感謝！

另外，請教一個問題：葉靈鳳先生的「世界性俗叢談」最初是在香港哪份報紙連載的？也盼便中示知。

您近來忙否？聞天地圖書公司將出版您的《羅孚隨筆》，屆時極願先睹為快。

關於八道灣故居，我已問清楚了，爭論發生以後，北京市文物局已將其列為北京市文物保護單位，將會在門口掛一個牌子作為紀念。當然，房子也暫時不會拆除了。現在儘管周海嬰竭力反對，但文物局的決定已作出，也不會馬上就更改的。

目前，周作人在國內又成了禁區，報紙不斷發表「批周」文章，幸好拙編《閒話周作人》總算在上週印出來了，待大批樣書到後即寄奉。

託周小姐帶來的雜誌和林翠芬小姐的新書都收到了，至感，至感！我在日內會送給柯靈先生一閱。

另煩轉告林翠芬小姐，請她告訴我她的通訊地址和電話。您有甚麼事要我辦，請隨時吩咐。

餘言再敍，匆祝

秋安！

晚子善　十・二十六

我十一月初會到深圳參加全國書展，《傾向》雜誌或可交馮偉才兄帶到深圳給我，又及。（此事前信也已提及。）

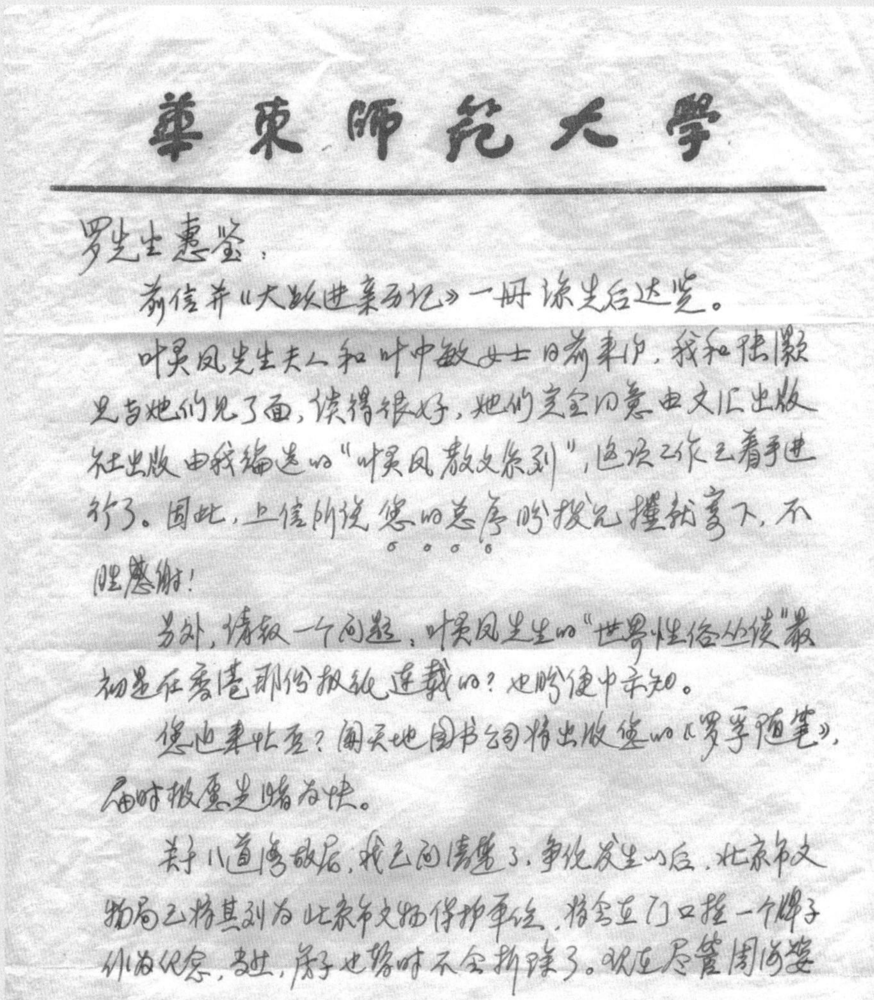

華東師範大學

罗先生惠鉴：

前信并《大跃进亲历记》一册谅先后达览。

叶灵凤先生夫人和叶中敏女士日前来沪，我和陆灏兄与她们见了面，谈得很好，她们完全同意由文汇出版社出版由我编选的"叶灵凤散文系列"，这项工作已着手进行了。因此，上信所说您的总序盼提前撰就寄下，不胜感谢！

另外，请教一个问题：叶灵凤先生的"世界性俗丛谈"最初是在香港那份报纸连载的？也盼便中示知。

您近来忙否？闻天地图书公司将出版您的《罗孚随笔》，届时极望先睹为快。

关于八道湾故居，我已向您说过了，争论发生以后，北京市文物局已将其列为北京市文物保护单位，将会在门口挂一个牌子作为纪念，故此，房子也暂时不会拆除了。现在尽管周海婴竭力反对，但文物局的决定已作出，也不会马上就更改的。

日前周作人在国内又成了禁区，报纸不断发表"批周"文章，幸好拙编《闲话周作人》总算在上周印出来了，待大批样书到后即寄奉。

陳子善致羅孚信第三通，第 1 頁。

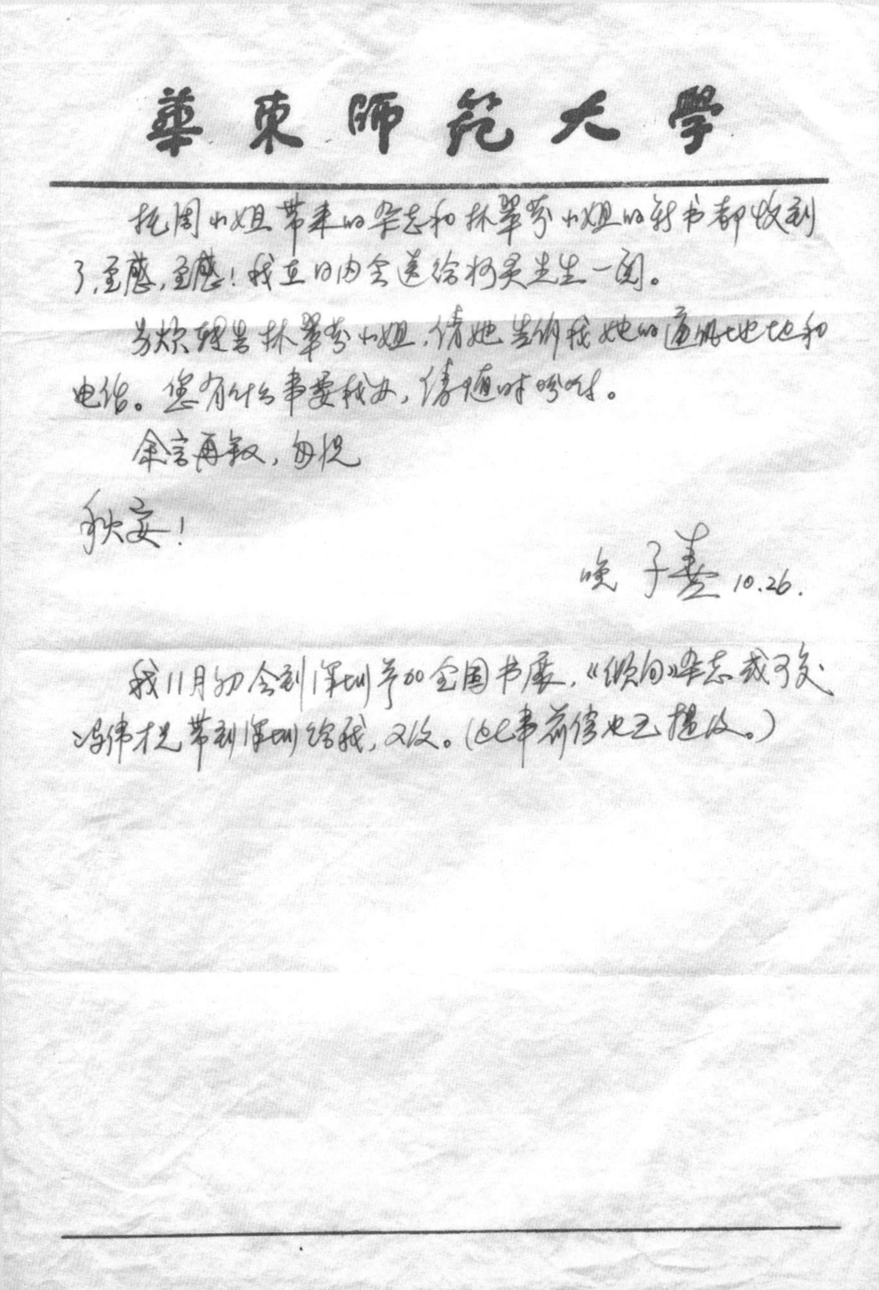

華東師範大學

托周小姐带来的杂志和林翠芬小姐的新书都收到了，至感，至感！我五日内会送给柯灵先生一阅。

另烦转告林翠芬小姐，请她告诉我她的通讯地址和电话。您有什么事要我办，请随时吩咐。

余言再叙，匆颂

秋安！

晚 子善 10.26.

我11月初会到深圳参加全国书展，《纵横》杂志或可交冯伟才带到深圳给我，又及。（此事前信也已提及。）

陳子善致羅孚信第三通，第2頁。

第四通

羅先生如見：

久疏問候。您託周女士帶來的刊物和信我四月下旬才收到，由於忙亂，未能及時覆信，祈諒。

鮑耀明先生把《中外論壇》上葛鑫的文章複印給我看了（這裏見不到《中外論壇》），此文確實提供了一些新線索。周作人「落水」事確實有疑點，但當初調查此事的沈鵬年在國內學術界名聲不大好（他曾「考證」魯迅見過毛澤東，魯研界普遍認為是無稽之談），由是之故，使此事更加複雜化。您的想法很好，但我不認識葛鑫，從文章看，他不是文學圈的人；而且我懷疑他所說的尚未公佈的材料，恐怕只是一般性的，重要的或他和沈鵬年認為重要的大概都已披露了（即您還在北京時，南京《文教資料》所刊載的那些）。總之，這事目前暫無法進行，只能再等待機會，如能與葛鑫聯繫上，我一定會向他建議的。

聽周女士說，您六月初就要去美國了。目前正在抓緊準備吧？現在這裏幾乎天天在說「倒計時」，香港回歸已成了最熱門的話題，這本是題中應有之義，但現在的許多做法太膚淺，太庸俗，令人簡直無法可說。就我個人而言，想到您這一走，不知何時再能見面，不免有點感傷。本來年初如赴召開會，過港時還有機會相聚，沒想到京中不批准，實在遺憾之至。

您抵美後，請示知住址和電話等，以便今後聯繫。相信作為一位正直而又有良知的海外知識分子，您一定會繼續用筆發言的。順便說一下，您那篇《×××何以「言不及義」》真精彩，佩服、佩服。您的在天地圖書公司出的那本新散文集已問世了嗎？極願先睹為快。

我一如既往，除了館務和指導研究生，仍在編自己想編又能出的書，寫自己想寫又能發的文章。最近有兩本書要出：一本是周作人日本文學譯文集《如夢記》，一本是董橋評論集《你一定要看董橋》（借用您的名文題目作為書名，文章則作為代序），不過書要到六月底或七月初才能印出，屆時寄往美國吧。

此外，有出版社願出《周作人譯文集》（多卷本），其家屬已原則同意，出版社要我編，我正在考慮中。可惜的是，全集不能出（現在大陸報刊已不能發讀周作人和張愛玲的文章，因為一是「漢奸文人」，一是「反共作家」，令人啼笑皆非！）想起一件事：我搞周作人多年，如魚飲水，冷暖自知，（去年大陸有人撰文「批判」鍾叔河先生和我），但我一直以無法覓得周作人墨寶為憾。您還保存着一些周作人手稿，有沒有可能從中選一篇給我留個紀念？冒昧相求，實在不好意思，如蒙惠贈，不勝感激！如不方便，則作罷。

您去美後，有甚麼事要辦，請繼續隨時吩咐，當盡力而為。最近大陸有兩本書莫名其妙被禁，一是《天怒》，另一是《短暫的春秋》。香港報章大概已爭相報道了。現先另封寄上《短暫的春秋》一冊，請寄文共賞。《天怒》如找到，會再寄上。

就寫到這裏吧，遙望南天，不勝依依，謹祝一路順風，一切順利！

晚 子善 塗

五．十七（一九九七年）

師母處均此不另。

施先生、柯先生都很好，請勿念。

羅孚致范用信（一通）

用兄：

我此刻在香港。自美返港，已一月有餘。回來是參加香港第三屆文學節。十一月二十八日到港，文學節是十二月十日結束的。然後我進醫院，「刮」掉了前列腺，現在等待康復，將於月底回美，但一年後，仍將返港定居。

在港時，天地相告：鄭超麟的三卷文集不用付錢，天地願意負責所有費用。據說，這是書出版前後反映甚佳，使他們改變了主意。我於是問他們：書的版稅還付不付呢？他們說，當初沒有談過。但如付版稅，就要扣回買書的錢。鄭曉芳那裏取了一百五十套，如扣書錢，剩下的版稅就不會有多少了。我說，這樣我要和你商量，因當時不知是怎麼樣對她說的。

總之，出書的好名譽是被我佔去了。人家都以為是我付了錢，現在卻可以分文不出。說來不免有些慚愧！

你看這事怎麼辦才好？鄭曉芳那裏還應付她多少錢？天地付得如不多，不如由我這邊補足為好。

關於紺弩的詩，侯井天一直在收集散佚之作，四次出了不是正式出版的《聶紺弩舊體詩全編》，去年出的第四次應是最後定本，不知你看到了沒有？這最後的定本是因香港的一次發現才完成的。紺弩生前和高旅通信，常常把近作寄給高旅，但高旅始終沒有拿出來給朋友看，前年他去世，去年春天荃麟、葛琴的女婿王存誠應邀訪問台灣，回程時他不知高旅已逝，登門造訪，當然見不到高旅了，但高旅夫人熊笑年卻把高旅藏的紺弩的詩和信給他看了，又發現紺弩的佚散之作六七十首之多，相信這是紺弩的佚詩最後最大的發現。我因此把上海學林出版社的《聶紺弩詩全編》補充成為一個完備的本子。書剛剛出，特寄一本給你。我這個本子箋注不及侯本，但編的較為謹嚴，印刷較好。

我也將寄一本給邵燕祥，但聽說他搬了家。請你把他的通信處寄給我。

今年有何打算？祝

平安！並問

老丁大姐安好！

羅孚

二〇〇〇、一、七

范用致羅孚信（二通）

第一通

承勳兄：

轉上許兄一箋，他很感謝您的鼎助。他說，在他們所裏（文學研究所），於海外文壇，至今漆黑一團，心中無數，蓋長期閉關自大之結果也。

弟仍在雜亂無章，窮於應付的狀況下過日子。頗想偷半日之閒得兄弟小飲，亦不可得。

從香港帶來那大包霜崖簡報，擬在稍加整理後送上。看來只能以已出的集子為基礎，補充一些另編一書。姜德明兄選了一些與江蘇有關的篇什、交江蘇人民出版社出版。

即頓　健安

范用

三、二十五（一九八四年）

第二通

承勳兄：

星期天在家中將葉翁的幾本集子翻看了一遍，覺得可即以《讀書隨筆》為書名，集《讀書隨筆》、《文藝隨筆》、《北窗讀書錄》、《晚晴雜記》為一書，約有二百萬字，不算少，現打印了一份編目，請酌。刪去的幾篇，多半與性有關，乃大忌。有幾行現在不適宜再印的話，也作了刪剪。

有香港帶來的那大包剪報，暇時當淘汰一遍，如有可以編入者，即附在《晚晴雜記》之後，或另成一輯：《霜紅室隨筆》。

先送上的四本集子，請先看起來。簡報隨後陸續送上。

將來用複印件發排，這四本書還要保存。因此，請用鉛筆在書上批注或刪節。

中敏來信說，請夏公寫一序、能否辦到，不知道。但編後須請我兄撰寫，不僅談作品，而且介紹葉翁之晚年。用一筆名，行文*奉一點魔障法。如有必要，由弟冒名頂替一下也可。

又選了幾幅比亞茲萊的畫，似可作封面以每輯之插頁。

即頌　日安

范用

三、二十六（一九八六年）

鍾朋致羅孚信（一通）

羅孚先生：

前請舒蕪兄代致傾慕之意，諒達台覽。

近《散文世界》刊出拙文《舊書新得題記》，其中有一則談葉靈鳳的，特複印一份寄上，請正。

葉靈鳳近來又有幾本小說重印。上海書店重印《紅的天使》已見，《靈鳳小說集》尚不知印出否。最近購得中國文聯出版公司印行的《愛的講座》（《中國新文學大系》參考叢書之一，印二萬四千二百冊），一九八七年七月北京第一版，選《未完的懺悔錄》、《時代姑娘》兩部長篇及短篇十六篇。這十六篇全部選自《靈鳳小說集》（原書共二十二篇），末附編者孟瀚的編後記《葉靈鳳性愛小說的意義》。

近年評論葉靈鳳小說的，還有楊義《中國現代小說史》第一卷（一九八六．九出版）第八章第一節之四。兩文對葉靈鳳小說都有肯定，與過去論調不同，而孟文評價猶高。兩人對某篇小說看法亦有不一致者，見仁見智，如對《妻的恩惠》一篇，楊認為有新意（葉靈鳳本人也較滿意），而孟書則未選入。

《愛的講座》中未選入葉靈鳳三十年代所寫的新感覺派小說，是一缺點。葉靈鳳的這些小說，曾計劃編為《紫丁香》一個集子，收入三十年代的「現代創作叢刊」，已在《現代》雜誌上刊出過預告，後因故未出，以後也未出版。我意先生能否將其輯錄出版否？出版社可考慮人民日報出版社，該社由姜德明同志主持，彼曾編輯葉靈鳳小品集《能不憶江南》一書出版，並同葉靈鳳的女兒葉中敏相識。

葉靈鳳的新感覺派小說，已有一篇《朱古律的回憶》選入嚴家炎編的《新感覺派小說選》中。戴望舒對葉靈鳳的這批小說，曾加讚揚，猶欣賞《第七號女性》這一篇（見《現代作家書簡》）。

先生所編《葉靈鳳作品集》》已在香港出版了嗎？

附複印件

鍾朋

一九八九．九．十九

鍾朋致舒蕪信（二通）

第一通

重禹兄：

八．二十二寄上一函，收到否？

今日在九．一《光明日報》上，得讀您的訪問記《關於「周作人現象」的思考》，拜讀之餘，感到您對這個問題思考得深，談得透，對我實有啓發，忍不住寫這封信給您。

我的《穆時英》書已寫完，但因係外行，寫來很吃力，並且很少新意。此書等黑嬰回來（三十年代的作家，到香港探親去了）寫一篇《寄穆時英》（他和穆有接觸）作為本書序言後，即可交出版社。

作為插圖，我改造了一張「穆時英及其朋友們」的漫畫，現寄您一閱，作為好玩。方便時請轉宗蘭先生，因其中有葉靈鳳的畫像，此畫像已是五十多年前的事了。

祝

近安

鍾朋

一九八八・九・二

第二通

重禹兄：

因為很久未接你的來信，很掛念。北京郵政雖停頓了幾天，但後來朋友們都有信來，只不見你的，所以後來給姚錫佩同志回信時，還向她探問你的近況，怕身體有何不適。今連續接到六・十八和六・二十八兩信，得悉近況，我就放心了。

上次信中向你探尋《葉靈鳳的後半生》的作者宗蘭（即羅孚、絲韋吧）近況，是因為我寫了一篇《葉靈鳳的前半生》，是宗蘭先生大作的續貂，現寄上請你一觀，並請轉宗蘭先生，請他審閱，看有無可能介紹到《人物》雜誌上去？

西安已恢復，我院已在暑假中，天氣也熱了。

祝

夏安

附拙稿

鍾朋

一九八九・七・四

羅孚致鍾潔雄信（一通）

潔雄女士：

受范用兄的委託，我整理了葉靈鳳先生遺留下來的有關香港掌故的文章。現由家人周蜜蜜（我的長媳）送上。

全部約五十八萬字，編為四冊：

第一冊：《香港的失落》或（《香港早年的失落》）。內容是英國當年侵佔香港的史實。約十四萬三千字。曾擬用《香港史話》之名，但覺「失落」較好。

第二冊：《香海浮沉錄》。內容是政治、社會方面的舊聞。約十五萬八千五百字。這屬名是作者先前用過的專欄名。

第三冊：《香島滄桑錄》。內容是城鄉變遷和山川形勝的瑣談。約十三萬八千五百字。

第四冊：《香港的傳說和神話》。內容包括已出書的《張保仔的神話和傳說》。改十四萬字。

因欲趁便人帶稿，趕得匆忙了些，頗多草率之處。如決定出版，需要有勞責任編輯先生再加細心審核正誤。如某些譯名的統一（包括有的要加「。」之類），某些重複之處的刪簡。某地史實的補注（如水唔、水荒要加東江之水的按語）。

《張保仔的傳說和真相》是上海書局出版的，在港要找原書，應比北京容易。手邊這一本是范用兄的藏書，就不再送上了。

書中最好附些照片，這就更需要你們費心去尋求。

有甚麼事，也可以找《大公報》的副編輯主任葉中敏。她是葉靈鳳先生的女兒。

葉先生在香港掌故的研究上，可稱權威，這些文章雖不一定很完整，但依然是很可觀，夠份量的。夏衍先生認為這是他的作品中最好的一部份。

過些時打算寫一短的前記送上，就這方面談一下。全書總名《葉靈鳳．香港掌故集》如何？中華如不擬出，請速轉三聯董秀玉女士。她表示過興趣。聯繫信件可由周蜜蜜或范用兄轉。祝

近安！

羅孚上

八八．四．二十三

葉中敏致羅孚信（一通）

羅伯伯：

您好，您替爸爸編的《讀書隨筆》帶回來後，全家人看了都很高興，都向您表示感謝。媽媽讀了您在「博益」的文章後，還特地把多年前的這段往事重新回憶及寫下來，讓我寄上給你。

爸爸之事多蒙您一直仗義執言，此份材料相信可提供一些事實資料。媽媽乃直性子的人，對事情的真偽當不會有掩飾，但恐怕她年紀及記憶力問題，時日久遠，細節地方可能會有不盡準確之處。內中情節，人名是否適宜公開，也請您審酌。

「是非成敗轉頭空」，我覺得爸爸一介文人，生前的「功過是非」實無必要深究，能有朋友了解及關懷

已經足夠。在您的熱心及正義面前，我除了感謝之外，還有一分慚愧，像材料中所涉及之事，要不是您一再催促，我也沒有想到請媽媽把它們寫出來，再過若干年可能就再沒有人知道了。敬候

復安

晚 中敏

六、二八

樓適夷致羅孚信（一通）

承勳同志：

您好！

在范兄處見到您在《明報》寫的評介《玉尹殘集》一文，很佩。其中所提樓國華是我的從弟子春，在港寫作，筆名一丁。這本詩集，已出湖南社排好，但印郵少，還來付印，不知何日能出。

合居一城，久未相見，事變中想必大家都平安的，現在平靜了，我想來拜訪您，如果您處方便，請即示知約會。

敬禮

適夷

七·四·八九

樓子春致羅孚信（二通）

第一通

雪野先生：

閱公《明報月刊》您的文章，我覺得您對鄭超麟有相當了解，不過您有一個錯誤，就是您把樓國華和樓適夷誤為一人了。適夷是相當有名的左翼作家，但他一向是「史大林派」。國華則是托派，在一九三一年和鄭超麟、凡西等一同被捕，名字是被捕時臨時取的，所以在《雙山回憶錄》和《鄭超麟回憶錄》中都記載這個獄中的名字，出獄後他就恢復了原名樓子春，筆名一丁（筆名不止一個，最近幾年，則以一丁出名），他和適夷是從兄弟，政治意見不同，感情則甚篤。自蘇聯平反黨案後，中國知識分子都有反思，至少對於史大林主義都有被騙的感覺。對於托派，則另有看法了，這種變化正在深刻進行中，這在最近《新文學史料》中，所刊適夷和朱正的文章中可見端倪。不圖台端亦有相同見解，故我特地請《明報月刊》轉信給您，請您示覆。取得聯繫後，我可贈您幾本書，供您參考。即問

近好！

樓子春（一丁）手啓

八九・三・三十一

第二通

雪野先生：

九日信收悉，十多年前我每日看《新晚報》，必讀絲韋文，有時讚賞，有時憤怒。讚賞的是文采，憤怒的是史大林派的成見。後來出事了，又不勝同情，中國的冤獄太多了，絲韋也終於落入了陷阱。嗣後時時留心消息，釋放了，又監管，這和我們的鄭老一樣，老年走出監獄之後，還有人去管他，深恐他言行越規。

明月的雪野文章，也時時閱及，並未有深刻印象，到談到《玉尹殘集》時，覺得這個雪野似朋友又似非朋友，良久之後，才從鄭老處知道雪野是誰，疑問頓失，欣幸當時的絲韋在經歷了煉獄之後，仍能執筆為文，與人相見。現在時移世易，國際的大氣候，一定已洗掉絲韋身上的史大林派的臭氣了吧！今得九日大札，當年相知而不敢交往的，現在可以交往了，這是一大變化，但在今日嚴峻的氣氛下，有話如何說，有材料如何遞送呢？這不找麻煩嗎？我所希望的，您有一天能得其正的自由渡過羅湖橋，那時我們能握手相視而笑，您說有此可能嗎？

從兄適夷，老而彌真，我們在他處本有許多材料，聽說他都送了給人，鄭老的《自傳》有見過否？最近已重印，諒不難得，我會送些書給你兒媳們看，即使您見不到也不妨礙讓他們見到。祝

健康！

樓子春

八九・十一・十七

羅孚致鄭超麟信（一通）

超麟先生尊鑒：

我是程雪野，即羅孚，是曾經在八十年代香港《明報月刊》上介紹過先生的《玉尹殘集》詩詞的人，對先生的志節十分欽佩，雖然沒有機會見面，景仰之情，是無時或已的。

為了祝賀先生的百齡大壽，范用兄與我正在合作，在香港出版大著《史事與沉思——鄭超麟晚年文選》，作為獻禮。此書出版之期當在下月（八月）份內。書分三冊，第一冊出書後當以第一時間送達尊前，二、三冊亦當爭取盡快出書，特先奉聞。

八二年後，我曾在北京以假釋犯身份，住了十一年。九三年正式獲釋回香港。九七年來美，住舊金山灣區女兒處，與香港仍多聯繫。此前，四一年至八二年，四十年都在《大公報》工作。

九三年回港後，曾與廣州謝山先生之夫人胡洛清卿有聯繫，也曾在港報介紹過謝山先生的《苦口詩詞草》。

近聞先生貴體違和入院休養，又得見先生致范用兄書札，提及港刊介紹《玉尹殘集》，特修書致候，更致最大的敬意！祝

早日康復！

壽星高照！

羅孚 敬上

九八．七．七

鄭超麟致羅孚信（一通）

羅孚先生：

昨日意外地收到您的信，喜出望外。

我們雖未見面，但心交已久。不記得哪一年，香港雜誌（《中報月刊》或《明報月刊》）在拙作《玉尹殘集》尚未出版的以前，便以「程雪野」筆名，發表了一篇評論文章。我頗驚異，因為非熟人不能寫這篇文章，但其中某些事實有出入，又不像熟人所寫的。我和朋友們猜想了多時不得解決。直至認識了范用先生之後才知道了是您寫的，而且由此知道了您這個人，還看了大作《北京十年》，又知道了您也是樓適夷的朋友，於是一切疑問都可解決了。由此，我又認識到在「市場經濟」之下並非每個人都是「自私自利的」，羅孚和范用此次共同無私的幫助就是證據。

在此證據面前，一切表示感謝的語言都顯得是多餘的。

我由胡洛卿同志知道，您對我的已故老友謝越秀的詩詞集也給予中肯的評價，肯定了「他的詩詞寫得比我好」。他逝世時已年近古稀，不能說「英年早逝」，但我仍認為他應當多活幾年。

但我們二人只能「心交」，今生無能會面了，我不是簡單的「違和」，而是醫院作出確診「大限已到」。所以，您隨時可收到我的訃告。

我的腦子還是清楚的，但寫得不清楚。您第一次看我的信，一定看不懂我的字。因此我請人多抄一份同時寄給您。

我已知道：您的哲嗣羅海星也是一位世界人，現在又知道您還有女公子住在美國。

順便寄給您近日發表的一篇拙文和讀者的一篇評論。此文也將收入《晚年文選》。

此致

敬禮！

鄭超麟

一九九八·七·十八

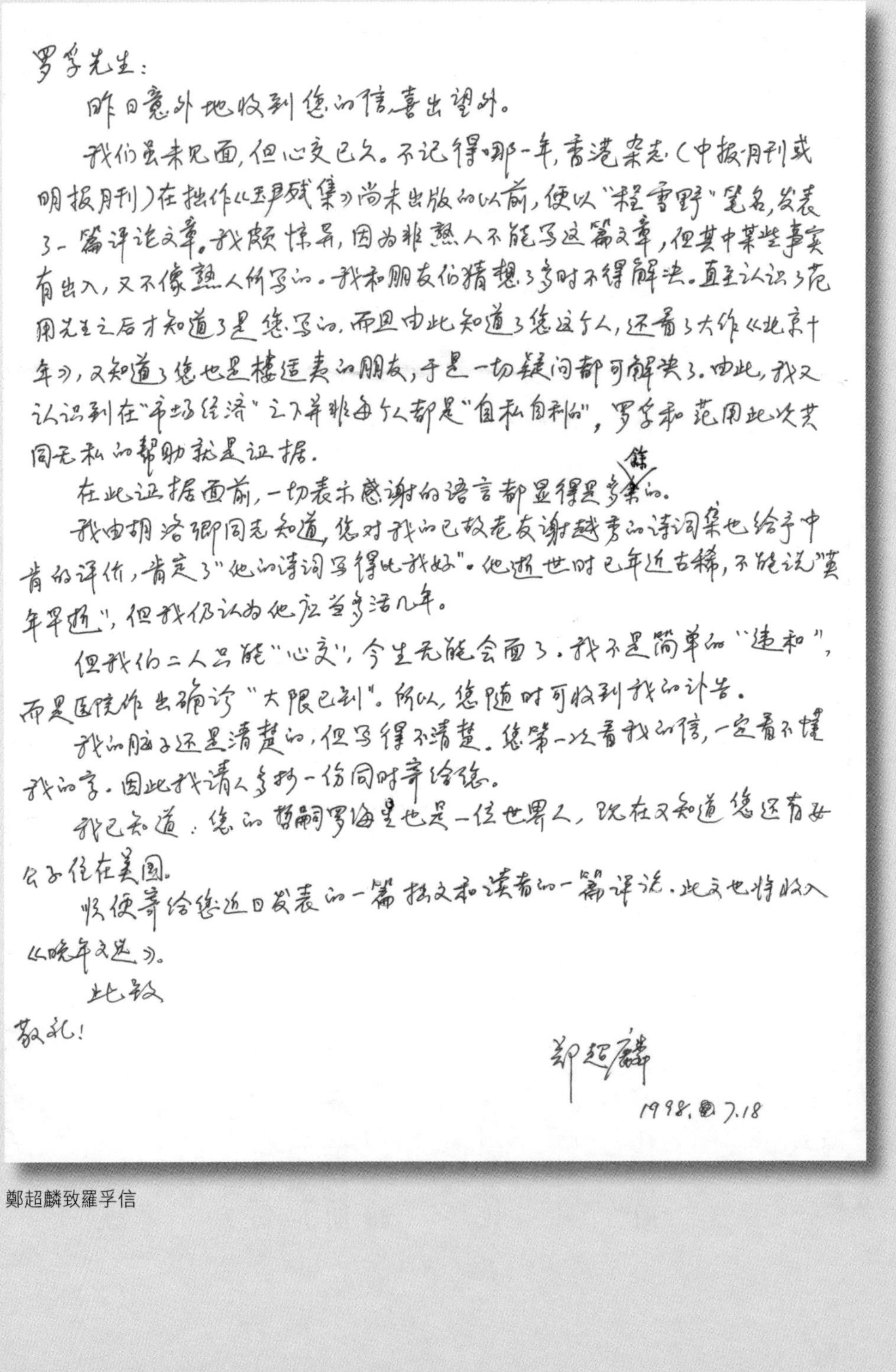
罗孚先生：

昨日意外地收到您的信，喜出望外。

我们虽未见面，但心交已久。不记得哪一年，香港杂志（中报月刊或明报月刊）在拙作《玉尹残集》尚未出版的以前，便以"程雪野"笔名，发表了一篇评论文章。我颇惊异，因为非熟人不能写这篇文章，但其中某些事实有出入，又不像熟人所写的。我和朋友们猜想了多时不得解决。直至认识了范用先生之后才知道了是您写的，而且由此知道了您这个人，还看了大作《北京十年》，又知道了您也是楼适夷的朋友，于是一切疑问都可解决了。由此，我又认识到在"市场经济"之下并非每个人都是"自私自利的"，罗孚和范用此次共同无私的帮助就是证据。

在此证据面前，一切表示感谢的语言都显得是多余的。

我由胡洛卿同志知道，您对我的已故老友谢越秀的诗词集也给予中肯的评价，肯定了"他的诗词写得比我好"。他逝世时已年近古稀，不能说"英年早逝"，但我仍认为他应当多活几年。

但我们二人只能"心交"，今生无能会面了。我不是简单的"违和"，而是医院作出确诊"大限已到"。所以，您随时可收到我的讣告。

我的脑子还是清楚的，但写得不清楚。您第一次看我的信，一定看不懂我的字。因此我请人多打一份同时寄给您。

我已知道：您的哲嗣罗海星也是一位世界人，现在又知道您还有女公子住在美国。

顺便寄给您近日发表的一篇拙文和读者的一篇评论。此文也将收入《晚年文选》。

此致

敬礼！

郑超麟

1998.7.18

鄭超麟致羅孚信

范用致羅孚信（一通）

羅兄：

我曾將鄭超麟先生論述，已印過書和未印過書，已發表過和未發表過的，匯為二卷，估約八十萬字，內容計開：

鄭超麟回憶錄，人民出版社印過三版。

懷舊集，人民出版社印過一版。

鱗爪集，繼《懷舊集》編的文集，未印過書。

論陳獨秀，論述匯編，未印過書。

髫齡雜憶（記），回憶辛亥前後家世和社會文章，福建漳平政協以《文史資料》印過一版。

玉尹殘集，詞集，湖南人民出版社印過一版，增加後來的詞作。

書名鄭老不贊成用《鄭超麟文集》作者名，他說這些回憶性質的雜文不代表他的思想。

我的意見，考慮到香港市場，篇幅太大，虧本太多，難以銷售，可以只印《鱗爪集》、《論陳獨秀》兩種，三十萬字不到。書名均可另擬。

（原信無落款）

鄭超麟致范用信（一通）

范用同志：

今天接到五月三日手書，無限歡喜。晚年，這樣歡喜的日子是屈指可數的。原來，幾十萬字的拙著，今年年內就可問世了。

這一切都應感謝您和羅先生及其他幾個朋友。

您說，出版後要送我五十部（每部三卷），更出我望外。有此五十部，足夠我贈人和自用了。至於書出後，還要酌量給我稿酬，那更加出於我的意料之外。我現在可以說「著書」不「為稻粱謀」了，只要著作權歸我和我的繼承人所有，我就滿足了。

再一次感謝您，感謝羅先生（我還要感謝他十幾年前化名在香港《明報》上給我的《玉尹殘集》以好評），以及其他幫助我的朋友。

此致

健康和愉快！

鄭超麟

一九九八．五．八

羅孚致陳松齡信（一通）

松齡我兄：

你好！

要和你談談鄭超麟老先生出版《史事與沉思》晚年文選的事。我因讀《大公報》上范用兄一篇文章，說他編好了一部數十萬字的書無法出版，不知如何是好。我不知是甚麼書，便去問他，才知就是鄭老的文集。考慮到鄭老已近百年期頤之壽，應設法使他生前能見到此書，因此大家合作，並得到你們大力支持出書。現第一冊書*開已弄好，即可付印。不幸前一陣鄭老因癌症入院，醫生說只有兩月生命。我們便想趕一下，趕在七月底把書印出來。顏純鈎兄說適逢書展，有他書要趕，此書只可能在八月內印出。現顏兄已去溫哥華，而鄭老情況如何不得而知。癌症不等人，我這急性子，想請你呼籲一下，能不能再加點勁，再趕一趕？上策當然是七月底出，中策是八月上半月，下策是下半月，不知有沒有可能？只希望趕出一兩本書，以快遞專送兩日可到的辦法，送到上海鄭老家人手中，讓她即呈鄭老過目，以滿足老人的心願。用快遞，不必惜費用。其餘的書，以及第二、三冊，慢些就無妨了。醫生的話未必全準，且二月之期或正屆將滿或將滿，但還是趕一趕，趕在前面的好。否則就不免大家都有功虧一簣之憾了。

草草成書，或有魯莽，區區此信，當荷鑒諒！

鄭老通訊處：上海（地址略）鄭小芳女士轉。

祝好！

羅孚

九八・七・十五午夜（美國森尼威爾）

港七・十六下午三時

鄭曉方致羅孚信（二通）

第一通

羅孚先生：

謝謝您八月十一日的來函。爺爺死了，他看不到您們為他奔忙出版的書，萬分遺憾。您也得知，爺爺致您的那封信，是他最後的一封信，也是他今生最後的文字。那天寫了給您的信後，他便沒有提筆再寫一個字了。所以，這封信是很有意義，也很值得保存的。

《史事與回憶》我已收到了第二批寄出的三十本，記得當初是五十本吧，所以爺爺已列出贈送人的名單五十個，而這次他生病和去世過程，又有好多朋友寫了悼文和悼詞，但名單上沒有的，我以為五十本也不夠送人了。昨天與范用先生通了電話，他提議再加五十本。這當然很好，但我又怕這樣增加您的太重的負擔。昨天我收到顏純鈎先生來信，也是詢問樣書不夠事，問我要增加多少。我擬告訴他增加五十本，這樣行嗎？

胡洛卿這幾個月不住在廣州。她今年春天就離開廣州到廣西、上海、南京等地，現在青島學氣功，不知甚麼時候回到廣州，她廣州地址未變。

您為爺爺的書的出版，我不知該怎樣表示感謝。

問好！

晚：鄭曉方

九八．八．二十五

第二通

羅孚先生：

您九月五日來函及紀念爺爺的文章，我早已收讀。這期間好幾次要提筆寫信給您，但寫了幾次，一想起告別儀式上的一些氣人的事，我就寫不下去了。

《晚年文選》第一、二卷已收到各一百冊，送朋友已足夠了。范用先生吩咐，不要全送完，留些在家裏，以作紀念，傳給後人。有些朋友得知這部書出版，紛紛要馬上看，因此外地也寄出了一部份，但大部份等第三卷出版後一齊奉送。大家都以為這書出得漂亮，又得知您是這套書的功勳，便紛紛議論「羅孚」這個人。

所以，比起送花圈，您送的這個厚禮是別人無法代替的。本來我曾想以您的名義送上一個花圈，可又怕引起麻煩，才沒有送上。這一點您別介意，我們完全理解您的心情。

前幾天逛書店，偶然發現，《香港書評》第二期有您的《一個世紀的回憶》，內有爺爺致您的最後一封信。這可是他老人家絕筆信，在那封信寫完後再也未寫過一個字呀！我當即在書店又讀了一遍這封信，離上次發信已有三個月了。抄寫那封信及和爺爺談起您的《北京十年》的情景又浮現在眼前，多快呀，一個生命就這樣結束了，爺爺再也不存在了。但他的腦子多好，記得您以「程雪野」的名字，記得《北京十年》。我買了一本《香港書評》，把您的文章和爺爺的那封信複印了幾份給朋友看。我們大家都非常感謝您。

我和爺爺生活了十九年。其實鄭超麟是我自己爺爺的大哥，我的爺爺是老四。晚年的爺爺照樣是堅強的，他一直在堅持他的信念，他致死未改變自己的觀念。

奉上爺爺九六年的照片一張，附上我的一張名片。

此致

敬禮

晚：鄭曉方

九八・十一・十六

王觀泉致羅孚信（二通）

第一通

羅孚先生：

近好！今接北京魯博王世家先生信，云已寄你一冊瞿傳，因他那兒只有一冊了，哈爾濱是否寄你尚無消息。

上月二十二日，女兒帶領全家去奧克蘭傑克．倫敦廣場去參觀剛成立不久的傑克．倫敦博物館後吃飯時，我突然昏死，待到醒已罩上氧氣在急救車駛去醫院，經六小時搶救始活了過來。搶救實屬一流，使我很是感動，也使家屬動情不已。事後卻陷入苦惱之中，因我無保險難以承擔令人吃驚的醫療費用，現在正設法補這個窟窿。萬幸的是，總算活了過來，還能給友人寫寫信。

關於陳獨秀傳，上海方面尚無音訊，估計是因彼未出版，就暫不考慮給香港出版了，這在我是無可奈何的事。

現寄上陳傳的自序一篇，請指正。

偉國老弟大概在西雅圖，昨去電話尚未回音。

匆匆以上，麻煩你了。此頌

吉安！

觀泉

十．十一．九四

第二通

羅孚先生：

近好，我剛經上海返哈。

現託黃曉君小姐捎上拙著全文和圖版。這裏，我略述情況於下：

拙著於一九九四年八月我赴美前交上海文藝出版社並於八月二十八日簽訂由該社出版簡體字版發行的合同。該社在審稿時，自責編到主編一致公認拙著是《世紀回眸名人傳記系列》已簽發的十冊中最佳的一部，篇幅也最大（一般為十八—二十萬字），本書為四十一萬字），據責編同我說，可預測銷行二萬冊。然而卻被一拖再拖，拖了一年又四個月，直到去年年底才告訴我：發稿了。但是，就在我去上海打算看校樣之前的三月六日，突然被令送交上海出版局審讀處「審查」。因為我堅持：文責自負，不得改動。這就等於「槍斃」。我悻悻而回。

拙著約四十一萬字，當時言明由台北業強出版公司與上海文藝出版社同時出版，但台版發稿時被刪削為二十八萬字。這刪本是我同意的，刪後的稿本也經我看過。刪的原因，據負責此書的主編說是《世紀回眸名人傳記叢書》台版套書每冊篇幅限定最多不超過二十二萬，如今刪過的拙著二十八萬，已亦出超六萬，影響書的成本百分之三十了。我喜於友人云，台版是礙於面子而留下遺憾不少也。台版亦至今未出。

由是之故，書名擬定為《被綁的普羅米修斯——陳獨秀傳（足本）》。關於插圖，我複印了一百幅，可由出版社任意選擇。

羅先生，我為欲使陳獨秀的形象在國內外略為「畫」得上乘些，付出了物力和精力得沉重代價和政治壓力，如能因您的大力推薦而使「足本」面世，則銘感五內。因為，陳傳也許是我此生最後一部「嚴肅著作」了。此間，也是上海，約我撰寫聶紺弩傳，我當然想寫，自問也能寫好，但是，您最明白，如要真正「畫」

像老聶，恐亦難逃「審查」厄運，我又何必自找苦惱呢。
「牢騷太多防腸斷」，還是帶住！
耑此　頌
吉安

觀泉
二十一．三．九六

P.S. 黃曉君小姐約四月上旬返港，屆時，她將先電話與您聯繫，然後將送到您手中。

張兆和致羅孚信（一通）

羅孚同志：

收到您寄來追念從文的七律一首，非常感謝。

自從本月十三日本市大學生在天安門廣場絕食請願以來，不時聽到急救車呼嘯着從樓前過身，一顆心老是緊揪着，寢食難安。今日群眾聲援學生的群眾運動聲勢之大，實屬空前，我實在坐不下來，未能及時覆書，想您能諒解。

《匡廬詩草》複印件寄上（因為既然答應寄您），請千萬不要拿出去。從文平素寫字作詩，無非為了自遣，有時送給友朋玩玩，連展覽也不肯拿出去。把它們鐫刻在岩石上，他是絕對不願意的。這一點也希望您能理解。

我一切都好。

郵件不能暢通，此信可能需在郵局耽擱些時日。

兆和

一九八九年五月廿四

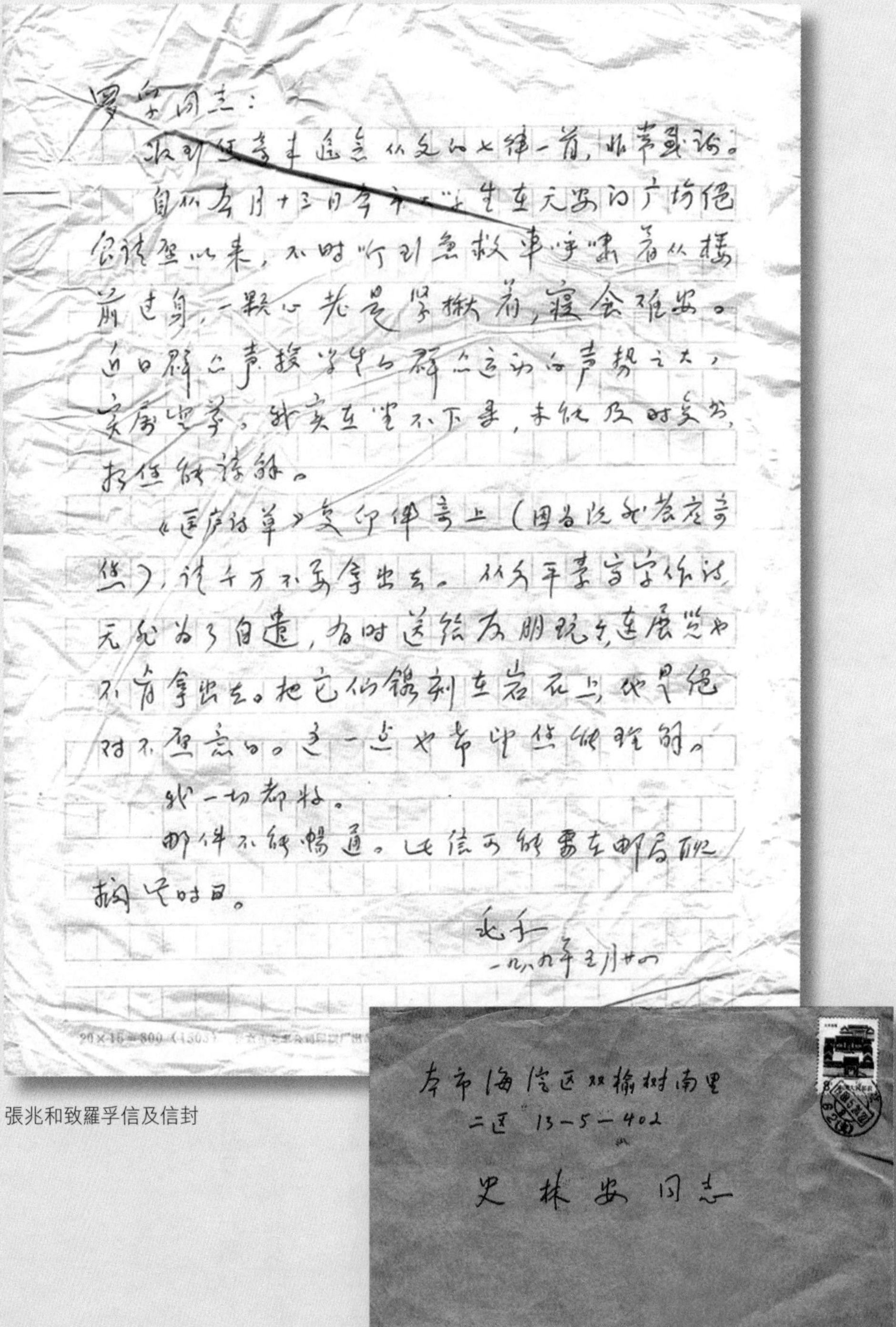
罗孚同志：

收到你寄来追念从文的七律一首，非常感谢。

自从本月十三日有千名学生在天安门广场绝食请愿以来，不时听到急救车呼啸着从楼前过身，一颗心老是紧揪着，寝食难安。近日群众声援学生与群众运动的声势之大，实属空前。我实在坐不下来，未能及时复书，敬请你们谅解。

《匡庐诗草》复印件寄上（因为没发表过的），请千万不要拿出去。从文平素写字作诗无非为了自遣，有时送给朋友玩玩，连展览也不肯拿出去。把它们镌刻在岩石上，他是绝对不愿意的。这一点也希望你们理解。

我一切都好。

邮件不够畅通。此信可能要在邮局耽搁些时日。

兆和

一九八九年五月廿四

張兆和致羅孚信及信封

張定和致潘際坰信（一通）

際坰先生大鑒：

久疏音問，想一切安好，念念！

近接家四姐充和來信，談及關於出版詩集事，表示目前難以進行，原因是她的丈夫大腿開刀之後，雖然恢復尚好，但走路還不平衡，連散步都須有人扶持陪同。而且又患了前列腺增大，小便失禁需要動手術，又因憂鬱症復發，睡眠少，脈搏不正常，有時停一秒種。因為病症夾雜，前列腺手術一時還不能進行，所以從他開刀一週後出院到現在半年來，她的家事須她一腳踢，行動還必須快，不快不行。她自己心中火急，經常頭痛，止痛片不管用。兒女都不在身邊，一個也指望不上。日常生活已夠她忙的了。出版詩集，她說須慎重挑選、補遺、加注，這三件事就不是半年或一年可能做完的。她又說她的這個「隨地吐」，現在要收拾殘局就能費事，有的也許在舊日記本中（日記本身還得找起來），有的印在別人的集子裏，有的夾在甚麼書中，她全無頭緒，記憶力也差了。她寫道：「最後，感謝一切相關熱心的朋友們，說我的詩一向不自珍惜，所以也不留。年青時的少作，以及不成其為名堂的『東西』若印出，實為不妥。何況我近來百事纏身，無由整理抄寫，即此作罷。請為我向諸位朋友婉轉辭謝。」特函轉告，請諒！也請代向羅孚先生致謝致歉！我為此事只能待諸來日，我的四姐夫病康復後才能提到日程上了。真是，正值需要由她抄寫整理，而四姐夫病得無法讓她動筆，甚為遺憾！希望來日了吧！

附奉《迢遙的音痕》，請指正。另附香港友人寄來有關充姐詩作和剪報（我另用電傳機轉印），請查收。擬秋後返北京，稍緩容當找時間趨府拜望，敬候

近安！

弟 張定和

一九九五年七月十二日

家四姐撰作書寫的《鳳凰好》因太大，折疊易壞，容日後當面奉上。

陳模致羅孚信（一通）

承勳、秀聖同志：

春節將屆，我在遙遠的北京祝願您在國外過節快樂，全家幸福！

您們的身體還好吧，時在念中。您們出國已四五個月了，原計劃待半年，是否要延長？希望您們生活愉快。換了環境，精神一新，平平安安地歸來。

廣東省出版家協會主席解聘如同志委託楊曉嘉女士為我尋找書商在香港出版我的兩本書。楊女士也不是外人，她的父親楊立同志是原廣東省長、省委書記古大存同志多年的秘書，最後任副省長。古大存是東江地區農運領袖，紅十八軍政委、東江縱隊創始人、領導人。他在延安中央黨校任一部主任，我在一部教務處他領導下工作過兩年。

楊女士幫我出書很熱心，幾次從廣州去香港，找了天地出版社，碰了釘子，又找明報出版社，又以無果而返。這些書商看中了錢，對書的內容不想了解。就在這樣尷尬的情況下，您們兩位出面幫了大忙，解脱了我幾年的苦境。楊女士兩次赴港，旅費六百多元，我已全部匯給她。

老羅，我的**（書交給）由成舍我先生收購、主編，現由其女成露茜女士繼任主編的台北有影響的《傳記文學》雜誌，非常正確，非常合適。據我所知，成舍我先生三十年代在上海創辦的《立報》是一份進步的、愛國的報紙，發行量很大。我們的老黨員薩空了協助他編報，建國後，薩空了任新疆自治區副主席，後任中央民委主任。您也説，《傳記文學》刊登了不少大陸作家作品，公正、客觀、無貶責之意。成露茜女士一口答應先刊登《胡耀邦傳奇》於《傳記文學》，然後再出發（版），是一個有眼光，有魄力的決定。

我收到海星轉來的成女士致羅孚的傳真後，我即打長途電話給成女士，她不在《傳記文學》編輯部，由一位女士接電話。我説了兩點：一、感謝成女士的幫助；二、《傳記》可以選擇、刪節發表。請她轉告。我接着給成女士寄去我的主要著作五六本，希望她除先刊登再出版《胡耀邦傳奇》外，《胡耀邦演講集》（非常精彩，絕大部份未發表過），不可能刊登雜誌，《傳奇》出版時，將演講集同時出版，因為這兩本書是配套的，有了《傳奇》，再看看演講集更好。她未回信。

新年前，我早早地寄了一個賀卡片給成女士，迄今也未回信。看來，她忙得很，常常出國，來回跑，很難和我通信、通話，不知是否如此？

我問了海星，您父親怎樣認識成露茜女士的？海星回信告訴我：父親是託好朋友，有資格人士、又是詩人、作家戴天先生將我的兩書推薦給成女士的。成女士與戴先生有深交，很聽他的話。海星囑咐我，你可以直接和戴天先生聯繫。

我於是給戴先生寫了信，寄了幾本書和賀年片，迄今沒有回信。他常常飛到美國，來回不定。我猜想，戴先生與我殊不相識，不會輕易給我寫信的。

我深知，《傳記文學》刊登《傳奇》中的文章，不是很容易的事情，出書更需要很長很長的時間，也許要一、二年的時間，我有這個耐心等待。在去年十二月，我已請楊曉嘉女士，將一百多幅胡耀邦照片、手跡全部寄給了成女士。她是否收到，我不知道，她未回信。

老羅兄，您何時回港？如可能，您幫我再找一下戴天先生，請他和成女士打個招呼，和我這位作者、編者通通氣，她沒有空，《傳記文學》編輯部有人，寫封信、打個電話也可以。告訴我收到信和圖片否，應寄兩本雜誌給我，一本給胡耀邦夫人李昭同志。成女士您認識否，您不能直接寫信、通話吧？送您們二位新出版的《崢嶸歲月》一書，其中何發寫的《永保青春的陳模》，可以了解我近二十年的情況了。

祝您們春節歡樂，身體健康！

陳模

二〇一一．一．十七

癸輯

林風眠致羅孚信（三通）
馮葉致羅孚信（一通）
尹瘦石致羅孚信（二通）
羅孚致尹瘦石信（一通）
羅孚致許禮平信（一通）
陳秉昌致王益知信（一通）
王益知致羅孚信（一通）
張超群致羅孚信（一通）
羅孚致張超群信（一通）
袁步雲致羅孚信（一通）
屈志仁致羅孚信（一通）

林風眠致羅孚信（三通）

第一通

羅孚同志：

您們好！您由北京回來了嗎，文代會開的如何？結論怎樣？這裏一點消息也沒有。我月底到巴西去探親，大約明年一月間回香港。馮葉寫了一篇我在巴黎的報道，以前她寄了一篇我在美術學校談到美術教育問題，不知您收到了沒有？這一篇是我在巴黎談到了許多藝術的問題。如果在報上發表不合適，請設法在「雜誌」上如「七十年代」或其（他）進步雜誌發表，如何？這些問題也是目前藝術界主要的問題。馮葉月底回港一切請問她為感。

專此即致敬禮

夫人請代候

林風眠

七九年十一月二十二日 巴黎

第二通

羅孚同志：

來巴黎後一直忙着畫展，馮葉寫了一篇開幕的報道，如需發表請您修改。將來她會繼續寫一些報道寄給您，請您指教。我們大概在巴黎居留到十一月底回香港。

1970 年代末，羅孚與林風眠（右）攝於香港。

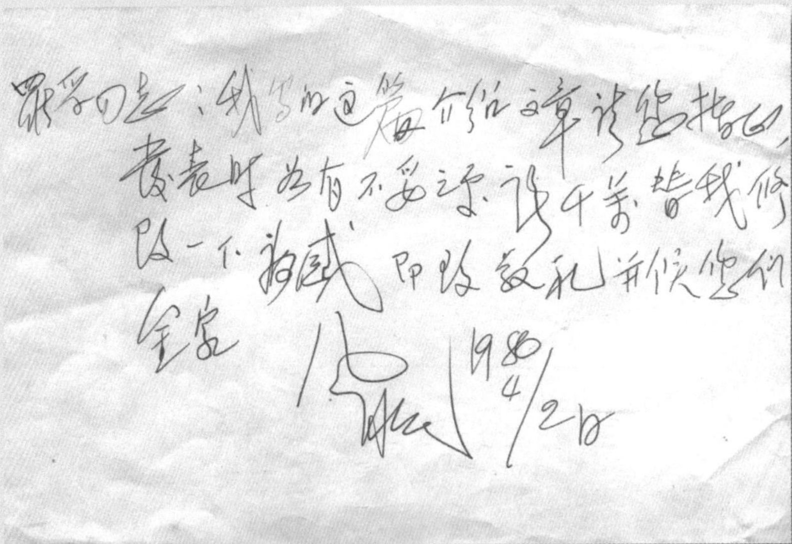

羅孚同志：我寫的這篇介紹文章請您指正，
發表時如有不妥之處，請千萬替我修
改一下。謝謝，即頌敬禮并候您們
全家
風眠 1980/4/2日

林風眠致羅孚信第三通

祝您們好！香港諸友，請代候為感。

風眠

一九七九（九月二十六日）

第三通

羅孚同志：

我寫的這篇介紹文章請您指正，發表時如有不妥之處請千萬替我修改一下，為感，即致敬禮並候您們全家

風眠

一九八〇・四・二

馮葉致羅孚信（一通）

羅伯伯：

我另寄上目錄一份。其中介紹文章的譯文過幾天另外寄上，敬祝愉快！

馮葉又及

附：馮葉撰寫的林風眠畫展報道[80]

林風眠回到了他闊別半個世紀之久的法國，於九月二十一日——十月二十八日在巴黎一個專門收藏東方藝術品的 Cernuschi 博物館內舉行他的個人畫展。

九月二十日下午林風眠與 Cernuschi 博物館館長 Elisseeff 先生舉行了記者招待會，參加的人很多，觀摩得非常仔細。雖然林風眠的作品以前已有歐洲各國的收藏家收藏並在藝術雜誌上介紹過，他們對林風眠並不陌生，但是這次畫展使他們看到了林風眠五十多年來所創作的各種不同題材和風格的作品，使他們了解了他全部創作的經過。

這次展出了從一九二七——一九七八各個不同年代的代表作，共有八十幅。有花鳥，靜物，戲劇，仕女風景等各類題材，是他歷年來為藝術而辛勤勞動的果實。

九月二十一日上午，巴黎市希拉克市長親自主持了這次畫展的開幕式，中國駐法韓克華大使與文化參贊等，以及各界人士，政府官員，聯合國文教機構官員都出席了這次開幕式。他們仔細觀看了展出的全部作品，都表示非常欣賞，認為林風眠在融合東西方藝術精神方面確實做出了很大的貢獻，獨創了特別的風格。他的畫充滿了詩情畫意，表達出一種濃厚的東方氣息。就拿目錄封面上那張「西湖的秋天」來說，無論是誰看了這幅畫都會感覺到自己置身於杭州西湖的美麗景色之中。

據博物館 Elisseeff 館長說，多年來的展覽會都沒有如此的盛況，他認為這次畫展非常成功，給法國藝術界帶來了一種新鮮的感覺。

下午，林風眠繼續在會場接待各方來賓，直到晚上七時。趙無極先生從二十日記者招待會時就一直在會場中陪伴着他。下午來參觀的人也很踴躍，有白髮蒼蒼的老人，也有許多年青的學生。有

80 本文以《林風眠畫展在巴黎舉行》發表於《美術》雜誌（北京，人民美術出版社出版）一九七九年十期，署名馮葉。此文錄自馮葉抄寫給羅孚的手稿。

精通中文的漢學家，藝術理論方面的批評家，藝術家等。以及一些收藏林風眠作品的收藏家和他的一些老朋友們，有的是特地從瑞士和法國各地開車趕來參觀的。他們都向林風眠表示祝賀，認為他的畫達到了又一個新的高峰。都為他當此八十壽辰之際，在巴黎展出他的八十幅畫而感到高興。

馮葉

九月二十六日於巴黎

尹瘦石致羅孚信（二通）

第一通

承勳兄：

在兄返港之後，我才得知，未及相送為歉。近狀何如？念念。宜興市為我籌建藝術館近已落成，寄上請柬，特此奉聞。館址在我家鄉太湖之濱，佔地十餘畝，建築二千平方米，有曲廊高樹，小橋池水，為一江南園林。以陳列我主要作品及收藏書畫、文物，也為家鄉父老有一遊息之所。即頌

文祺

尹瘦石

三月九日（一九九三年）

第二通

承勳兄：

來信獲悉失畫經過，令人極為惱火。我與梅子相識有幾年，感到還可以交往，因此多次支持他在京、寧和香港舉辦收藏展。但黃畫失竊無論如何他是難以擺脱嫌疑。梅子常往來於京港，待其再來京見面時，當為詢問，梅子既已向兄表示答應幫忙找回，説明他已默認有其事，我當盡可能幫助。我去年七月患病，初不在意，九月入協和檢查，延中醫治療，效果不大。今年春節後又入協和，現仍住院治療。我兄至舊金山探親，是否有定居之意，希常聯繫。慎之兄匆匆而去，傷哉！即頌

春祺！

弟 瘦石 上

三月十日（一九九八年）

羅孚致尹瘦石信（一通）

瘦石大兄：久違了，你好！

我去年六月初已來美國，現住在舊金山灣區的硅谷地方，城市的名字是森尼維爾。因女兒在這邊準備好了一切，於是説走就走，以探親身份先來到這邊，匆匆大半年過去了。

一直想給你寫信，總是拖了下來，後來有聽説你已喬遷方莊，苦無新址，最近從桂林朱襲文兄處，才偶

然知道，便寫此信。

有一事要請你幫忙，也只有你也許能幫上一點忙。這是和你所熟悉，並介紹我認識的梅子[81]有關。你回京後，我們有了來往，也通過他買過畫。他和他的一位朋友也到過我家看過畫。由於他是湖北人，和我妻是同鄉，因此更親切了些。我有兩本黃賓虹的冊頁，雖裝裱成冊，但每頁之間並沒有連結起來，可以一張張翻動來看。他和他一位朋友都看過，看時我曾離開客廳，廳中只剩他兩人。其後不久，那替我經手買這些冊頁的老朋友來我家，取出冊頁再看時，發現兩個冊頁都少了最後一頁，即有畫家落款簽名的。這兩個冊頁在買回和發現缺失之間，沒有離過我家，除了梅子二人和經手代買的人，也沒有其他的人看過。因此，我只能推想，這是梅子他們看畫，我離開時，有人動了手腳，把兩頁取出，放在帶來的塑料手提袋中，順手帶走了。我向梅子提起這事，只說畫不見了，只有他可能幫我找回，請他幫忙，我沒說他或他的朋友有嫌疑，只說請幫忙，他也答應了，但要我給他一點時間。

這以後，我和他買了兩件黃賓虹，一是一般的條幅，一是五尺半的大中堂。兩件畫花了港幣三十萬出頭。出了這事我還向他買畫，一是我實在想要一張特大的黃賓虹，他那一件正好，而且難得；其次是他說還有兩個黃賓虹長卷，也很吸引我。我原有一「湖山爽氣圖」長卷，不少人讚為「天下第一黃賓虹」，被香港藝術館收去。我因私人收藏身後易散，不如公家藏好，一群「藝術館之友」湊了一大筆錢，要買下送藝術館，盛意難卻，我就賣了。這也是我之所以有錢可以向梅子買大中堂、買長卷的原因。我發覺失畫，卻仍和梅子有交易，一是還想尋回失畫，二也是還想買的大畫、長卷。而梅子也果然幫我買到了那大中堂，使人很滿意。

但賣了大中堂給我以後，梅子就不見我了。約定好時間，他從深圳帶長卷來，我備好款，現錢交易，到時他卻不來。幾次電話也找不到他。以上這些都是去年四、五月間的事，六月初，我就來舊金山了。

81　此「梅子」並非人物表裏介紹的梅子。

此外，梅子還先後以林風眠、李可染的畫要和我換，我雖有些懷疑那些畫假，確還是被他取走了一幅林風眠送我的仕女，我因換畫時沒有最後確定，便讓他留下他的，取走我的。這樣我又失去了一件林風眠。

我向梅子表示過，取我畫的人應該想想，他拿走一兩幅冊頁，值不了幾個錢，我卻損失大了，一個冊頁少了一張，就成殘廢，大大不值錢了。錢還次要，主要是毀了一件完整的藝術品。兩個冊頁之一，原已少了一頁，全部都無賓虹落款，但一看就知是黃賓虹，由陳半丁逐頁題字，又自己加畫了一頁，才湊成了一個的冊頁，現在這一來，是又一次遭劫了。

我同時表示，我只想重新恢復兩件完整，無意找任何人的麻煩，並且暗示（或明白表示），如果我得回，還可以出一頁畫的價錢買回一幅，兩幅就出兩頁的價。我但求畫還，不計損失。

我發覺失畫了，還和梅子買畫，換畫，也就是想取得他的信心，相信我只要畫還原主，不會使他們有麻煩，更不會「吃虧」。

為了等待他，我也遲遲沒有向你「投訴」，直到半年以後的此刻。

我不咬定梅子如何如何，但希望你幫我勸勸他，替我找回這兩件畫，我而且還是準備付出兩幅畫的代價。

除了替我買畫的那一位朋友外，我沒有對任何人談過失畫的事，連家人也沒有。現在才多了一個人知道，就是足下了。這也表現了我的一點誠意。其實連買兩件黃賓虹也已表現了我的誠意。而且，梅子如真有黃賓虹的長卷，我還是有意買的，在香港，有我的「代理人」（老同事）可以代辦一切，他是著名的國際拍賣行中國字畫的負責人。

來美後，邵慎之兄突然病逝，這可能你已知道。可嘆！

願多多保重！祝健康長壽！

羅孚

九八．二．二十三

羅孚致許禮平信（一通）

禮平兄：

遺囑寫就《畫圖留與眾人看——為虛白齋藏中國書畫館作》[82]，約四千四百字，請斧正。文中有關事實名詞、數字等，尤請注意正誤。第七頁中惲南田詩有幾個字我認不出，以?號存疑，請代填上，如兄亦不知，諒可問君量先生。全文如能請他核閱正誤，尤所期盼！弟於書畫之道本屬外行，因感兄等厚意及劉公高義，乃不揣冒昧動筆，未免大膽。如嫌繁瑣，第二部份可大加刪削，不必客氣。全篇不用亦無妨也。（主要參考兩本《藝苑掇英》）

匆祝

夏安

羅孚

一九九二·七·三

陳秉昌致王益知信（一通）

益丈遵席：

正月廿二手示及羅承勳先生致丈之函經奉讀，敬悉。晚所所學僅得皮毛，深蒙過舉，而羅先生又不嫌拙

82 刊載於一九九二年九月一日《名家翰墨》月刊第三十二期「虛白齋藏畫特集」。羅孚與虛白齋主人相交數十年，應許禮平先生之邀成文，此時羅孚還在京享受「特殊待遇」。

劣，自當遵命刻之，刻妥後將於羅夫人吳秀聖女士聯絡，或由晚直接寄丈轉交亦可，悉由尊便。但恐刻鵠類鶩，貽笑於大方家耳！此二印晚當贈之，以志有緣。為莆田精機農運題聯，能將各字運入，尤為雅得。另以「繁興」對「四化」雖亦可以，但覺未工，請再斟酌之（晚一時想不出）。田老請柬早已收到，因忙忘覆，請代致歉及恭候。匆匆草上，餘容再詳。即叩

萬福！

晚 秉昌 拜上

三月三日（一九八七年）

王益知致羅孚信（一通）

林安兄左右：

來示敬悉。陳君刻印內，嫂夫人帶來供兄欣賞甚為欣慰。兩方印樣，弟前已看過，藏書一方甚工，林安三字印字稍長，頗費安排，似稍遜。但仍係印人所刻不同一般，兄以為如何。

嫂夫人來應為洗塵，請於本下星期二、六月九日上午，賢梁孟光臨舍下一嘗小籠包風味，座無他客，便於閒談，十二時弟當在三〇二車站候駕，唯一要求請不必帶任何禮品，並請示後弟的白內障不甚重，藥水無靈能維現狀，便已不易也。

敬頌儷安

弟 王益知 奉所

六月二日（一九八六年）

陳君係我輩中人，無煩醇謝，嫂夫人回港時，弟默北京土產糕點即可，所酌又及。

弟未寫稿已半年，召才恢復，頗為不易，日前在外文書店，見所售《大公報》每份數元，且需外匯券，為之咋舌。

張超群致羅孚信（一通）

契岳父大人[83]：

託人交來的東西已收妥。一切按囑咐辦理。未及攜來的兩幅大畫可存放於我的倉庫。如有其他事情，可傳真通知，我的直線傳真號碼為二八一〇五七九九，地址亦有更改，新址為中環德輔道中一八九號，李寶椿大廈十八樓，其他詳情將另函寄奉。

祝

大安

張超群 上

83 張超群夫人魏月媚為羅孚誼女。

羅孚致張超群信（一通）

起君[84]：

有一卷廣東名畫《膚功雅奏圖》寄存在你這裏，當時說了是準備送於香港藝術館的，現在物主改變了主意，想送於廣東省博物館，充實廣東省的文物，便中請帶回給我，以便物歸原主，由他送去廣州。

又似乎記得還有幾個豐子愷的斗方，委託你裝裱，請找一找，看是不是在你這裏。

我那件張大千的荷花，得自徐伯郊的，你們說是假的，現在不知送到哪裏去了。還有兩件齊白石的畫，你們也認為靠不住，現在也不知何處去了。還有一封齊白石的信，得自朱省齋，也記不起放在甚麼地方了。

今年託中國嘉德拍賣了一些東西，包括兩套殘缺了的黃賓虹冊頁，倒也有些收益。

你們拍賣的情況好吧？

祝：新年，新春快樂！

羅孚

三十．十二．〇三

84 起君，張超群的筆名。

袁步雲致羅孚信（一通）

羅老總：

日前通過流丹兄獲識香港大會堂博物館之負責人譚志成先生，與閣下甚有交情，弟欲申請在該館展出，現在擬就申請信乙封及一些有關拙作之文件，託流丹兄送上，請代為斡旋，在譚館長跟前美言幾句，無任感盼。

昨接永剛兄寄來剪報大作，蒙屢次在報上為我吹噓至深感激。我大約在十一月下旬便回香港，屆時定當面謝。餘俟面敍，即候

撰安！

步雲

七九，十，廿九

屈志仁致羅孚信（一通）

承勳吾兄：

舊年所託關於齊白石大軸之事，久未裁答，愧甚、歉甚。敝館一來因於經費，二來行政方面亦有答題，每事拖延，遲遲未決。仁於六月初將回港一行，到時亟盼一敍，如尊藏尚未出讓，或可從新商議。匆匆，不一，即請

文安

弟 志仁 敬上

五月廿四（一九八二年）

家書摘錄

羅海曼致吳秀聖信（一通）
羅孚致吳秀聖羅海星周蜜蜜羅海雷信（一通）
羅孚致吳秀聖羅海星周蜜蜜羅海沙羅海雷信（一通）
羅海呂致羅孚的信（一通）
羅孚贈羅海呂詩（一通）
羅孚致羅海沙羅海雷信（一通）
羅孚致吳秀聖信（六通）

羅海曼致吳秀聖信（一通）

媽媽：

聽到爸爸的消息，非常難過。可惜我們沒有辦法幫助他，我始終不相信爸爸是有罪的。在我心目中，他仍然是一個努力為國家工作的人。

星期日你打電話來後，我中午在電台上就聽到這個消息，昨天報紙上也有刊登這個消息，我會將報紙剪下來，影印給你們。相信香港報紙一定有很多反映，明天會到唐人街買些看。

妹妹星期日也有打電話給我，我對她說，不要因為這件事而影響了讀書和工作，因為爸爸也會希望你好好讀書，我也會盡力做好我的工作和讀好碩士課程。希望你們也不要太難過，特別是媽媽。

媽媽也不要想的太多，如果想的話，倒不如早些退休。我的打算是碩士讀完後（大概是九月），最好的是香港有公司請了我，否則的話，我也準備回香港找工作做，媽媽的生活由我來負責。雖然香港經濟不景，但以我的經驗，相信應該可以找到工作做的。

這裏的同學都很同情爸爸，王，陳等都又問候過。

最近收到這裏阿沙銀行的信，稅務局退回來一百九十九點八英鎊，儲在阿沙的戶口。

你們下月探了爸爸後，請把詳情說給我，我很希望可以去探望他！

寫到這裏，祝好！

阿B上

十七．五．八三

羅孚致吳秀聖羅海星周蜜蜜羅海雷信（一通）

秀聖、海星、蜜蜜、海雷：

十五日寫的信已想已收到了。

在收到它之前，你們當然已經聽到了我的消息。這使你們在人前蒙羞，我感到很為難過，但事已至此，悔之晚矣！

消息雖然這樣，我原來的計劃沒有改變：只要某些事情一確定，我就立刻通知秀聖、海星來北京一趟，大家在一起生活幾天，時間的長短決定予你們是否有空，在我，是沒有甚麼問題的。

我原來的生活也沒有改變，目前還是住在秀聖到過的地方，閉戶讀書，閉門思過。

我原來對你們的希望也沒有改變，不要為我的事情做甚麼，也不要對旁人說甚麼。這沒有甚麼好處，只可能有壞處，千萬要記得！安靜地等我的通知吧！

我需要的東西，除了刀片、保力定洗牙片和布鞋以外，基本上都不要買新的，帶舊有的就行了。沒有，就不必買。

通知海曼、海沙、海呂、不要為我擔心！祝

大家好！小芳雨好！

承勳

八三・五・二十四

羅孚致吳秀聖羅海星周蜜蜜羅海沙羅海雷信（一通）

秀聖、海星、蜜蜜、海沙、海雷：

明天是端午，今天看到秀聖五月卅一日的信，意外之喜，簡直有點節日的氣氛了。我一切如前，還是住在原來的地方，還是閉戶讀書，閉門思過。除報刊、書本之外，上月裏主人家又幫我買了一個袖珍收音機，日子就更不寂寞了。還是原來的打算，等某些安排一旦確定，就通知你們來團聚，看來不會需要等太多時日了。其實你們現在甚麼時候都可以來，但在某些安排未確定前，就只能像秀聖去年來時那樣，見一兩次面，一次一兩小時，如果安排好後，就可以整天在一起，幾天在一起，隨處走動了。這樣，遲些相見當然就好得多。情況就是這樣。由此你們可以想像我的情況，到時來一看、一談，就可以完全明白了。許多時候，我還是不失樂觀的。我還有些事和別的計劃，以便能以餘年報國，這是我現在的最大心願。我現在也已有些事，如聽廣播就學英文，北京台的三個不同節目我都聽。將來我還打算訂閱英文《中國日報》。我的那個小的錄音機（以前採訪新聞用的）如果還能用，帶來給我，學英文有用。那個「迷你」型三洋的收、錄兩用機能修得好，帶它來也好（就怕易壞）。要帶其一，總之不必買新的，更不要買那種大的幾個喇叭的收錄機（我替別人買過許多的那種），這不是我的需要。

海沙回來了，沒有想到。如果他請假不便，這次就不必來。以後隨時都可以來，每月都可以，甚至每週都可以來的。海沙、海雷以至於海呂，都要注意知識更新問題，不要落後，要繼續前進，以便適應祖國建設的需要，為四化貢獻力量。海呂情況，時在念中，希望她學習、生活好！如帶小錄音機，盼帶點錄音帶。空白的和錄了音的，錄音的盼有小夜曲和貝多芬各一卷，貝多芬要有第九交響曲（命運交響樂的，它不是鼓吹迷信，是鼓舞勇氣）。蜜蜜工作沒有甚麼問題吧。海星當然不會有甚麼。芳雨現在廣州還是香港？

祝大家好！

承勳

八三・六・十六

羅海呂致羅孚的信（一通）

爸爸：

很久沒有寫信了。

在研究院一年，一直很忙。這裏的生活可說是忙碌而簡單，加上在這小鎮並沒有太多的娛樂，讀書、做實驗也變成一種消遣。

這裏像一切大學城一樣，人口少，主要是學校的學生及員工。但很安靜。夏天晚上，讀書讀累了，我可以到外面走走、散散步。但由於這裏主要的是理工科，所以少了文學院所有的氣氛，一學期中仍能去聽聽演奏會或看看電影，但這裏當然不能像以前一樣聽到世界一流的演奏。

第一學期來時，很不習慣，研究院的功課十分繁重，同時由於我們要當助教，每天都要花時間準備功課。那些大學一二年級的東西很多已忘得一乾二淨，所以準備的時間也不少。學生都是工程系或物理系一二年級生，但所有的人都長得比我高大，還記得第一次進教室，實在很怕。在門外，深深吸了一口氣才敢進去。

開始時，學生看我長得細小，都問些刁難問題。但日子久了，加上我經常和她們開開小玩笑，大部份學生都很喜歡我，很多人下課來問問題。

第二學期，我修的課程沒有第一學期的難，所以自己的壓力較小。但第二學期，我要教一門「狹義相對論」的課，準備時間相當多。但由於第二學期時，一切較習慣，情緒也較穩定，雖然很忙，但時間都很容易過去。

第二學期開始後，我就找到指導教授，是一個本地出生的日本人，三十多歲，但實驗做得不錯，加上對學生很好，而且一開始就講明不會把我拿學位的時間拖太長。（這裏有些教授故意把學生拖個一、二年）當然，我主要對他所做的實驗很感興趣。

我現在做的主要是「正負離子碰撞」的高能物理實驗，是用在加州的史丹福「直線加速器中心」進行，上個月我已到那邊十天。七月中我會再去一次。等下學期把所有的課修完之後，就搬到那邊去做實驗。

我們做的是一個「高度精密分析探測儀」。就是用這個儀器來探測從高能正負電子碰撞中所產生的粒子。

我二月開始，就替教授改良一個探測儀的「光電管」，若成功後，這些「光電管」將應用於日後一個更大的計劃（或許能找出新的粒子）這些東西都要應用很多電子技術。

現在我又開始替教授做些計算，及分析實驗結果，看能否找到我們要看的粒子。

這個物理項目（高能）是物理學中最基本最尖端的一部份，雖然理論及實驗都相當難，但做起來，實在有很大的滿足感。

現在我每天早上八時到實驗室，晚上吃完晚餐後，又會到實驗室看看書，看看別人發表的論文等等。

我現在已考到駕駛牌，有個舊車開開，這裏沒車實在很不方便。

我每到週末，星期六下午便會去體育館打球。因為平時我們整天坐着，沒有一些運動是不好的。

這裏離芝加哥很近，約二小時便到。我們有時便到那裏買些中國用品，或吃一頓。

猜想你們那邊冬天一定很冷，我叫媽媽代我買一件毛衣給你。（那種較好、較保暖的）

這信讓媽媽帶給你看

阿B將回港做事，我們都會照顧媽媽的，不要擔心

祝好！

妹

六．十九．八三

羅孚贈羅海呂詩（一通）

其一

吾家有女最超群，氣邁諸兄遠進軍。
踏過英倫登普度，健雄美譽出釵裙。

其二

要闖雄關上九霄，女兒已去海天遙。
晦明晴雨終吾父，一語牽人淚萬條。

其三

最小偏憐最可人，荷衣翡翠見天真。
登山不懼黃岳險，為學定跨居里深。

海呂存念

父孚於北京，癸亥夏日（一九八三年）

羅孚致羅海沙羅海雷信（一通）

海沙、海雷：

許久不見你們了，特別是海沙，想來要比在倫敦時顯得意氣風發吧，孤獨感消失了？這個夏天見不到你們，今年冬天或明年春天見面也好，你們兩人一起來或分開來也都無妨。可惜北京遠，花錢多，如果是在廣州，那就方便多了！不過北京可去之處多，新鮮感多，這是廣州比不上的。就當一次旅遊，不算探親吧。

我的一切，你們當然已經清楚了。過去的就是那樣，事情是確實的（雖然有些複雜），性質是十分嚴重的，待遇是非常寬大的。現在的生活有如退休，可以有充份時間讀書、寫作。所不同的是，休而帶羞。只要你們並沒有因我而大大蒙羞，我也就心安一些。

你們目前的工作似乎還理想。問題是如何深造，在學術上更上一層樓，以便將來能為國家作更大的貢獻。海雷如果有條件去讀碩士、博士，那也很好，我想，大家會盡可能支持你的。海沙有甚麼打算？國家需才，香港在一九九七肯定要收回（儘管過渡時期會是特區，會較長），目光要放遠一點。你們不比我們這一輩，行將就「火」（火化），你們的來日方長，還有幾十年要活，為國立功，也可以為我這個做父親的人洗去幾分羞恥。當然，這主要還是我們每一個人都有為國家的振興而善盡自己的力量。在香港不能不講錢，但我們不應該只看到幾個錢，一份優厚的薪水。

說到錢，我也得講一下，就是在沒有改變目前你們收入較好的情況下，希望你們兩人每月支持我港幣合共三百元，海沙二百，海雷一百，這樣就可以有差不多八十元人民幣之數，也就是我目前由公家給的生活費的數目，我就很鬆動了。這對你們，負擔不會大，正是考慮到負擔，就不向海星要了。這是希望，不是勉強。八十元一月，在北京不少人還沒有呢，何況房租等我又不必付。我的經濟情況就是沒有你們的支持也是毫不緊張，至少有中等水平的。沒有想到會向你們開這個口，我一直以為，自己晚年也可以自食其力，用不着你們出力，誰知出了巨大的變化，把我的老境和晚景改變了。上次媽媽和海星來時，海沙已經花了不少錢，海雷也花了，欣喜受之，也不是沒有感慨的。

我已經比較熟悉了這裏的環境，也習慣了獨居的生活，並不感到日子難過，相反，儘管沒有做甚麼工作，只不過看報、看雜誌、看書、看電視，卻還是感到時間不夠，一天很快又過去了。身體也還好，不覺得有甚麼不妥。所以如果你們認為媽媽留在香港的時間長些，對你們的生活更有好處，而她也可以有時去看看朋友、去喝喝茶，她是不妨把五分之三的時間留在香港，五分之二的時間來北京住的。不一定平分，也不一定京多於港。總之你們研究吧。

海沙女朋友的事怎麼樣了？海雷還不需太急，我是說不需「太」，不是說一點也不必「急」。

祝好！

爸爸

十九・八・八三

羅孚致吳秀聖信（六通）

第一通

秀聖：

……昨天是立冬，這兩天真的冷了。昨天試了暖氣，今天繼續有，可能就這樣開始，不再等這個月十五的規定日期。

此刻坐在窗前寫信，陽光照在身上暖和的像是春天，只有窗外的風不時呼嘯，在發出冬天的聲音。上午在靠窗的桌子看書寫東西，是一種溫暖的享受。

……

前不久，麥煒明來京開會，打電話找我，我去北京飯店和他見了面。沒想到，他居然送了成十件禮物，除了一盒美國糖是周錫坤送，一瓶多種維他命丸是韓中旋送以外，其他都是他送的。有一瓶X.O.軒尼詩，他說在火車上共花了二百六七十港元，我後來看北京飯店定價是二百八十多外匯券。還有積架羊毛衫、曲奇餅、瑞士糖、雪褥、星洲橘餞、刮鬚刀、朱古力麥餅，以及牙刷。看來要花五六百元港幣。他現在月入兩萬元，這點錢當然不算甚麼。不過我往日對他也不怎麼樣，雖然在他離開報館後，東奔西跑時幫過他的忙。他能這樣，倒是出我意外。他也並沒有甚麼要求，只是替《信報》拉拉稿而已（他現在《信報》做國際版編輯，寫兩個專欄，還兼《成報》主筆等），我說過了明年中再說吧。當天晚上他看完戲後，又來雙榆樹坐到過十一時。第二天上午我去新鴻基取報，又在北京飯店門口碰到許燊，親切招呼，誠懇談話一番，我由於不想碰到張晴雲他們，談了十分鐘就去坐電梯了……

麥煒明回來後沒有說甚麼，寫甚麼吧，我囑咐他不要寫甚麼。

從麥煒明和其他一些人使我感到：對人、對事，都要留有餘地，也許有那麼一天，你需要用得着人家的。我以前怎麼可能想得到，有朝一日要領麥煒明這樣多的情呢。

……

最近忙於編書，看那些剪報和舊書並非不花時間。忙完這些，才可以着手別的事。昨天周健強來，談起范用被動員申請離休，對他是一個打擊。此君退了就實在可惜！但有人是不滿他的。

……

你就放心過了春節再來吧，我爭取到廣州過春節。

承勳

八五．十一．八

第二通

秀聖：

……我已經提出到廣州過春節的試探，也許幾天以後就有答覆……

黃苗子的對聯終於寫了，已經連黃永玉的畫一起送裱。新年以後可以拿回來補牆面的空白。此刻，是小畫家羅芳雨的三幅作品在「霸住」。

黃賓虹的三畫一字我都記得。不過，恐怕不容易賣好價錢，尤其是字（它還是匡叔送的）。我不明白你何以忽然想到賣畫，如非有固定用途或甚麼急需，我意可以暫時不動它們。如需要一些錢，不如乾脆割愛，把那幅最大的《閩江舟中》賣去算了，那也許可值十萬八萬。至於這幾件，恐怕賣不到一件五、六萬，字恐怕連萬也夠不上。不過，我於目前的書畫行情已是隔膜，說不準。還是聽肥佬的吧。既然是託朋友，就不好要收條，除非他主動寫，否則就變成不信人家了。我以前就從來沒有要過收條。我想，肥佬應該是夠朋友的，不必存疑。但我重複上邊的意見，如非很必要，最好不賣；要賣，就忍痛賣《閩江舟中》吧。

……肚量大些，就不必計較人家一時一刻的態度。

正是這樣，這次見了葉中敏。在范用那裏，一見面我就對她約法三章：不寫、不講（只對她母親講，因託她問候）、不談「本案」直接和間接有關事（意思是不讓她為往事難啓齒）。那天范用請客，有黃苗子、吳祖光，在吳祖光做董事長的東大橋利康烤鴨店吃午飯。菜多得吃不完，最後退了烤鴨，也還是吃不完，儘管有個大漢司機。她送了一瓶白蘭地、一大盒意大利朱古力和一條茄士咩圍巾。由於那天沒有好好談，昨天我們又見了一次，談她母親的事（出書及其他），她談報館漸成某家天下，不在其位，不謀其政，我主要是聽，而並不「妄議」。

……

承勳

八五．十二．二

第三通

秀聖：

……至於爭取鬆動，這一陣想到的只是查，昨晚忽然又想到，也許黃永玉也是適當人選。他認識的人中，可能還有人是有影響力的人士。

到今年七月，一是刑期已滿三分之一——三年半了；二是剝奪權利已結束——三年過去了，這是時機，可以說此人現狀良好，是不是可以進一步寬大對待，減刑、釋放，化消極因素為積極因素，讓他餘年還可作些有益的事情。類似的話說到這樣就差不多了。

查或黃願説話，當然都好，都願說話，那就更好。話說在六七月前，讓有關方面有時間考慮，較為適當。

由你們家人請託，而不說我意如此，以免萬一不成，我也不致有甚麼被動。黃和查的為人不同，對他多請託幾句無妨。在查面前，話要說得適可而止；不要給他一個苦苦哀求的印象。他如推辭，那就算了。至於要書的問題，不過是借來做引子即已，但他如送，自然仍是收下，帶來了，總不成拒絕不要。如送別的，不是貴重之物就收，太貴或送錢，就還是不要。

找查也可以通過老表[85]，談也可一起談，但不是由他代表講話，話還是由你們講。

這事最好和海星多研究一下，他能參加去談更好。至於和黃永玉談，他當然要參加了，既然和黑蠻已經這麼熟，要同作米蘭遊，是吧？

這事就這樣辦，你們看如何？

承勳

八六．一．十四

第四通

秀聖：

……信裏談到逆境問題，因人家買了樓而引起的感慨。我的看法是，就我總的來說，是處於逆境，但目前情況，卻是逆境中的順境，是可以滿意的，儘管還想爭取更好的境地。就你來說，無所謂順逆，但我們兩人合起來，也可以說是逆境。至於子女們，應該說都是處於順境的，是相當可以滿意的了；而且他們的順境，減輕了我們的逆境的不便之處。整個家兩代（或三代），總的來看，順境是主。因此，無須太多感慨

85 老表，指易錫和。

了，看得開些，甚至可以無須感慨。這不是故作達觀，事實不是這樣麼？

至於住的問題，有樓當然好，沒有樓而有住，住得起，那也還是好。我現在雖然是沒有這能力，但從心底並不羨慕有樓之人。樓也是帶不走的東西，就算有了我們也住不了多少年。子女爭氣，基本上還能照顧老一輩（不說甚麼孝順不孝順），那就比有樓還好。我對這一現狀也是基本滿意的。

……

承勳

八六．二．三

第五通

秀聖：

……至於查良鏞，找得勉強，也可作罷。不太勉強，最好海星和你一起去，說你們感到刑期已過三年，剝奪權利七月，也滿三年，有沒有可能爭取到更好的待遇——減刑，提早釋放回家。而且要請他考慮，他不方便提，有沒有條件提。不便，就不必勉強。怎麼提，用甚麼理由提，他當然懂得。總之，還是強調這是你們家人的意思，不是我的主意。去提，也不要顯得你們低聲下氣，委屈求人，也不要讓他感到洋洋得意。順便就要書，要他自認最得意的一部，要簽名本，但不必題上款。他如不提《明報月刊》文章的事，就不要主動提，但他若提到，就要承認有其事，否則他會認為這也瞞他，就不夠朋友了。……

承勳

八六．二．四

第六通

秀聖：

海星的事按理應可獲得從輕的處理，但事情有時也很難說，我們只有等待好的，準備萬一出現不太好的結果。

陸大聲來信，提到顧老的事，說顧老讚你的女兒是非常好，附原信，讀了可以高興一陣。四月他來時，少不了要去見見他，招待大概就用不着了。海呂來電話可以告訴她。

包立民收到許禮平《名家翰墨》三百二十七元稿費，託你收下替他存起來，那支票背後蓋了章，不知道這就可以收到錢或轉賬到你名下？如不行，就要還給許，可郵寄或送交，翰墨軒就在利園酒店對面，可先電話聯繫，電話是（略）。

給陳文統的信及表格便中盼轉去。

小芳今天總算在元宵前一天回來了。冷了幾天，天又漸暖，但說不定幾時又春寒。這個冬天基本上還沒下過雪。在港住的不合適，早些來也未嘗不可（最好的時間是四月下旬或五月初）。只要海星的事情有了分曉，你就可隨意行動。他如能回港，當然就需要過一段時間，幫他安排一下今後的打算，不宜他一回去不久你就來。如果另外一種解決，暫時還不能回去，那又是另一回事了。春寒，無非多穿幾件衣服，不至於冷得太不好過。

前幾天一不小心，在不知不覺中忽然感冒，好幾天了，還有些餘尾。

高力回來，路過岳陽時住了幾天，又帶來臘肉、臘魚。正好分了一大部份給舒、張二家。舒家收到澳洲臘腸、肉鬆，老太爺邊吃邊說何必寄這些來。這些是唐人街出品，味道也還可以。

除夕那天潘太佳紅帶來了一個鬼仔，到舒家吃週年飯，北大研究生，美國人，是她的學生，跟她學二胡。黃莉莉似乎有興趣。

初二李光詒來，結果和他去吃了胡邦定、許志文一頓。

劉國筠今天來過電話。

祝好！

承勳

九一．二．二十八

附錄

羅孚先生所藏信件中，有三通信札暫時無法確定作者。這三通信札正文字跡清晰，唯寫信人的簽名暫無法辨認。考慮到信中內容的重要性，將這三通信札以附錄形式列出。

第一通

承勳兄：

年來我因冠心病嚴重，一直出不了屋，與老友也無法聯繫。前些日子堯如兄來，三十年來又得會面，高興可知。承你介紹蕭銅同志，相見甚歡。攜來打火機，當作紀念。書已收到，將來用書信體，還是寫成文章寄你，形式尚未定。時間也得稍後，因為最近我病又稍加頻繁，影響思路。如有可能，盼託人給我帶一架輕便小型電子計算機來，因為我唯一的女兒鍾洪考上大學，我答應送她的，她今年十七歲。寄上桂林時代照片及全家照片，以為紀念。下次再談。

此致敬禮

一九七八年十一月廿八日小雪

*

老友李白鳳遺作，盼能發表。香港三十年代新詩選入他的詩，特告。

第二通

承勳兄：

別後未嘗通訊，但時在念中。

茲寄上國畫「王昭君」，乃劇中之「單于與昭君」。最近「王昭君」來港演出，故我先行寄上，希以見報。作者乃北京人民藝術劇院舞台設計師鄢修民先生之近作，亦當今之卓著畫家也，專此敬候　福祉！

八月廿七日

**

第三通

史復兄：

您好！

日前奉拙稿，料已到。

文中稱八週年，人在八五年逝世，當誤；

又「聖彼得堡」一名，其時已改為「彼得格勒」。已非初名，請都改正，匆匆寫就寄出，請諒草率。

何達兄入律敦治醫院，似頗重，不易識人。

中英爭吵李光耀也來插嘴，挑撥弄火，中英皆應嗤之。其實爭吵一遍之後，終會無事的。言督促北京走向民主化的「陰謀」，不知乃是「陽謀」，十分公開表明者也。但北京一聽到「陰謀」字樣，少不免想到上下一百五十年矣。「不知言，無以知人」，北京當知李乃一大壞蛋耳。

所謂「此時此際」者，當是今日之事也。若論述「陰謀」說，便會大誤矣。

匆此　即頌

文祺，並祝新禧

弟*拜

一九九二·十二·二十四

後記

羅海雷

第一次找到父親朋友信札應該是在二〇〇九年父親小中風以前，當時是系統整理父親書房從美國幾年前帶回來還沒有開封的箱子。那一次意外收穫了周作人的信札、手稿，再加上巴金等外七八位朋友的信札。還記得父親蠻有興趣看了周作人的信札，對他來説周作人的墨寶真是百看不厭。從此以後，整理父親資料時，信札和字畫收藏也都成為我保護羅家文物的重點。

二〇一二年白先勇在香港召開新書「父親與民國」新書發佈會，當時父親出入要依靠輪椅，但他依然報名參加廣西老鄉的兩個活動。剛好那幾天我在香港，活動當天上午我一如既往的抽空進行資料整理，這次印象特別深，因為找到的一批信中包括了老朋友洪遒在改革開放初期的兩封信札，信上提到父親關於白先勇的評價。我把信給父親看了以後，還特別問晚上是否帶給白先勇看看？記得父親很乾脆説「不要搞搞震！」，確實信的內容，現在看來是有點不合時宜。

到了二〇一二年底，信札整理已經五年時間，我覺得整理已經初具規模，這時我手上大約有五十多人接近一百五十封信，還有父親的家書八封，能夠想到的老朋友、老同事例如徐鑄成、聶紺弩、曹聚仁、金庸、梁羽生、范用信都找到。在整理過程中我還找到父親在北京十年的全部日記。雖然不少來的信我只是看懂了一半也不到，但我已經開始感覺到這些信札是有史料價值。我初步整理了七個分類；分類的第一批是國內文化人信札，裏面除了周作人與巴金的信，還包括了聶紺弩、曹聚仁、黃苗子等老友的信札，這些人大都有不太尋常的人生經歷，在幾十年間通信中會不經意流露出對人生感悟；第二批是《大公報》老同事，這裏包括徐鑄成、蕭乾、查良鏞、梁羽生等信札就更有看頭，各人都是同一背景出身，但在歷史的轉折點上由於不同選擇，命運落差就更有可比性；第三批是是來自北美華人學者和國際友人，這印證父親在七十年代改革開放前，陰差陽錯地參與對美統戰工作的經歷，學者楊慶堃的信更詳細說明北京統戰海外知識分子可以得到兩個好處；第四批是包括了董橋和小思的香港文化人，與他們兩位是從七十年代開始交往，在三十多年過程中，父親保留了董橋十七封和小思十一封信，分別是來信排行第二和第五位。要知道在改革開放以前香港左右派是針鋒相對、壁壘分明。由於通信雙方都是熱愛中國文化，大家拋棄政治成見，共同語言就可以找到，這裏面還有一個特別的寄信人，社會活動家司徒華，他與父親其實有很多共同點，其中一點，兩人都是清朝詩人龔自珍的粉絲。第五批是父親八十年代在京交往的新朋友，其中最用功就是范用，范的來信是排行第一，有十八封之多，他也是八十年代北京知識界「三個甚麼都不怕的人」。第六批是藝術家的信札，其中世紀老人林風眠與尹瘦石信都是有趣味性的。最後一批就是父親給我們的家書。

二〇一三年三月父親終於不反對出版他的友朋信札。父親一直以「沒有甚麼意思」來打發回我的出書提議，我告訴他一些「有份量的朋友」也覺得「有意思」。當時我已經開始認識到下一步錄入和注解的工作量巨大，但真沒有想到困難這麼大，一搞也是一個六年，最終整理了超過十一個分類、二百多人的五百多封信。這裏面有很多人需要感謝，包括身處在北京的編者高林，他們在錄入、分類、範例標準化、本文校勘、注釋和本事考證等方面做了很多工作。學者小思協助辨認不少香港文化人信札，大大增加這方面的內容。還有我與通信人本人或家人進行溝通說明並交換收藏信札，這裏面要感謝有周吉宜、周健強、沈昌文、葛原、汪家明、王志軍等都提供了父親當年寄出信的複印件，還有之前一些朋友提供父親信札複印件。最後還需要感謝香港圖書館與香港中文大學圖書館也提供了父親當年捐獻的信札複印件。

值得一提是這五年新增加的信札裏面有不少史料價值，我這裏舉幾個例，一是梁漱溟在一九七五年的信，這封信應該是通過王益知轉的，由於沒有上款不確定此信是否給父親，但明顯是寫給香港的朋友，信中提到他在批林批孔期間的堅持；二是一九八二年白樺的信雖然只是短短的幾行，但由當事人說出來的話有着不一樣的意義；三是作為讀者的千家駒在九十年代寫的幾封信提供了大量信息；四是查良鏞的第一封來信證明了傳聞已久雙方合作的關係，雖然信沒有年份但信紙地址是《明報》五十年代後期剛成立的辦公室，要知道《明報》是查先生的，但《大公報》是國家的，這樣的合作如果沒有得到上級部門甚至廖承志的默許，很難想像可以開展；五是改革開放後新華社香港分社社長王匡的兩封信也是值得細看的；六是幾封報館同事的信，可以感受到父親在報社工作的一直以來所受到的壓力，最後是一九九一年陸鏗從美國的來信，如果不知道來龍去脈，根本不可能想像到信背後轉遞的信息，這符合我家一直以來說法，為海星關說不止是英國一方面的力量。

在多年資料整理行動中，我發現了父親兩個規律，一個特點是北京十年期間，父親在高興時或重大日子就喜歡以詩抒發感情，在他的日記本首頁就用一首詩記錄了他得到假釋那一刻心情，但用宣紙寫的詩我就只找到了兩首，第一首是一九八七年因為得到批准可以與藍真夫婦同遊北京兩天時有感而發的，看來得到同志的認可在父親心中是非常重要的；另外一首就是一九九一年收到陸鏗來信談到海呂見到旅居美國的學者顧毓琇的反應，父親馬上向母親報喜時又以海呂為由創作了一首詩，我也由此慢慢打開這個秘密，就是請他幫忙關說海星一事。

父親另外一個習慣就是重要的來信都盡量保留信封。在二〇一七年中，我作最後努力把一批無法辨認信給朋友看，其中一封短的信由於保留了信封是辨認重點，最終是周寧辨認出是沈從文夫人張兆和的來信，這封信還有一個特別意義，是寫於一九八九年五月二十四日北京崇文門家中，短短幾句話，就把人帶進歷史重大的時刻。

通過前後十年信札整理出版過程，我對於信札認識從鑒賞名人墨跡開始，更發現從閱讀中可以領略到彼時社會的思想折光，感受這些無聲紙墨之中包藏着的時代衝突和思想裂變。父親由於他的經歷之「奇」，涉獵範圍之廣，更令其信札加上了不可多得的文化價值和史料價值，希望這本信札能夠給有心讀者在挖掘和解讀過程找到我感受的樂趣和感悟。

周作人的幾封信

羅孚

手邊存有周作人的十四封短簡，一封是一九六五年的，兩封是六三年的，其餘十一封都是六四年的。主要是談寄稿、寄稿費的事，只有一封略略談到對他的文章批評意見的反應。那好像是談《知堂回想錄》的。

五、六十年代我都在主持《新晚報》，一段時間還替《文匯報》編《文藝》周刊。當時周作人通過曹聚仁的關係，向我們提供稿件，我就分別刊登在《文匯》和《新晚》的副刊上。《新晚》在一九六四年還連載他的《知堂回想錄》，只登了四十多天，北京就有命令下來，把它腰斬了。

周作人當然頗為重視他這晚年力作，希望聽到一點讀者的意見。我可能是如實寫了一點告他，認為文章不如他《談龍》、《談虎》、《雨天的書》那麼吸引人，實際是說光采不如從前了，他在回信中因此有「其實拙文之不好，並不自今日始，即如『文抄公』的批評，即前此『夜讀抄』時候，亦已眾口一詞矣」。語氣間自是流露着不以為然。其實這只是我自己的意見，把它當成讀者意見反映，當然，我也是讀者，不過是比一般讀者更早讀到那些作品的讀者。

至於「文抄公」，卻不是我說的，儘管我有時也感到他晚年的文章有時抄書過多。但一來他抄的書我多沒讀過；二來是高手才不會笨拙地抄，而是抄得有學問，略加三言兩語，就可畫龍點睛，於讀者有益；三來是這一抄一按，也自有他這高手的趣味。因此，就是抄，也抄得不同凡響的。

信中提到的朱省齋替我向他索取書法，他寫開的一冊頁至今還由我保存着。寫的是他所作的一首古體詩，題語說：「癸卯年秋日，寫和胡逸民贈詩，倒用原均，係戊子年作也。」癸卯是一九六三，戊子是一九四八，作詩時作者正在南京獄中。詩是五言，「我非隱居士，岩阿事幽討。私意重事功，空言非所寶。

最喜禹與稷，尊崇過孔老。荼苦固當然，花開亦復好。所重在秋實，此意長在抱。於人苟有益，榮辱焉足道。廿年事筆墨，聞道苦不早。力行不中程，憂心常慅慅。自慚蒲柳姿，何敢慕芳草。不如稊與稗，百姓得半飽。」詩意平實可喜。「荼苦固當然，花開亦復好」，自然有味。

翻查了一下《知堂雜事抄》，正外編中都找不到。莫非是一首佚詩？

手邊這些，信封多於信，顯然是其中有些封是只寄稿未附信。信封上不是蓋有「北京新街口八道灣十一號周啓明」，就是蓋有「北京新街口八道灣十一號周寄」的藍墨水印。信紙多是八行箋，偶然也有一二畫箋的。

節錄自《華僑日報》文廊，第七十三期，一九九四年四月三日。

重讀查良鏞與父親信札有感

羅海雷

父親保留的信札中，我們整理了五百六十二通，涉及寫信的相關人士有二百零八人。平均每人少於三封信。而查良鏞就有七封（六封給父親，一封給母親）。除了一九五九年的那封談公事，其他都是寫於父親「北京十年」期間的信。其實我一直在想他們兩人是相交逾一甲子的老同事，但在九十年代以前沒有甚麼公開的往來，兩家之間更沒有任何的交往，並不像我們平常理解的朋友；和父親與因為統戰關係相交而變成朋友的個案也不太一樣；究竟他們能否定義為朋友？如果是朋友，他們的交情是屬於哪個層次？重讀這些信札之後，我領悟到他們在那個動盪的時代的交往，產生不同於世俗的友情。

跟查良鏞相交六十年的著名作家倪匡，做過他的下屬，也是他的好朋友。他對於查的評價是：「一流朋友，九流老闆。」也是在《明報》工作過的吳靄儀的評價是：「查良鏞是一個很複雜的人，很深沉的人，……。」但很少人提到他與《大公報》老同事的起起落落的微妙關係。查良鏞是一位很自負的人，他晚年也承認人生兩大契機均來自《大公報》。那裏曾經有一幫聰明的、志同道合的同事、朋友，一起工作、作詩、打球。後來雖然離開了，但關係還是有延續。但經過一九六三年《明報》與《大公報》「核褲大戰」的筆戰和特別是「六七暴動」時查良鏞被左派激進分子列為六大漢奸之一，人生安全受到威脅，他為此還曾離港一段時間遠離風暴中心。據説，他的大女兒還因為在外地生病時，沒有得到及時治療，影響了聽力。這兩件事嚴重影響了查良鏞與《大公報》老同事之間的關係。

父親曾經是查良鏞的同事與上司，後來變成友好的同行，慢慢由於時局的改變，變成陌路人，然後又秘密恢復聯繫，互相交換資訊與時局觀點，一直到八十年代初。根據我的考察，看來最晚是在一九七一年下半年，查良鏞通過父親恢復了與《大公報》，即是與左派的聯繫。但由於雙方的傷口都太深，七十年代很長一段時間，父親與查的來往還是私下不公開的。我曾經問過父親在《大公報》與《明報》的筆戰中，是你勝還是查負？父親的答案真是出乎意外，他說他從來沒有和查筆戰過，那些筆戰文章沒有一篇是出自他的手！應該說從一九四八年開始，父親與查，雙方是知根知底，互通資訊、互相佩服的同事、行家與朋友。

一九八二年父親的人生出現了一個戲劇性的改變，簡單來說就是從香港的高峰跌倒在北京的低谷。一九八三年重新在北京以「有罪之身」出現，他為自己訂立與以往朋友來往的原則是「人不找我，我不找人」，以免自討沒趣。重讀這些信札，雖然發現這段時間父親盡量不求人，但居然為了大哥海星和自己的事，先後三次，而不是一次請求老同事的幫忙。很早就知道在一九八四年，大哥海星請查良鏞為他申請香港貿易發展局中國區首席代表職務時提供推薦信，當然事前是經過父親的同意。我的理解是，如果不是查良鏞表達的善意與行動，父親不可能一次又一次地請求幫忙。查在「北京十年」的幾封信摘錄和注解如下：

一九八六年給母親的信

秀聖大姐：

近來得悉承勳兄生活安定，十分欣慰。……二月十八日下午三時至六時之間，任何時候歡迎你和海星到報館（七樓）來坐坐，藉以獲知你全家近況。我在報社恭候。

此請

近安

弟 良鏞 謹上

八六・二・四

一九九〇年給父親的信

承勳兄：

接奉大函，如親對故人，知近況已有改善，十分欣喜。唯對海鮮事深為懸念，唯盼當局能從寬處理。我見他從小長大，遭此變故，關懷殊殷。……

平安

秀聖大姐問好

弟　良鏞

一、廿

一九九二年給父親的信

承勳吾兄：

自別以來，即在夢魂之中，亦曾多次相見。雖不能說「無日不思」，但肯定每月必有數度憶及。來京十餘回，均恐累及，未來謁訪。今後大氣候日佳，相晤之日匪遙，念及殊以為喜。……

海星之工作問題，弟自放在心上，在倫敦時曾與BBC中工作人員談及，惜目前英國經濟不景，BBC裁員一萬人，添聘新人恐頗不易，或當在港安排。海星夫婦為人厚道熱誠，工作負責，必有後福。

北望京華，誠祝

諸事順遂，身心安康

弟　良鏞

四月十日

一九八六年父親刑期已滿三分之一之際，他希望通過老朋友查良鏞和黃永玉向有關方面爭取「寬大對待，減刑、釋放」。但一封家書還記錄父親給母親的特別提醒：「黃和查的為人不同，對他多請託幾句無妨。在查面前，話要說得適可而止；不要給他一個苦苦哀求的印象。他如推辭，那就算了，至於要書的問題，不過是借來做引子而已，但他如送，自然仍是收下、帶來，總不成拒絕不要。如送別的，不是貴重之物就收，太貴或送錢，就還是不要。」有一事母親記得和清楚，在一九八四和一九八六年與查良鏞在見面時，他不止一次提到在上世紀六七十年代，父親是少數願意與他繼續來往的老同事。

一九九〇年的信提到海鮮，這是海星小時候的名字，他此時因為「黃雀行動」被扣在廣州。《明報》很有心的做了幾次專題報道，起碼給了家人很大的精神支持；另外翻看記錄，父親在一九八六年二月到一九八七年十月以筆名程雪野在《明報月刊》發表了二十篇文章，這些事情應該都代表了查良鏞的態度。從八十年代開始，他雖然已經成為北京的紅人，但不影響他憑着良心做報紙的原則。我前幾年看到父親向母親的提醒就覺得怪怪的，這樣還算是老朋友嗎？現在慢慢看懂了，與查先生交往就好像是跟他對弈，需要有相等的智慧才可以成為朋友。但陶傑特別提醒我，二〇一二年雖然在自己身體已經不太理想的情況下，查良鏞還出席了眾多朋友和老部下為父親舉辦的九十慶生會，這算是很夠朋友的舉動！

《明報月刊》二〇一九年一月

書中相關人士簡介

二畫

卜少夫　作家、新聞評論家、報人。曾任台灣當局駐香港代表。

三畫

千家駒　經濟學家、社會活動家。

四畫

巴　金　作家、翻譯家、社會活動家。曾任《收穫》主編、中國作協主席。
孔　筱　政府官員。曾任國務院港澳辦副主任。
公　劉　詩人、作家。原名劉仁勇。
尹瘦石　畫家。
文潔若　作家。蕭乾夫人。
方寬烈　香港詩人、收藏家、文史專家。
戈寶權　翻譯家、蘇聯文學專家。
王　力　語言學家。北京大學中文系教授。
王　津　曾任香港《新晚報》要聞課副主任。
王　匡　政府官員。曾任新華社香港分社第一社長、中共港澳工委書記。
王　浩　數理邏輯學家。洛克菲勒大學數學教授。
王文彬　記者、編輯。曾任重慶《大公報》經理、重慶市政協副主席。羅孚同事。
王益知　文史學者、社會活動家、書法家。中央文史館館員。曾任章士釗秘書。
王觀泉　美術史學家、作家。陳獨秀研究者。

五畫

田　蔚　王匡夫人。
白　樺　劇作家、詩人。曾任上海市作協副主席。
包天笑　報人、作家、翻譯家。一九四五年後定居香港。
左冠輝　香港作家、畫家。
司徒華　教育工作者、社會活動家。

六畫

冰　心　作家、詩人、翻譯家。
亦　舒　香港作家。倪匡之妹。
艾　蕪　作家。
全如珣　龍繩德夫人。龍繩德，龍雲之子。
牟潤孫　學者、教育家。香港中文大學歷史系教授。
朱仲麗　作家。王稼祥夫人。
朱襲文　廣西文史研究館館員。羅孚中學老師、學者朱蔭龍之侄。

七畫

余秋雨　學者、作家。
巫寧坤　作家、翻譯家。一九九三年後定居美國。
杜　宣　作家、詩人。曾任上海市文聯副主席、上海市作協副主席、上海市劇協主席。
杜運燮　詩人。馬來西亞華僑。曾在香港《大公報》、《新晚報》工作。
沈　峻　丁聰夫人。
沈昌文　出版家。曾任三聯書店總經理兼總編輯。
何永沂　詩人、醫生。中華詩詞學會廣東分會副會長。
何滿子　作家、詩人。上海古籍出版社編審。
吳泰昌　作家、文學評論家，曾任《文學報》副主編、顧問。

吳祖光　學者、戲劇家、書法家、社會活動家。

李　今　文學評論家、曾任中國現代文學館編研室主任。

李一氓　政府官員、詩人、作家。曾任中顧委常委、國務院古籍整理出版組組長。

李子雲　作家、文學評論家。《上海文學》副主編。

李中申　李輝英之子。李輝英，作家。

李成俊　報人、社會活動家。《澳門日報》社長。

李光詒　編輯、記者。曾任北京《大公報》副總編輯、《中國財貿報》副總編輯。羅孚同事。

李何林　文學評論家。北京師範大學教授、魯迅博物館首任館長。

李慎之　哲學家、社會學家、國際問題專家。曾任社科院副院長。

李暢培　重慶《紅岩春秋》主編。

李駱公　書法家、畫家、篆刻家。曾任桂林書畫院院長、廣西書畫院副院長。

李鵬翥　《澳門日報》副董事長兼總編輯。

李鐵錚　國際法學家、國際關係學家、外交家，無黨派愛國人士。

李鑄晉　藝術史學家。美國堪薩斯大學藝術系主任，穆菲講座名譽教授。

八畫

金堯如　作家、詩人、報人。曾任香港《文匯報》總編輯。羅孚在香港新聞工作直接領導、好友。

屈志仁　藝術鑒賞家、博物館策展人。香港中文大學教授、中國文化研究所文物館首任館長。

邵燕祥　作家、詩人。

邵濟群　邵荃麟、葛琴之女。

林　鍇　畫家、書法家、篆刻家、詩人。

林平衡　曾任《新晚報》記者，羅孚同事，其後任《蘋果日報》副社長至退休。

林風眠　畫家、藝術教育家。

周作人　作家、文學理論家、評論家、詩人、翻譯家、思想家。新文化運動代表人物。

周海嬰　魯迅之子。

周健強　北京三聯書店編輯。
周清霖　上海學林出版社編輯，羅孚編《聶紺弩詩全編》一書責任編輯。
周策縱　紅學家、歷史學家。美國威斯康辛大學東方語言系和歷史系教授。

九畫

洪　遒　電影評論家。曾任珠江電影製片廠廠長。羅孚早年在香港從事文宣工作的戰友、好友。
柯　靈　作家、文藝評論家。
柳木下　香港詩人。原名柳慕霞。
侯井天　聶紺弩舊體詩研究者。山東離休幹部。
查良鏞　作家、新聞評論家。筆名金庸。香港《明報》創辦人。羅孚同事。
保宗慶　曾任香港《大公報》總務課負責人。後定居加拿大。羅孚同事。
冒舒諲　作家、記者。中國人民銀行研究員。冒鶴亭之子。羅孚在北京居住期間鄰居、好友。
姜德明　編輯，藏書家。曾任《人民日報》文藝部編輯，人民日報出版社社長。
施蟄存　作家、翻譯家、古典文學研究專家。
范　用　出版家。曾任人民出版社副總編輯、三聯書店總經理兼總編輯。
范　泉　作家、翻譯家、詩人。曾任上海書店總編輯。
郁　風　作家、畫家、社會活動家。黃苗子夫人。
郁　雲　作家。郁達夫、王映霞之子。
胡石如　學者、社會活動家。曾任美國斯坦福大學教授。
胡菊人　香港作家、報人。《百姓》半月刊出版人、主編。
姚　克　翻譯家，劇作家。本名姚莘農。
姚　拓　馬來西亞華文作家、書法家、出版家。
姚雪垠　作家。
姚錫佩　文史專家。魯迅博物館研究員。

十畫

草　明　作家。

夏　易　香港作家。原名陳絢文。

荒　蕪　詩人、作家。

凌叔華　作家、畫家。

高凌珠　簡幼文夫人。

馬國亮　作家、報人。

徐鑄成　報人、記者、新聞評論家。曾任桂林《大公報》總編輯，羅孚稱他為「業師」。

翁靈文　香港作家，曾任香港電視廣播有限公司公關部主管。

秦　似　作家、語言學家。本名王緝和。語言學家王力之子。羅孚同鄉。

秦　牧　作家、編輯。

徐　盈　記者、編輯。羅孚在重慶《大公報》的同事。

徐　淦　香港作家、編輯。

倪　匡　香港作家。

倪子明　出版家。曾任三聯書店總編輯。

唐振常　歷史學家。曾任上海市社科院歷史研究所研究員。羅孚在重慶《大公報》的同事。

唐澤霖　出版家、企業家。曾任港澳工委宣傳委員。與羅孚共同創辦《海光文藝》。

袁　鷹　作家、詩人。曾任《人民日報》文藝部主任。

袁水拍　詩人、作家、編輯。曾任上海《大公報》編輯。文革期間曾任文化部副部長。

袁步雲　漫畫家、電影人。

袁良駿　文學評論家。社科院文學所研究員。

十一畫

啓　功　書法家、古典文學研究專家。北京師範大學教授。

梅　子　香港《城市文藝》主編。任香港三聯書店編輯時期，為羅孚著《香港文叢·絲韋卷》責任編輯。

梅　志　作家。胡風夫人。

郭雋傑　古典文學研究專家。北京物資學院教授。陳邇冬之婿。

曹聚仁　記者，學者，作家。一九五〇年後定居香港。

崔蓉芝　作家劉宜良（江南）夫人，後為陸鏗夫人。

莫德光　書法家、教育家。羅孚同鄉。

陸　某　名不詳，新華社香港分社宣傳部門負責人，具體身份不詳。

陸　鏗　作家、報人、社會活動家。號大聲。曾任香港《百姓》半月刊社長。

陸　灝　上海《文匯報》編輯。曾任《萬象》主編。

許良英　科學史家、社會活動家。

許禮平　香港書畫收藏家、出版人。

許覺民　文學評論家。曾任社科院文學研究所所長。

梁上苑　政府官員。曾任新華社香港分社副社長。

梁良伊　香港《新晚報》記者，筆名梁依。高學逵夫人。羅孚同事。

梁宗岱　詩人、翻譯家。

梁愛詩　香港律師。曾任香港特區政府律政司司長。

梁漱溟　哲學家、教育家、社會活動家。

張友鸞　報人、作家。曾任上海《立報》和《新民報》總編輯。

張向天　香港作家、詩人、文藝評論家。

張兆和　作家。沈從文夫人。

張亞冰　離休幹部，羅孚參加重慶地下黨活動時的戰友。

張定和　作曲家。張允和、張兆和、張充和之弟。

張敏儀　香港政府官員。曾任香港電台台長、政府廣播處長。

張超群　香港書畫鑒定家。筆名起君。羅孚在香港《新晚報》的同事。

陳　凡　作家、詩人。曾任香港《大公報》副總編輯。羅孚同事。

陳　模　作家。曾任北京市作協黨組書記。「孩子劇團」成員。

陳子善　作家、文學評論家。華東師範大學教授。
陳文統　作家、詩人。筆名梁羽生。羅孚同事、同鄉。
陳丹晨　作家，文藝評論家。曾任《光明日報》文藝部負責人、《文藝報》副主編。
陳君葆　學者、教育家、宗教哲學家、社會活動家。
陳秉昌　書法家、篆刻家。
陳松齡　出版家。前香港天地圖書公司董事長。
陳惜姿　香港《壹週刊》編輯。
陳偉球　羅孚在重慶的《大公報》同事。曾任《工人日報》編輯。
陳邇冬　古典文學專家、詩人。曾任人民文學出版社編審。羅孚同鄉。

十二畫

華君武　漫畫家，社會活動家。
馮　葉　畫家、藝術評論家。林風眠義女、學生。
馮偉才　香港作家、記者。曾任《新晚報》文藝副刊《星海》主編，羅孚同事。
曾敏之　作家、詩人。曾任香港《文匯報》總編輯，香港作家聯會創會會長。羅孚同事、同鄉。
曾景文　畫家、藝術評論家。
舒　乙　作家、曾任中國現代文學館館長。老舍之子。
舒　展　作家、記者。曾任《人民日報》大地副刊主編、文藝部副主任。
舒　蕪　作家、詩人、文學評論家。本名方管。
舒巷城　作家、詩人。筆名西寧。
黃　裳　作家、記者、藏書家。
黃克夫　記者、編輯。香港《大公報》廣州辦事處主任。羅孚同事。
黃苗子　作家、書法家、畫家、社會活動家。
黃俊東　香港作家、編輯。曾任《明報月刊》編輯。
黃秋耘　作家。曾任廣東省作協副主席。

黃慶雲　作家。曾任中國國際筆會秘書長、廣東省作協副主席。羅孚親家。
黃濟人　作家。國軍將領邱行湘之甥。

十三畫

瘂　弦　台灣詩人。本名王慶麟。
董　橋　作家、報人。曾任《明報月刊》總編輯。
葛　原　徐訏、葛福燦之女。
葛浩文　漢學家、中國文學翻譯家。
楊慶堃　社會學家。美國匹茲堡大學社會學系教授。
楊憲益　翻譯家、外國文學研究專家、詩人。
葉中敏　香港《大公報》編輯。葉靈鳳之女。
葉君健　翻譯家、作家。
葉維廉　文學評論家、詩人。美國加州大學教授。
葉靈鳳　作家、編輯、藏書家。一九四〇年後在香港居住。

十四畫

端木蕻良　作家。
趙克臻　詩人。葉靈鳳夫人。
趙隆侃　重慶市人大秘書長。曾用名趙令芹。羅孚中學同學、革命領路人。
趙麗雅　作家、學者。筆名揚之水。曾任《讀書》編輯。

十五畫

歐外鷗　作家，詩人。本名李宗大。曾在港澳工委工作。
鄧珂雲　曹聚仁夫人。
蔣　芸　香港作家、電影評論家。
蔣　彝　畫家、詩人、作家、書法家。美國哥倫比亞大學教授。

樓子春　作家、翻譯家，中國「托派」領導人之一。筆名一丁。樓適夷堂弟。
樓適夷　作家、翻譯家、出版家。曾任人民文學出版社副社長、副總編輯。
劉白羽　作家。
劉啟陶　讀者。
鄭超麟　政治家、作家、翻譯家、社會活動家。中國「托派」領導人之一。
鄭曉方　鄭超麟孫女。
潘際坰　作家、記者。香港《大公報》駐京辦負責人。筆名唐瓊。
潘麗瓊　曾任香港《明報》記者，後在香港從事文化出版工作。
潘耀明　香港作家、文學評論家。《明報月刊》總編輯，香港作家聯會會長。

十六畫

錢伯誠　作家、古典文學研究專家。上海古籍出版社社長。
鮑　樸　出版人。鮑彤之子。
鮑耀明　商人、報刊特派員、翻譯家。周作人、曹聚仁、羅孚的朋友。
盧敬華　媒體人、導演。
盧瑋鑾　香港作家、文學評論家。香港中文大學香港文學研究中心主任、教授。筆名小思、明川。
蕭　乾　記者、作家、翻譯家。羅孚在重慶《大公報》的同事。
蕭　銅　香港作家、文藝評論家。本名生鑒忠。
蕭萐父　哲學家。武漢大學哲學系教授。

十七畫

薛君度　歷史學家、國際問題作家、社會活動家。黃興之婿。
鍾　朋　建築工程學家，西北冶金工程學院教授。新文學研究者。筆名梁永。
鍾叔河　作家、出版家、歷史學家。曾任岳麓書社總編輯。
鍾敬文　民俗學家、民間文學專家、作家。北京師範大學中文系教授。
鍾潔雄　香港中華書局編輯，羅孚編葉靈鳳著《讀書隨筆》責任編輯。

十八畫

豐子愷　漫畫家、作家、藝術教育家。

顏純鈎　香港作家。曾任香港天地圖書有限公司總編輯。

簡幼文　簡又文之子。醫生。

簡華玉　簡又文之女。

聶紺弩　作家、詩人、文學評論家。

聶華苓　作家、翻譯家。美國愛荷華大學國際作家寫作室創辦人。

十九畫

關朝翔　香港醫生、社會活動家。羅孚、金庸等人的朋友。

羅忼烈　學者、教育家。香港大學中文系教授。

羅宗淦　離休幹部、重慶地下黨成員。趙隆侃夫人。

譚文瑞　編輯、記者。曾任《人民日報》總編輯。羅孚在香港《大公報》時的同事。

譚秉文　編輯、記者。曾任《經濟日報》編輯。羅孚在重慶《大公報》時的同事。

譚澤芬　王家禎夫人。王家禎，香港《文匯報》總經理。

羅孚家人

吳秀聖　羅孚夫人。

羅海星　羅孚長子。

周蜜蜜　羅海星夫人。

羅海曼　羅孚次子。

羅海沙　羅孚三子。

羅海雷　羅孚四子。

羅海呂　羅孚之女。

書名題字：邵燕祥

www.cosmosbooks.com.hk

書　　名　羅孚友朋書札（下冊）
主　　編　羅海雷　高 林
責任編輯　陳幹持
美術編輯　郭志民
出　　版　天地圖書有限公司
香港黃竹坑道46號
新興工業大廈11樓（總寫字樓）
電話：2528 3671　傳真：2865 2609
香港灣仔莊士敦道30號地庫（門市部）
電話：2865 0708　傳真：2861 1541
印　　刷　亨泰印刷有限公司
柴灣利眾街德景工業大廈10字樓
電話：2896 3687　傳真：2558 1902
發　　行　香港聯合書刊物流有限公司
香港新界荃灣德士古道220-248號荃灣工業中心16樓
電話：2150 2100　傳真：2407 3062
出版日期　2021年7月／初版

ISBN：978-988-8549-84-9